UP Collection

新装版

王朝女流文学の世界

秋山 虔

東京大学出版会

王朝女流文学の世界　目次

目次

平安文学一面おぼえ書

野村精一氏は「古今集歌の思想」（『日本文学』昭41・12）という論文で、古今集の歌を、「時間的、局地的な情況だけを担っていたうたが定着し、客観化された存在として、作者によって対象化されたのである。これは、感性的な言語使用から、より知性によって支配される言語の成立ともいいかえうる」ととらえ、その歌びとたちを、「おそらく日本で最初にもっとも日本的なメタフィジックを持ち、且つ詩的に客観化した人々であった。より端的には、それは〈絶望〉の美学だったと置きかえてもよい」といわれた。この野村論文の趣旨をいま紹介するゆとりはないが、たとえば、

ことならば咲かずやはあらぬさくら花見る我さへに静ごころなし
とどむべきものとはなしにはかなくも散る花ごとにたぐふ心か

などの歌につき「不可抗なるものへの言語による反逆とその挫折の過程が描かれるといってよい」、「うたのことばの機能的な特性が、そのうたを創り出す精神の構造と不可分のものであり、あるいはそのような機能なり構造なりを、一体として可能にしている詩人たちの言語思想を代表するもの

であることを示すに足りる」などと説明されたことは印象的である。古今以後の平安文学の、少なくとも一つの根軸が、この古今集歌の把握のなかには示されているように思われるからである。

逸脱するようだが、私はいま『万葉の風土』(昭31)の著者犬養孝氏の『万葉の旅』(昭39)という三冊本を机上に披げている。そのはしがきに「(万葉の歌の)より正しいより生きた理解のためには、あたうかぎり時代をむかしにひきもどして見ると同時に、歌の生まれた風土におきなおして見なければならない」「歴史的社会的な条件を背負った作者が、異なった風土におかれてかもす抒情のあり方は、(その歌のよまれた現地に)ゆくたびに新たな理解をもたらしてくれるようである。万葉の歌がどれほど深々と風土のなかに息づいているかをしみじみ思うのである」という著者は、その歌を生んだ風土を、秀抜な多くの風景写真に捉えた。この写真集を見ながら、添えられる万葉歌を誦するとき、たしかに歌のかたちと風景とは即融し、私は感興をそそられる。この本を携行して、ここに撮影されている現地に赴きたい。そのことが万葉歌の形象への接近に寄与するであろう、とともに、その歌を生んだ風土への愛の喚起となる、という両者の媒介の関係が信じられるのである。

もちろん、万葉歌の風土との連関は、諸々の段階を無視することは許されまい。人間と自然との交渉は、直接無媒介ではありえないので、ひろくいって社会体系の形成と不可分の関係にある。が、この自明の理を考慮にいれても、万葉歌は直接自然に抱かれ、自然の律動をそこにかたどる素朴さを失わない。じつはそのことからしても、万葉歌と現代との絶対に越えがたい距離を説明することができるのだろう。私たちの万葉歌へのなつかしみ、あこがれの思いは、自然に埋れる万葉の精神が、もう私たちのなかには決定的に喪失してしまったからであるといえないか。

古今集の歌境を、私たちは万葉のようにあこがれはしないだろう。それはなつかしまれあこがれられるものではないからである。という私は、けっして古今集歌を貶しているのではない。万葉は遠く及びがたいが、古今は、私どもが古今にはじまる文学遺産と意識的、無意識的につながるという意味で、私どもの内面の問題でありすぎるところがあるともいえるからである。

三月下旬から四月にかけて、毎日、新聞に花便りが載るのはなぜか。さくらの花は日本人の生活と切っても切れぬ縁の花だが、そのことは古今集歌のさくらを除外しては説明できぬであろう。（もっとも日本人のさくら愛好が固有のものであることについては、たとえば大久保正氏「梅と桜」（「万葉の伝統」昭32所収）のごとき論考によって明らかにされているが、それとこれとは別問題である。）花見とは縁のない私の心も、その時候、たしかに不安定にゆらめく。さくらが美しく、その美しさがまた、それの惜しまれる短命とあいまっているからだが、またそこに、おのずから、迅速に過ぎゆく人生を思い見ることになるからでもある。古今集に比較的なじむことの多い私に、ことさらにそのさくらの歌群が忘れられないのでもあるまい。古今集歌を規範としてきた日本人の心性が、私をも例外であらしめないのではないだろうか。

しからば、古今集歌がなぜそのように内的な規範としてありえたのであろうか。もちろんいろいろと説明の便宜があるのだろう。が、ここで指摘しておきたいのは、さきの野村氏の説明とも関連するが、それがある何ものかを、何事かを、何のためにか表現するのでなく、そこに表現される世界が、それ自体の秩序的な空間として客観的に自立している、そのような歌の風体だという点にあるのであろう。前記した万葉歌と風土との連関ということと考えあわせていただきたい。万葉歌が、それと作用被作用の不可分離な関係で自然とつながる、その限りで、万葉時代を回復しがたい過去として見送った歴史段階には、それが稀有の達成であればあるほど讃嘆すべき、そしてある時は馴じめぬ他者でありさえするのに、古今集歌は、それを生み育てた母胎・環境からの剝離を、と同時にその剝離の余儀なさをも、言語の秩序の世界にとりこめて証す、一つの精巧な自立的空間を樹立することになった。そのことによって、それは単に撰集時代の所産であることを超越して、不断の再生産の力源を、その表現された世界そのもののなかに保ちつづける光栄を確保したということになろうか。

いま私は古今集歌の風体を具体的に分析する作業は敢て切りすてる。またいまはそうした古今歌風の形成過程についての追尋や、古今集撰者はじめ寛平延喜歌壇の人々の抱負や意識などについて考察する場ではない。たしかにこの古代社会の顕著な転換期の、全歴史動向との相関関係において和歌の価値上昇と古今集歌の風体の形成は考えなければならないが、そのこととは別次元の問題として、古今集歌が人々の魂に君臨する機構を見つめたいのである。

歌が日本人の生活のなかの言葉として、多面的な機能と様相をもって生きつづけてきたことは、古今集の以前も以後も同様である。が、古今集歌の生誕前後から、それが平安京の貴族たちの生活にとって、ある特殊な機能を果すようになったことは注目されねばならない。いまは敢て歌壇史的な視点を除外しておく。藤岡忠美『平安和歌史論』(昭41)、山口博『王朝歌壇の研究』(昭41)などに拠ればよろしいであろう。またごく最近には村瀬敏夫『古今集の基盤と周辺』(昭46)、橋本不美男『王朝和歌史の研究』(昭47)のごときが、それぞれに和歌史の展開とその支盤を、歴史的ないし構造的に追求しているが、ここでは要するに、日常実生活の次元と別個に、歌という自立した言語の秩序の世界を敷設し、そこに人間交流の場を仮設する精神の作用、それが古今集歌の風体の確立によってみちびかれたものであろう、ということを私はいいたいのである。歌合・歌会の歌、屏風歌の詠集など晴れがましい営為ももとよりあった。が、それよりも歌は贈答される生活のなかの言葉として、はるかに一般的であったといえよう。しかしながら、そのことが、いまは追体験できぬこの時代の特殊な風俗であったとのみ片づけることはできないのである。贈答が、日常的な、しゃれた挨拶以外の何ものでもないとしかいえぬ場合もあろう。その次元から、歌の贈答こそが、人間関係の断絶から、また疎外された人間であることからの回復を祈念する唯一の術法となるという次元まで、その幅は非常に大きい。引歌による会話、消息なども贈答に準ずると見てよいが、これとて遊戯的な頓知くらべであるにすぎぬものから、引歌によってのみわが思いを客観化する、そのことによって本歌の意味をわが表現として再生産していくものまで多様であるといえよう。が、割りきっていってしまえば、それらが単に円滑な通じ合いの方法であるといってすまされず、かえってその基底には人間連帯への絶望が識域の内外に深く横たわっているといってよいのだろう。たとえばこういう消息が通わされる。

男　心ぼそげなる山住みは、人とふものと聞きしか、さらぬはつらきものといふ人もあり。

女　聞こゆべきものとは、人よりさきに思ひよりながら、ものと知らせんとてなん。露けさは、なごりしもあらじと思うたまふれば、よそのむらくもも、あいなくなん。

これは蜻蛉日記、天禄二年八月初、兼家と道綱母との間にかわされたものである。天禄二年八月といえば、例の鳴滝籠りの後まもないころである。兼家の妻であることに堪えられず、そこからの脱出を決意して西山に籠った道綱母であったが、しょせんふたたび元の枝に帰って、年来の夫婦生活を続行せざるをえなかった。そうした彼女と兼家との間には埋められぬ罅隙がいかんともしがたく横たわっていたのである。そのころのこと、修法とて山寺にこもった兼家から、右のような消息が寄せられ、彼女からまた右のように返されたのであるが、兼家の文とて、道綱母の文とて、その発想の基点は、それぞれ、

忘れぬと言ひしにかなふ君なれど問はぬはつらきものにぞありける

（後撰集・古今六帖・本院のくら）

（元良親王集・続後拾遺集）

今ははやうつろひにける木の葉ゆゑよその村雲なにしぐるらむ

の歌にある。それらの歌を軸にすえての消息文なのであって、生《な》まの本心の直接の触れあいはここにはない。逆にいえば、もはや生まの本心の触れあいなどありうべくもないかれらであるがゆえに、こうした消息文は通わされた。かれらはもっぱら本歌の論理に順応し、そこにいわば韜晦して、消息文をつづる。そして、それらがとりかわされる限りにおいては、まことに優雅な表情をたたえた交信が成り立っている。そのことだけでかれらにとってはどんなにかなぐさめとなるであろう。いいかえれば、かれらは、ここにあやなされる言語の世界の敷設と吻合とによって、その内実においては回復すべくもない——というよりもともと本質的にいってそういうものはなかったというべきかもしれないが——連携をとりとめているのであるといえよう。にもかかわらず、そうした言葉による和合の形姿が、かえってそれ自体のなかに、またかれらの疎隔を決定的にきわだたせるものとなっていることもまた余儀ないことである。実生活と切断された別個の秩序を達成し、そのことゆえに両者の交信を成りたたせえた言葉は、しかしながらそれがあくまで実生活のなかから発せられるのである以上、その言葉の世界に、はしなくも実生活の真相が転封される、という理である。このような機構は、古今集歌の洗礼を経験した精神における、言語生活のやるせない特権であるといわねばならないだろう。

いま私は多くの場合を提出し説明することができないが、歌の贈答や引歌による交信をもって、いわゆる「みやび」——貴族たちの優雅な社交的教養と目することは浅い一面観であるといっておきたいのである。が、そればかりでなく、歌の贈答や引歌による交信は、それが平安文学のもっとも典型的な女流文学の方法として、新しい世界像、人間像の掘り起こしに進んだのであることをも強調したい。平安文学を代表するものが、物語日記等の散文文学であるということは一往の常識であるといってよいが、源氏物語以前の、男性の作者とされる物語群から女流の散文文学を峻別する顕著な一つは、その文章と内的にかかわる歌の問題である。もちろんそうした男性作物語のなかにも、多くの歌はあり、また引歌による消息文や会話もおびただしい。にもかかわらず物語の地の文は、源氏物語の直前の成立とさえ考えられる落窪物語においてさえ引歌による表現は見ることができない。このことを私はこれら物語の一つの大きな限界であると考えたい。誤解を恐れ、急いでそのことについて説明しておこう。

前記した蜻蛉日記の、天禄二年六月条。長い山籠りに対して京の里邸より下山の勧告がもたらされ、道綱母は心の動揺を禁じえない。そこに父倫寧の来訪がある。父もやはり帰京を強くすすめるのであった。

「げにかくてもしばしおこなはれよと思ひつるを、この君（同じく籠山している道綱）、いとくちをしうなりたまひにけり。はやなほものしね。今日も日ならば、もろともにものしね。今日も明日も、むかへにまゐらむ」など、うたがひもなく言はるるに、いと力なく、思ひわづらひぬ。「さらば、なほ明日」とて、ものせられぬ。釣りするあまのうけばかり思ひみだるるに、ののしりてもの来ぬ。さなめりと思ふに、心地まどひぬ。……

父倫寧の勧誘の前に、肩肘張った道綱母の姿勢ががっくりと崩れようとするのだが、『さらば、なほ明日』とて、ものせられぬ」と、父の帰京を語ってのち、「釣りするあまの……」と、「伊勢の海に釣するあまのうけなれや心ひとつに定めかねつる」（古今集・恋一）をふまえて語りなおされるとき、これは、やがて次に語られる兼家の来訪、そしてやがて兼家によって手もなく拉致される場面をひきだす動力になっているとさえいえるのではあるまいか。進退きわまり、心を決しかねるわが心境を、この古歌に委ね、それによって明確に輪廓づけたのであるが、そのことによって以前の文脈を収束するとともに、それが新しい事態への回転軸となっているという体なのである。単に引歌の形象への依存ではない。古歌を支盤にひきすえ、これを発条として文章を前進させる、いいかえれば文章の書かれる場が、一つの磁場を形成して、その場の自動を促すものとなるのだが、男性作の物語においては、こういう文章の生理はついぞ見られなかったことであろう。男性作の物語の構想の緻密さ、雄大さ、外延的にのびひろがる視界等々、それぞれに指摘されるところだが、そうした世界を語る文章は、語られる事柄を追い語るにとどまる。文章の内発する力を発動して、物語の世界における事態事態のなかから、さらに新しい事態事態を生みつむぐ作用をもちえたであろうかと問うと、否といわざるをえないのであろう。

女流文学が、日常の歌の贈答や引歌による消息や会話の方法をもって文章を書いたということは、一面ではその主体の未開、晦暗を示すと見る向きもないわけではないが、一面ではそれは表層的な事実性にべったりの、男性のかげりなき散文とちがって、生活の内部にかかえこんだ切実な混沌を歌によってのみ自覚し、歌によって顕化する文章の方法の樹立へと向かうものだったのである。

さて、この時代の女の精神の位相が、男のそれといかにことなるものであったかは、和辻哲郎氏の「『もののあはれ』について」（『日本精神史研究』大正15）以来しばしば論じられてきたことでもあるが、和辻氏の言葉を借りれば「緊張し、高まり、妊み、さうして生産する」その精神は、男とのつながりに生きる女の、決して癒されることなき絶望と表裏する。しかも、これまた和辻氏の言葉であるが、「明らかに女らは、精神的に言つて、男より上に出てゐる。しかし女らには、このより高い立場から男を批評する眼は開けなかつた。」そうした女たちにとって、野村氏のいわれる古今集歌に生誕した〈絶望〉の美学が内的な遺産として無限に再生産され、ますます規範性を明らかにしていく事情、これは今後の重要な研究課題であることを私は疑わない。

光源氏論

一

源氏物語の主人公、光源氏が、いかにも現実ばなれの人間像であり、そのために物語の読者からなかなかにわかにはなじみにくく、共感しがたい一面を呈している、といわれていることは否定できないであろう。源氏物語を、他の物語類とちがって人力を超越する世界、したがって仏にその出現を申請した効験であるととらえ、これが評論に多くの紙数を割いた無名草子においても、光源氏についての論は、意外にきびしく批判的であったが、その無名草子の見解については後に触れる機会もあるであろう。ここでは現代における光源氏評を問題のいとぐちにしたい。私は、以前に谷崎潤一郎氏の「にくまれ口」(『婦人公論』昭40・9)という光源氏論をとりあげて私見を述べたことがある(「源氏物語序説」『源氏物語研究必携』昭42)。そのエッセイはかなり重要な問題を提起しているとも思われるので、なおここで要点をくりかえしたい。谷崎氏は、まずハーバード大学のヒベット氏の、アメリカの学生の間においては、光源氏という主人公は不人気である、という談話を紹介し、そのことは日本でも同様だろうとする。以下、氏自身の光源氏批判が語られるが、その例として光源氏が空蟬に言い寄るときの、まことしやかなる言葉をとりだし、さらにまた軒端荻とはからずも縁を結ぶかれの言葉や心理を俎上にのぼせて、そういう恋のいたずらは誰にでもありがちで、貴族の青年であってみれば深くとがめ立てするには及ばぬとしても、しかしながら、かれの場合、藤壺という重大な女性を恋しながら、ふとした出来ごころで行きずりの女を言葉たくみにくどく、それは藤壺をはなはだしく侮辱することになる。源氏の作者は、そんな光源氏をこのうえもなく贔負にして、理想の男性に仕立てあげているつもりらしいが、私はこういう変に如才ないところが気にくわない、という。このように光源氏の女性関係を糾弾する谷崎氏は、「もののあはれ」を主眼とする源氏物語に対して、儒学者のいうように是非善悪の区別をもって臨むのはまちがいであろうが、しかし光源氏の恋愛遍歴のやりかたは、どういう物指しをもってきても、感心するわけにはいかない、ということをくりかえしている。さらに「源氏の身辺についてこういうあら捜しをしだしたら際限がないが、要するに作者の紫式部があまりに源氏の肩を持ち過ぎているのが、物語の中に出てくる神様までが源氏に遠慮して、依怙贔負をしているらしいのが、ちょっと小癪にさわるのである」ともいうが、このような光源氏観すなわち源氏物語把握は、谷崎氏にのみ限るのではなく、従来多かれ少なかれ一般的であったようにも考えられる。なお谷崎氏は、「私はフェミニストであるから余計そういう気がするので、これらの男女の関係が逆であったらそれほどにも思わないのかもしれないが……」とも述べられるが、「私はフェミニスト……」という氏の好尚を持ち出さなくとも、光源氏の女性遍歴の多彩をふくめて、その超人間的な存在としての扱いは、たしかに一個の人間として共感を拒むものを多くふくんでいるといってよいのである。

そうした光源氏が、だいたいどのように見られ論じられてきたかについては鈴木一雄氏によって主な文献の要所が紹介されているから参看していただくとよいが（「光源氏」〈源氏物語人物論集成〉『解釈と鑑賞』昭38・8）、ここに一例をあげれば今井源衛氏が次のように述べている。「……その性格がいかに複雑で多様であるかは、たとえば有朋堂文庫本巻末の人物索引の大ざっぱな事項を見てゆくだけでも察せられるだろう。試みにその性格表現に関する項目を巻序にしたがって拾ってゆくと、同情、煩悶、憐愍、悲歎、細心、厚情、完全、円満、好色、仁慈、寛厚、自制、周到、自省、訓戒、寛恕、憂悶、諷刺、哀傷などの文字が反復使用され、その間にしばしば『本性』『女性に対する態度』の項目の下に、これらで概括し難い生活態度の存在を暗示しているように見える。（中略）しかしこうした文字の羅列によって光源氏のイメージを浮かべることはもちろん不可能という外ない」と。そしてさらに、例の「帚木」巻頭のいわゆる草子地の一文において、いわば相反する方向にある二つの観念（今井氏によれば「すき」と「まめ」）の媾合によって、光源氏という一人格が規定されているが、にもかかわらずそれ以後の光源氏の行動には理解しがたいものがあると述べ、「多くの恋人の間に引裂かれ、官能的衝迫のままに動く享楽児が、同時に関係のあるそのすべての女性に実意をつくすという不合理や、奔放不覊な性行の中に、絶えず小心翼々として人目を憚るという奇妙な錯倒については、従来も『源氏は一人の人間として描かれていない。その心理の動きは、何の連絡も必然性もなく、荒唐無稽なもの』（和辻哲郎「源氏物語について」『日本精神史研究』）とか、その性格描写は『開発的不統一で無駄が多い』（斎藤清衛「薫の性格描写とその批判」『国語と国文学』二巻十号）とか評されたとおりだ」（「光源氏」『日本文学』昭31・9、のちに『源氏物語の研究』昭37所収）と論じられている。いわれるかぎりでは、まことに異議のさしはさむ余地のない見解であるといえよう。

がそれはそれとして、光源氏が統一的な一個性としての印象を結ばないことについて不満をいい批判を述べることは、そのこと自体としてはたいして意味のないことではあるまいか。近・現代文学の観点なり、現代の私たちの人間観・倫理観の座標に光源氏を据えてみたところで何の役にも立たないことはいうまでもないであろう。

二

いったい作者にとっては、源氏物語の創作は、現実に存在する誰かれ個人の姿をそこに移し、それを追い求めて行く世界ではまったくありえなかった。かえって現実の経験世界から断絶する理想像をそこにかたちづくり、その世界に自己を移転し拡充する虚構の場の生産にほかならなかったと考えるほうが適切である。いいかえれば実人生を超脱する別個の現実を想像力によって造成したのである。しかしながら想像力は、それが大きくはばたこうとするとき、かえって必然的に拠らねばならぬ範型を、その創造の場に引き据え明らかにすることになるほかはないのである。たとえば、光源氏が「ひかる君」と物語の世界の世人にいわれるように、光りかがやく貴公子であることは、単にそのように賛頌される人物として作者個人によって、作為されたのだということではない。その逆なのであって、作者が理想びと光源氏を想いえがくとき、そうした「ひかる」麗容以外になく、そのことは決定的なことであった。「ひかる」ないし「玉ひかる」主人公の系譜を神話から中世小説の世界まで総観した臼田甚五郎氏の「光源氏」(『解釈と鑑賞』昭36・10)や単に光源氏の容姿に限定するのでなく、かれと藤壺との関係をも解く鍵として、やはり古代からの伝統である「光明のイメージ」を追求する小西甚一氏の「光と暴風――『源氏物語』の家族アーキタイプ」(『批評』14、昭43・12)のごとき論文がさしあたって思い起こされるのである。なお小西論文については後にふたたび問題の俎上にのぼせられるであろうが、とにかく物語の主人公光源氏はそれ以外にはありえぬ「ひかる君」として、先験的に登場しなければならなかったことを、ここで指摘するにとどめておく。

光源氏は「ひかる」といわれるにふさわしく、およそかがやかしく万能であった。ことにかれの出生と成育を語る「桐壺」巻において、この主人公の超脱する資性が集中的に語られることは周知であろう。くわしい本文引証は省略し、たとえば阿部秋生氏の「光源氏の容姿」(『東京大学教養学部人文科学科研究紀要』第四輯、昭29・6)のごときにゆずる。氏は「桐壺巻に描かれてゐる光源氏は(中略)これを項目にわけてみると ①容貌・風采 ②心ばへ ③学才 ④技芸上の才能 ⑤恋愛、といふことになるだらう。(中略)そこに光源氏の生涯にわたつての問題の中の大きなもの乃至基本的なものがすでに設定されてゐることを認めてよいのであらう」といわれるが、まさに右の五項目に関して極限的な理想化がなされているのである。阿部論文は、①の容姿に限り、「葵」巻あたりまで各巻につき検討することによって、その作業がおのずから物語の各巻の系列の分類、そして成立問題へと進展する魅力的な考察であるが、いまこの問題には立ち入らない。

さしあたって右の五項に分けられる光源氏の美質が、古代物語の主人公の性格を、伝統的、かつ超越的に規定する自明の超人間性の系譜の上にあると同時に、しかしながらそうとのみ片づけられぬ顕著な一面、というより本質的な性格について注目しなければならぬように思う。たとえば、「前の世にも御契りや深かりけむ、世になく清らなる玉の男御子さへ生まれたまひぬ。いつしかと心もとながらせたまひて、急ぎ参らせて御覧ずるに、めづらかなる児の御容貌なり」(一—一六〇。日本古典全書本の巻・頁数。以下同じ)という光源氏の出生の記事。この主人公の強調される麗質は、ただ他の物語の主人公の場合より度合が強い、ということだけですまされるものではありえないのである。この光源氏の出生ということが、物語の世界のいかなる文脈のなかにあるか、という問題に私たちはおのずから直面させられるであろう。阿部氏も「かういふ超人的な美貌の源氏が『さきの世にも御契りやふかかりけむ』といふやうな、帝と更衣との人間の知性の限界をこえた因縁から生まれて来たことになつてゐる」と注意しておられるが、まさに「桐壺」冒頭の帝と更衣の貴族社会の現実には存在を許されぬまったく反通念的な愛、すでにそこには異朝の無慚な悲史が前例として引き合いに出され、その惨敗が予見されているのであるが、そうした異常な愛情関係の結果として、生誕してきたこの「玉の男御子」は、苛酷な世のおきての前にあまりにも明白に突き出されたことになるのである。こうした皇子の存在は、右の本文にすぐひきつづいて、「一の御子は右大臣の女御の御腹にて、よせ重く疑なきまうけの君と世にもてかしづききこゆれど、この御にほひには並びたまふべくもあらざりければ、おほかたのやむごとなき御思ひにて、この君を私ものに思ほしかしづきたまふこと限りなし」（一―一六〇）とも語られているように、その絶対性の強調がかれの生きる現実世界のなかで相対的にとらえられようとすることも見のがしえないのである。いったい光源氏の美質が語られるとき、以後も第一皇子（朱雀院）がしばしば引き合わされているのであるが、そのことは、いうまでもなく第一皇子もかれに及びがたいということを単純に語っているのではないのであった。光源氏がやがて東宮となり帝王となる第一皇子をおびやかす危険な存在であるということであり、かつ母弘徽殿女御やその実家右大臣家にとって相許すことのできぬものとして運命づけられているということでもある。作者は光源氏の美質を語っていくとき、いかにかれが具体的に生きる現実の世界の仕組みのなかに調和しえず、これと対峙し苦難に喘ぐ存在であるかを押さえていくほかなかった。そうであることによって、かれはもっとも顕著に伝統的な物語の主人公像でありながら、それと明確に袂別する特異な主人公でありえたのである。

光源氏が更衣という劣り腹の生まれであるという素姓をひき離し、東宮に立てられるのではないかという恐れを、朱雀院の後見、弘徽殿右大臣がたに抱かせたということはまったく異例なことであろう。事実、父帝の胸裡に、光源氏立坊の念願が存したことは、亡き更衣の邸を訪問した靫負命婦の復奏を受けた帝の「かくてもおのづから若宮など生ひ出でたまはば、さるべきついでもありなむ。命ながくとこそ思ひ念ぜめ」(一—一七二)という言葉にもうかがわれるし、「明くる年の春、坊定まりたまふにも、いと引き越さまほしう思せど……」(一—一七三)という記述からも右大臣らの杞憂は根拠のないことではなかったのである。しかしながら、かれの立坊のことはどこまでも帝の胸裡の切実な願いであるにとどまるほかなかった。世俗的な秩序、通念が絶対にこれを許すはずがないからである。「なかなか思しはばかりて、色にも出させたまはずなりぬるを、さばかり思したれど、限りこそありけれ、と世人も聞こえ、女御(弘徽殿)も御心おちゐたまひぬ」(一—一七四)という推移のなかに、無慚な破滅に至るほかなかったあの帝と更衣との宿命的な純愛の遺産たる、光源氏の美質の意味が明確になる。かれは、世俗的秩序や通念にとって脅威でありながら、実際には世俗的秩序を領略することができない。のみならずそこから疎外されるほかない、むしろそうであることによって超越的な価値なのであったといえよう。光源氏の美質の、物語の主人公に約束づけられた伝統的な性質であることを越えてこの物語の世界の主人公として生存しうる原動力的な意味をもつゆえんがある。

そのことはなお、光源氏が終極的に准太上天皇におさまる宿運を早くもいいあてるところの高麗の相人の予言をめぐる問題からもいいうることのようである。光源氏七歳のころのこととして語られる高麗人の「国の親となりて、帝王の上なき位にのぼるべき相おはします人の、そなたにて見れば乱れ憂うる事やあらむ。おほやけのかためとなりて天下を輔くる方にて見れば、またその相たがふべし」(一―一七五)ということの予言については、その解釈をめぐって近時議論があるがいまは立ち入らない(手塚昇『源氏物語の再検討』第二章第三節 昭41、森一郎「桐壺巻の高麗の相人の予言について――予言の実現と構想・光源氏論の一節」『平安文学研究』第三六輯 昭和41・6、「桐壺帝の決断――桐壺巻の高麗の相人についての再説」『甲南国文』昭44・1、この両論文は後に『源氏物語の方法』昭44所収、藤村潔「源氏物語の構想――若菜巻から横笛巻まで」『国語と国文学』昭43・7、後に『源氏物語の構造第二』昭46所収、深沢三千男「光源氏の運命」『国語と国文学』昭43・9等)。帝が倭相の結果に、この高麗の相人の言を参考にし、さらに宿曜師の勘申を受けて、光源氏には親王宣下をたまわらず、臣籍降下を決定したことは深い意味をもつ。東宮となりえなかった光源氏が、さらに親王でさえもありえぬのはなぜか。もし親王として皇族家族圏にとどまるとすれば、それは皇位継承権がその身に留保されることであり、かれが朱雀院の及びもつかぬ器であるだけに、そのかぎりでは朱雀院とその後見勢力にとって依然として大いなる脅威でありつづけることになろう。ために、はからずも危難の迫ることを防ぎようがないのである。父帝は、この皇子の安泰を願い賜姓源氏としての方途を歩ましめることになるが、こうして皇族圏から離脱することによって光源氏は世俗の秩序によって保証されるのでない、異次元の価値を体現する、源氏物語の主人公として自立することになるわけであろう。のちに触れる好色人《すきびと》光源氏とそのこととは不可分の関係にあるが、なおここで注意すべきは、そのような光源氏が、にもかかわらず物語の世界に敷設された現実の体制から、けっして野放図に自由な人間像であることを許されないということである。「桐壺」巻終末部に語られる左大臣のむすめ葵上との結婚事情を見るがよい。いったい左大臣がこの宮腹のひとりむすめを、東宮からの所望を蹴って光源氏にめあわせたということはかなり問題のあるところである。左大臣家にとっては、東宮への入内によって皇室との緊密な身内関係をとり結ぶことのほか、わが権勢確立の道はどこにありうるというのであろう。にもかかわらず、賜姓源氏として臣籍に降った皇子と積極的に縁結びをするという、この時代の常識からいたく外れるその出かたは、明らかに東宮への入内よりも光源氏との婚姻に価値を見いだしていることにほかならない。「桐壺」巻には、さきにも触れたように東宮を引き合いにしながら光源氏の絶対的超人性が称揚されつつ語り進められてきたのであるが、したがってこの結婚を踏みきる左大臣は、具体的な帝王身分に優位する超世間的な価値を追求したこと明らかである。しかるに「この君かくおはし添ひぬれば、東宮の御祖父にて、つひに世の中を知りたまふべき右の大臣の御勢は、物にもあらず圧されたまへり」（一―一八一）と語られるとき、世俗と異次元たるべき価値が、そのまま世俗的秩序と深く相渉る物語世界の進行の文脈を読むほかないことになる。物語の作者は、つづけて右大臣のむすめの四の君と葵上の兄蔵人少将（頭中将）との婚姻関係を語り、左右大臣家相牽制しつつ両立する構図を示しているが、そういう権門の競合のなかに、この光源氏も逃れがたく編みこまれざるをえないことになるのであった。

じつは光源氏と藤壺との関係、源氏物語の世界の根柢に据えられるこの密事も、かれが物語の世界に敷設された藤原時代の宮廷社会の仕組み、しきたりのなかに、喘ぎつつ取りおさえられてしまっているという関係と切りはなすことはできない。

三

物語の世界への藤壺の登場はきわめて自然な経過をとっている。そして世に「ひかる君」といわれる源氏が「輝く日の宮」といわれたこの人に牽引され、かけがえのない理想びととしてこれを慕う経過も、きわめて自然なのである。そしてなお言うならば、そうした源氏が藤壺と密通し、その腹に男子（冷泉院）をもうけることになる、という異常なる事態さえも、事の経過はもっとも自然であるといわねばならないのである。「光明のイメージ」を荷う古代英雄の系譜にある光源氏が、完全理想の女性としての「輝く日の宮」藤壺と結ぶことで、自己の世界の完全性を補完することになる、とされた小西氏は、藤壺と光源氏との関係を、女性シャーマンと英雄的な統治者との関係が家族という原型に置き換えられて表現されたものと説かれたのであるが（前記論文）、こうした視座は重要であろう。しかしながら、この光源氏が藤壺を思慕し、そしてやがて冷泉院の誕生を結果する密通関係を結ぶのは、あくまで物語の世界の現実のなかの行為である。それは父桐壺帝を長とする皇族家族圏の秩序への侵犯であり、それが許すべからざる罪過であることを免れないのである。光源氏は、藤壺とともに不断に現実からの制裁をおそれる心の鬼を宿命的にかかえこむほかないが、じつはそのことがそのまま、物語の世界の日常的現実と別次元の光源氏の人生を、ほかならぬ物語の世界のなかに据えたことになる。いいかえれば藤壺との罪の共犯によって、光源氏は散文的な世俗の秩序や制度のなかにありながら、そこに座をもたぬ魂の彷徨を運命づけられる。そのことがかれの異常な人生の根拠となるということなのである。

もちろん臣籍に下った光源氏の人生は、具体的現実的には左大臣家の婿君として、右大臣家と対峙する陣営に属するはえばえしい有力な貴族官僚として歩み出すほかはないというべきであろう。中将→正三位中将→宰相中将→右大将、と官歴が示され、須磨謫去から帰京しては権大納言→内大臣→従一位牛車聴許→太政大臣、そしてついには異例の准上皇に極まることになる。そうした世俗的次元での経歴が語られることなしに、具体的なこの主人公の人生はありえない。そして、中途の離京流浪は別として、その経歴が他の追随を許さぬ第一等の顕栄街道を行くものであったこともいうまでもないであろうが、しかしながらかれの人生の特異性は、この世俗的次元での繁栄とけっしてパラレルなのではない。むしろそうした世間的栄誉におさまりきれぬ、なおいいかえれば、世間的栄誉によって表象されるほかないながら、かえって否定的にそこからそむく人生の内実にかれの存在理由がある。それは父帝の妻藤壺との密通、物語の世界では知られることのない罪に基点をもつかれの切実な人生であり、当時の把握では、ある「宿世」としかいいがたいそれであった。

いったい「帝王の上なき位にのぼるべき相」を顕現する光源氏が臣籍に降り、かれと比すべくもない朱雀院をもって、わが世継ぎと定めなければならなかった桐壺帝の怨みの深さはいかばかりであったか。藤原摂関社会の仕組みやしきたりと別個の現実がありうべくもない以上、前記のように帝はわが願望をみずから封殺するほかなかったのであるが、そのことは、かがやかしく理想的に伝承さるべき王権の、世俗的権勢への屈服を意味していた。逆にいえば、それが通念である摂関時代の王位継承の方式の実行が、かえって、あるべき理想とする王権伝承の熱願を帝の胸裡に燃えたたしめたことになる。後に光源氏と瓜二つの冷泉院を、貴種、輝く日の宮の腹に得た際の帝の歓喜のさまを見るがよい。「……また並びなきどちにて、げに通ひたまへるにこそはと思しけり。いみじう思ほしかしづくこと限りなし。源氏の君を限りなきものに思しめしながら、世の人のゆるしきこゆまじかりしによりて、坊にもえ据ゑたてまつらずなりにしを、飽かず口惜しう、ただ人にてかたじけなき御有様容貌にねびてもておはするを御覧ずるままに、心苦しく思しめすに、（冷泉院ガ）かうやんごとなき御腹に同じ光にてさし出でたまへれば、疵なき玉と思ほしかしづくに……」（一―三八〇）。光源氏立坊を断念せざるをえなかった無念さを、帝はこの冷泉院立坊によって晴らそうとしていることは明々白々である。この記事のある「紅葉賀」巻末に語られる帝退位の用意と藤壺立后の措置は、そうした方向の具体化への布石であるといわねばなるまい。帝が帝位を退こうとする理由については、摂関政治開始以前の天皇譲位の問題に照明を加えられた佐伯有清氏の「政変と律令天皇制の変貌」（『日本古代の政治と社会』昭45）のごとき研究も参考になるが、ここでは冷泉院に東宮の地位を確保し、やがてその帝位を保証しようとする意図以外には考えられないであろう。またそうした方向を固めるために藤壺女御の立后は、是が非にも必要だったのである。藤壺立后の件が、いかに強引な措置であったか、作者は弘徽殿に対する帝の苦しい説得とあわせて、これが世論になじまぬよしをも語り添えている（一―三九五）。

帝の退位、朱雀院の即位、冷泉院立坊のこと、そして光源氏の大将昇進は、「花宴」巻と「葵」巻の間の空白期に委ねられているが、やがて「賢木」巻で、帝は、朱雀院に対して光源氏を重用すべきことを言い置き、光源氏に対しては冷泉院の後見を托して、崩御された。しかしながら、当然のこととして、そうした帝の遺託が朱雀院治世の権力体制下に守られることはありえないのである。そうであることによって源氏物語の世界はすぐれて藤原摂関時代の現実に根をおろすのであるが、同時に桐壺院の遺託は、それゆえに物語の世界をその背後から動かす強力な冥々の力として生きつづけなければならないという構造である。

ついに光源氏が須磨に追いやられる事態となるとき、そこに故院の亡霊が出現するということは、源氏物語全体からみても、この世界を進展させるもっとも神秘的な要因の一つであるといえよう。この段をめぐっては柳井滋氏の詳細な論究がその霊異譚的世界を構造的に解明して余すところがないが（「源氏物語と霊験譚の交渉」『源氏物語研究と資料』昭44）、いま桐壺院に関していえば、その亡霊が光源氏の夢枕に現われ、都を追われた失意のかれを救済し、一方朱雀院に対しては光源氏召還の決意へとかれを強いるのである。この超越的な力の発動、それは王権の伝承者たるべきであった光源氏の流浪と、期すべき冷泉院王権の実現の危ぶまれる事態に対する故桐壺院の怨念の噴出でもあった。かくて物語の現状況、体制秩序の更新がもたらされることになる。須磨・明石の流離のあと「澪標」巻以後の光源氏の上昇的歩みは周知のことであるが、さてこれまで桐壺院の側から見た物語進行の基軸を、光源氏の側から見るときにどうなるか。

四

光源氏にとって、藤壺との関係は世に知られてはならぬ、もし知られるとすれば、人もわれも抹殺されねばならぬという戦慄的な不安にいろどられていた。が、そうであればあるほど、危難を顧みず、なお藤壺に誘引されてゆく光源氏の、緊張をはらんだ彷徨は、まさに日常性を超えたところにその根拠を据えているのである。そうしたかれが、辛うじて身を全うすることができるのは、一にかかって藤壺のかつがつ分別をとりとめる対応によるものであった。光源氏の狂気を抑える藤壺の分別が、すぐれて世俗的な倫理の場のものであるかのように見えるのは、そうした場で自己を防衛することによってしか、いまはそれのみが至上目的である冷泉院王権の到来を招き寄せることができないからであるといえよう。たとえば「若紫」巻で夢解きの言を得、藤壺懐孕の事を思い合わせた直後の光源氏と藤壺を見よ（一—三一五）。また前記の桐壺帝が冷泉院の誕生に歓喜した条のかれらを見るがよい（一—三八二）。物語の基本方向は、犯した罪の結実をつきつけられる光源氏と藤壺とが、それぞれにこの冷泉院の治世を実現させるために、苦しく歩ませられるところにあるであろう。そのために光源氏と藤壺とは現実世俗の世界では決定的に引裂かれていなければならないのである。じつは、藤壺が胤を宿したあの「若紫」巻に語られる密通の夜でさえも、これがあってはならぬものだけに「うつつとはおぼえぬぞわびしきや」という、現にこの逢瀬を実感することすらできぬかれの心であったし、藤壺とてまた、常住不断の物思いになお苦悩を層加させる絶望のとりことなっていた（一—三一三）。この世での両者の結合は、前記のように冷泉院王権を期する桐壺院の念願の具現のためには、決定的に禁圧されるものとなってゆくのである。「葵」巻の冒頭、「世の中かはりて後」、大将の顕職にある光源氏の重くとどこおる心内が語られているのも、それは「いまはまして（藤壺ガ）ひまなう、ただ人のやうにて（桐壺院ニ）添ひおはしま」し、在位中よりもかえって安らけくはなやかなおふたりの水入らずの日々から、遠ざけられることとなった憂愁を述べているのである。かれは東宮の後見として、ひとり責務を負わされ自重しなければならぬという（二―一五）。

そのような光源氏の、ほとんど狂気に駆り立てられて行く言動が物語の世界を推進するのだといってよい。「賢木」巻のかれが藤壺に接近する条（二―八一〜八六）の凄絶さは印象的であるが、分別を抛擲して迫る光源氏を、藤壺が拒絶しおおせるのは、冷泉院の王権授受の実現という何にもまさる目的のためである。藤壺の心に出家が決意されたゆえんである。また、光源氏の雲林院入りも、藤壺に牽引されるこの抑制しがたい根源的な情念を、仏の教えによって沈静させようがためであった。

光源氏は、藤壺への思いに絶望しつつも、藤壺に領導され、生きがたい日々を辛うじて生きる。そのために形代としての紫上の役割もはなはだ重かったのである。「若紫」巻で出あい、二条院の西対に住まわせられ、やがて妻の座におさまる紫上の人間像については、かつて考察を加えたことがあるのでここでは立ち入らない（「紫上の初期について」「紫上の変貌」『源氏物語の世界』昭39）。またその紫上と光源氏との晩年については後に見るごとくである。

それはさておき、故院の一周忌を過ごして藤壺は出家した。光源氏の接近を恐れ、ともども破滅を回避し、そのことによって東宮の安泰を願うたのであるが、真正の王権の恢復という物語の路線が、桐壺院の遺託に違背する現在の無慚な状況として進行するものであることは注目すべきであろう。そして、事態がついに光源氏の須磨退去に到るのだが、いったいかれはいかなる罪科に当たるのであるか、またそうした局面がいかなる准拠に支えられているのか、多くの議論が重ねられてきた（村井順『源氏物語評論』昭17、高橋和夫「光源氏はなぜ須磨へ流されたか」『日本文学教室』昭25・10、後に『源氏物語の主題と構想』昭41所収、多屋頼俊『源氏物語の思想』昭27、阿部秋生『源氏物語研究序説』昭34、清水好子『源氏物語論』昭41、森一郎「源氏物語の方法――回想の話型」『国語と国文学』昭44・2、後に『源氏物語の方法』昭44所収、深沢三千男「光源氏の運命」『国語と国文学』昭和43・9等参照）。光源氏の生涯に最悪のこの経験は、種々の観点から説明されるにしても、要点が朱雀院から冷泉院へと王権更新の問題に深くかかわる、その意味で、光源氏と藤壺との密事とひとすじにつらなっているということである。光源氏は、この悲境に立って身におぼえなきことといい、これも前世の因縁であろうと折ごとにいいつづける。いうまでもなく朧月夜尚侍との密事の発覚は、それが契機ではあっても、それ自体が官位剝奪、流謫の罪に当たるものではありえなかったはずである。弘徽殿大后・右大臣派の体制が、光源氏の息の根をとめる必要に出た、ひいてはかれを強力な後見とする東宮の廃替をねらう謀略があったとすれば、それは王権伝承にかかわる重大事なのである。「かく思ひかけぬ罪にあたりはべるも思うたまへあはする一ふしになむ、そらおそろしうはべる。惜しげなき身はなきになしても、宮（東宮）の御世だに事なくおはしまさば……」（二―一三四）という須磨への出立前の光源氏の藤壺への述懐は、事態の根柢に深く触れるものであるといわねばならない。いわば桐壺院の本意の線である理想的な王権への願いと俗権との角逐であるが、いま前者の敗北の状況に極限的に追いこまれることは、源氏物語の世界の進行が藤原時代の政治の現実に密着することによって具象的であるかぎり当然であるといえよう。そこには、皇室と身内関係をとり結ぶことによって実質的な権力の座を維持しうる外戚家がある。帝王の座はそうした権門と相互依存の関係に立つ散文的存在として固化する。もともと桐壺院の悲願があくまで悲願であるにとどまって、光源氏が賜姓源氏として臣籍に去らねばならなかったのも、現実の論理の必然であったことを思い起こそう。そしていま、そのような政治の現実のなかに、その悲願のもっとも苛酷に圧殺されようとするのが、光源氏の須磨流謫なのであるが、じつはそうした光源氏は、放逐されることによって、かえって物語の現実を超越する霊界と触れ、新たに賦活されることになったのである。

ところで、須磨に退居する光源氏は、都の紫上への思いに堪えかね、忍びて迎えようとまで思うが、その思いを抑え、「なぞや、かくうき世に罪をだに失はむと思せば、やがて御精進にて明け暮れ行ひておはす」とある（二―一四四）。この「罪」は、いうまでもなく前記の「かく思ひかけぬ罪にあたりはべるも……」の「罪」でなく、「思うたまへあはする一すぢ」に相当する罪の意識である。それは光源氏の胸裡に秘事として抱きこまれていた、世に許されぬ藤壺との秘事である。前記の藤壺に対する述懐とも思い併せられるが、この罪を、せめて失おう、すなわちこの悲境を贖罪の経験として受容しよう、ということは、そのことがかれの新たなる再生、王権復活への道を開くという構造なのであった。ここでいかにも現実の政治的敗北者にはありえぬ貴族的風流の粋を完満に発揮する人間像を呈している光源氏についてはつとに今井源衛氏の注意されるところがあった（『源氏物語』上昭32）。放逐されることによって超人間的理想像を顕示しているかれが、三月上巳の禊の日、暴風・雷雨の襲来にさらされるのも注意しなければならない。この天変は、いうまでもなく超現実的な霊威の力の現実界への導入であり、光源氏は、この霊力のとりことなることによって、そのことがそのままかれをここに追いこんだ現実を逆に支配する勢威の持主に再生させられるという可逆的構造を把握すべきなのである。桐壺院の願望に体現する真正な王権への意思は、現実におけるその避けがたい衰弱ゆえに、超現実の世界からの干渉による治癒を要請するのである。

物語の進行のこの部分を、貴種流離譚の伝承型から説明された折口信夫氏のいくつかの論は印象に深い（『日本文学の発生序説』昭22の「小説戯曲文学における物語要素」、草稿「日本の創意」昭19、など）。またこれを衍述された三谷栄一氏の論文も有益である（「源氏物語における民間信仰とプロットとの関係」『国文学』昭41・6、「源氏物語と民間信仰」『解釈と鑑賞』昭42・2など）。いまこれらの論述に沿うて考察するいとまはないが、ここで光源氏の苦難が、新たなるよみがえりの試錬としての意味をはらんでいることは確実に把握する必要がある。ところで、こうした伝承型の規定性＝光源氏の運命、それは早く「桐壺」巻の相人の予言、「若紫」巻の夢合わせによって予示されていたわけであるが、問題は、光源氏がそうした趣向のなかで受動的に、あるいは無動機的に操られていく主人公ではけっしてないということである。もちろんわが運命を語り示す右の予言は、かれ自身の念頭から忘れ去られたはずもなかっただろう。が、それの開顕は、かれをとりひしぐ物語の世界のなかの現実のそれぞれの段階における諸状況と切実にあい渉り、一寸さきは闇の空間を切り開いてゆくとき、やがてしょせんはそうであるほかなかった、その意味でかれが主体的に編み出す路線として語られているのである。そしてそこにはつねに、それが発覚をおそれておののく罪の意識があったし、より根源的にはさきに見た源氏の言葉・心理に語られていたような運命的な罪の自覚があった。

私はいま石田英一郎氏の次のような文章を思い起こしている。「東西古今の予言や卜占の体系は、いずれも必然の認識を意味するものであるにかかわらず、人間はつねに何らかの手段によって、その認識の教える禍を避けようと試みたし、また避けうるという余地を認識そのものの中に残そうとしている。あらゆる種類の呪術はこの前提の上に発生した。ギリシャのオェディプスの伝説は、人間の力の可能性をこえた必然の運命のおそろしさを示すものだが、しかもその際ですら、嬰児オェディプスを殺さしめようとしたライオス王の努力は、認識された必然に抗してまで、その生を守ろうとする人間の意志を語るものではないか」（「人類学的未来論」『人間と文化の探求』昭45）。すでに見てきたように、源氏は、それがもっとも自然な心のおもむきとして、「ひかる君」であるにふさわしい「輝く日の宮」藤壺を慕い、犯した。そのことから発するかれの人生は、一にこの罪を原点とする苦悩にみちた軌跡であったといってよい。具体的には、その罪の子冷泉院の安否に直接かかわりつつ、桐壺院・朱雀院の治世をふくめて、物語に敷設された現実の秩序から、精神の次元で、あるいは世俗の生活の次元で、ふみはずし彷徨するところにこの主人公の固有の内的な人生は痛切に開かれたのである。そうした経過は、かの予言によって約束づけられた路線であるにちがいないが、その路線は、ひきはなされることによってそれが明らかにされるという体なのであった。いいかえれば、定められた運命においてではなく定められた運命を証す物語の論理の側にこの主人公の人生は属しているのだといえよう。

五

さて、ここでしばらく方向を転じて光源氏の「好色」について考えておく必要があるであろう。それは最初に触れた谷崎氏の見解、あるいは引用した今井論文などにかかわる問題であるが、やはり藤壺との秘事と深くかかわるものとして把握しうるのである。

いったい「好色者」が文学の主人公として支持されたことについて、その淵源から考えるならば、当然折口信夫氏の「色好み」論（『全集』第二・三・八・十四巻など）の検討が必要となるであろう。折口氏によると「色好み」とは、国々の神に仕える巫女を妻とする（そのことによって国々を支配する）古代英雄のすぐれた威徳の証しとして理解される。それは「国を富まし、神の心に叶ふ、人を豊かに、美しく華やかにする——さういふ神の教へ遺した」道徳ということになるが、この点に関してはは南波浩氏も、上代の婚姻史や朝廷と国造・采女たちとの関係を見直すことによって、原初から氏族社会あるいは奈良朝ころまでの歴史的社会的条件のなかでは首肯されるところが多いといわれた（『色好み』の歴史社会的意義」『日本文学古典新論』昭37）。また三谷栄一氏も折口説を実証的理論的におしすすめられた（「源氏物語の構成と古代説話的性格」『国学院雑誌』昭36・2、3のち『物語史の研究』昭42所収）。そうした「色好み」は、本来的に「すき心」「すきもの」「すきずきし」などの「すき」とは区別されることになるのだが、しかしながら、平安時代に関するかぎり「色好み」と「すき」とは接近していた事実を、吉田精一氏は、用例にもとづいて論じておられる（「色ごのみの意義の変遷」『解釈と鑑賞』昭36・6）。ここでは吉田氏に一応従っておいてよいであろう。いま光源氏の「好色者」的性格は「色好み」ととくに区別しないことにする。

ところで、光源氏の女性遍歴を、前記のように一個の統一的人格として必然性があるかないかと見る座標はひとまずとりはずさねばならないであろう。そのことについては光源氏がこれを強く受け継いだと考えうる伊勢物語の主人公の場合から照らしてみるほうが早道である。私は、かつて次のように述べたことがある。「もしいまかりに——これはもちろん荒唐無稽な仮想にすぎぬが——伊勢の各段間に、何らかの脈絡をもたせたとしたら、そのとき、昔男の情熱は一瞬にして支離滅裂な恋愛遊戯と化するだろう。おそるべき悖徳不倫な漁色家と化するだろう。女の怨恨と世俗の道徳にがんじがらめにしばりつけられ、たちどころにかれは自壊するにちがいないのである。ところが、この物語の各段が、完全な、神速な、心情の切断によって連綴される、ために、かれの愛情は多様な相手と次ぎ次ぎにかかわりながら、同時にきわめて純一無雑に全身的であり、一回的な新鮮さをもちつづけ、そしてその総和が鮮烈な人間像をつくりあげるということになる。このような昔男は、どうも『人間の真情』とか『恋愛の真情』『異性間の情愛』などというような面からの説明ではぴったりしないように思われる。むしろ、かれはふつうの世俗の人間らしさを勇敢に捨象することによって、独自に人間的であろうとする、ある観念ないし精神の権化ともいうべきものではないだろうか」(「文学にあらわれた好色生活」『解釈と鑑賞』昭36・6)。伊勢物語の主人公は、決してこの時代の実際の恋愛や結婚の実態の反映する姿ではなかった。かえってそれに反逆し、そのために世俗の秩序から明白に疎外されるほかなく、そのことが逆にいえば世俗の世界の秩序と別次元の、より自由な精神領域に生きる存在でありえたといえよう。かれは、そうした自己の生きかたを和歌によって確証するが、いまそのような主人公を結晶させた伊勢物語の一回性的な意味を文学史的に説明する余裕はない。この歌物語の主人公像が、源氏物語に再生したという事実がここでは重要なのである。

光源氏の多面的な女性関係も、やはりそこにこの時代の貴族の恋愛や結婚の風俗を見るにとどまったら大きな錯誤をおかすことになるであろう。世俗の掟に順応する知恵・分別にそむいて好色の世界にのめりこんでゆく、より根源的な人間の本性を示現する行為としての、とめどないしたたかさに、光源氏の真骨頂があるのであろう。いうまでもなくかれは、伊勢物語の主人公が各段の切断性によってその一つ一つの行為の一回的な新鮮さを獲得しているのと大差がある。持続的な人生史を歩ませられ、しかも物語のなかに敷設された現実の仕組みや掟と深くあい渉りつつその人生を生き開いてゆくのであるから、純一無雑な好色者に終始することはできないのである。そうした世界での好色者であるところに、より具象的な現実感があるのだといえよう。例の「帚木」巻の冒頭文が述べるところを反芻しよう。かれの好色は「末の世にも聞き伝へて、軽びたる名をや流さむと、忍びたまひけるかくろへごと」なのである。交野少将物語の、好色にかけては野放図の達人であるといわれた主人公の眼からすれば、一笑に付されるであろうほどに「いといたく世をはばかり、まめだちたま」うという態度と分かちがたい光源氏の好色なのであるという。かれの女性遍歴は、けっしてその行為において解放されているのではない。「あだめき目なれたるうちつけのすきずきしさなどは、好ましからぬ御本性にて、まれにはあながちに引きたがへ、心づくしなる事を、御心に思しとどむる癖なむ、あやにくにて、さるまじき御ふるまひもうちまじりける」(一―一八四)とも語られているように、光源氏の好色は、かれの「本性」からの逸脱であり、本意をうらぎるあやにくの癖に帰せられるが、それは個々の女性遍歴を見る場合の要点であるといえよう。もっとも、たとえば「紅葉賀」巻に語られている源典侍との応酬のごときは、ほかならぬ父帝の眼に堅物すぎるとまで見られていたという光源氏――帝のそうした光源氏観は「末摘花」巻にも見える（一―三四〇）――が、必ずしもそうではないことが分かったので、帝をほほえませ安心させた、という程度の好色なので、当時の貴公子にそなわるべき風流に属するのであって、物語の世界の展開に何ほどの作用を及ぼすものでもないが、単なる風俗を越えて、光源氏の人生史にくいいり生活体系に多かれ少なかれ織りこまれる女性たちとの交渉を見てゆくとき、それはいかにもわりない無用の逸脱であるというべきであろう。じつはその逸脱のなかにかれの独自の精神領域が開かれるものであったと大概することができるのである。

たとえば、もっとも若き日の空蟬・夕顔との関係にしても、それが世に知られてはならぬ、あくまで「かくろへごと」であることによって特徴づけられることは、語り手の口上言をよそおう前記の「帚木」巻頭文、およびこれを受ける「夕顔」巻末文などによって明らかである。またこれらの女性たちとの交渉が、それぞれの独自性はそれとして、結果的にいっても表立った生活と切断されることによって、光源氏の一齣に組みこまれるという結構も見のがすことはできないのである。一方、これに次ぐ紫上との関係にしてもきわめて反常識的反日常的に出発している。そうであることによって、その愛情をひそかにつちかい育てることができた。また朧月夜との関係にしても、それが光源氏を世俗の秩序からの追放の契機とさえなったところの、反逆的な情念のそこに奔騰する関係である。その他一々は省略に従うが、要するに光源氏の女性関係は、けっして平安貴族の普通日常的な風俗に属するものではない。かえってその次元から踏みはずし、そこから意に反して非日常的な世界へとさまよいいざなわれる方向に、その基本的性格があたえられるのである。そうした好色が物語の世界の日常的現実の側から罰せられねばならぬのは見るべき理であるといえよう。具体的には女性たちの光源氏とつながることによってかかえこまねばならぬ痛切な不幸であり、その不幸に囲繞されて光源氏自身も苦悩しなければならない。わが好色者であることの報復を不断に受けとめつつ、現実を生きることになる光源氏は、その意味においてかれ独自の精神世界の軌跡を描いて行くことになる。このように見てくると、さきに考察してきた光源氏の運命、藤壺との密事という罪を原点とするその運命の磁場の上に、かれの好色事は必然的な意味あいを呈して排列されることになると考えられるのである。

六

「澪標」巻から光源氏の人生は大きく変ってゆくことになる。その巻頭、光源氏によって盛大な故院追善の法華八講がまず催されるのは、朱雀院治世の外戚政治に対する天皇親政の正統性の標榜でもあった。朱雀院は譲位して、冷泉院時代が開かれる。帰京後権大納言に任ぜられていた光源氏は、この御代変りとともに内大臣となる。朱雀院時代に致仕していた岳父左大臣が復帰して摂政太政大臣となり、またやがて藤壺は女院号をたまわり准上皇となる。時世は完全にここで逆転しているのである。折から明石流寓の折に交わった入道のむすめ明石の君の腹に姫君が生まれる。宿曜師の勘申として「御子三人、帝后かならず並びて生まれたまふべし」と、異数の前途が卜されるのはこのときである。

さてこの「澪標」巻を期として、どう光源氏が変容するかについては、伊藤博氏の『澪標』以後」(『日本文学』昭40・6)が、およその肯綮に当たる見取図を示しておられる。「澪標以後の世界では、宮廷貴族社会の中核に身を置き体制自体の要請する論理に順応して権力の座への階梯を築いて行くことになる。源氏の内面に即していえば、ここで志向のベクトルが逆転したわけだ。」「この時、あの栄花の予言は一つの外的強制と化すに至る。物語は源氏の栄花を目ざさねばならぬ。しかも栄花がたなぼた式に舞い降りてくる昔物語のからくりは、そのままここに通用する筈もない。(中略)光源氏は策を進める過程で、躊躇逡巡することによって、辛うじて物語の理想的主人公であり得、また〃逡巡〃にとどまることによってはじめて物語の世界が進行し得る、という奇妙な状況に陥っている」といわれたのは味読するに値するであろう。

光源氏は冷泉院治世の後見として返り咲き、六条御息所から託された前斎宮(秋好中宮)の入内の画策に成功する。弘徽殿女御の父である年来の盟友、権大納言(頭中将)を敵にまわし、これを圧倒した。無名草子の作者によって「いと心憂き御心なり」「返す返す口惜しき御心なり」と非難されたゆえんであるが、こうした非難は、光源氏が、かの予言に示された運命路線以外を歩むことの許されぬ超人間的主人公であることを見落とすところに発せられるものであろう。故桐壺院の願望、光源氏と藤壺との密事に発する、純正の王権伝承を基線とする物語の主人公は、いまそれが実現へとひた進ましめられる段階で、世俗次元の友情になずむことはできない。しかしながら、そうした光源氏は「なほ常なきものに世を思して、（冷泉院ガ）今すこしおとなびおはしますを見たてまつりて、なほ世をそむきなむ、と深く思ほすべかめる。昔のためしを見聞くにも、齢足らで官位高くのぼり、世に抜けぬる人の、長くえ保たぬわざなりけり、この御世には、身のほど、おぼえ過ぎにたり、今より後の栄えはなほ命うしろめたし、しづかにこもりゐて後の世の事をつとめ、かつは齢をも延べむ」という思いから、「山里ののどかなるを占めて、御堂作らせ」、「仏経のいとなみ添へさせたまふ」とある（二―二八一）。深沢三千男氏の「光源氏の運命」（前記）において、この「源氏固有のありかたに立脚する不安感」は明確に追尋分析されるところである。「源氏は、現帝の殊遇が大それた犯しに立脚する感じを免れなかったであろうから、栄光の高まりは犯しの拡大と受留めざるを得ず、須磨・明石流寓によっても償いようのない、罪障の深まりを感じ取ったに違いない。源氏はおのが運命から不断に脅かしを蒙っている事になりそうである。勿論源氏と藤壺との密事は闇に隠されて露顕の危機は免れたが、須磨・明石流寓事件は現実に源氏を罰する冥界の力の存在を知らしめた事になる。だから源氏が不義の子の王権を支えとして栄達への道を進む事は、一層冥界の力を怖れさせる所以である。（中略）凡そ安逸とは程遠い特異な栄華のあり方の設定と言うべきであろう」と氏の述べられるところは、まさにその通りであろう。と同時に、この怖るべき冥界の力こそが、光源氏のなお高まりゆく顕栄を運命としてかれに強いることになる。そのことは一方で明石姫君をその生母から奪って紫上に負托するという処置にも明白である。それがいかに人情を切り裂くものであるか。「罪や得らむ」という胸のいたみを禁じ得ないが、それを敢えて圧し殺さなければならないのは、わが顕達の証しとしてこの姫君を未来の国母たらしめなければならぬからであった。

「薄雲」巻で、太政大臣の死をはじめとしてうちしきる異変のなかで藤壺は世を去るが、その死によって光源氏が彼女と共有した罪から解かれるのではない。藤壺が幽界に苦患し、光源氏が現世に、なおその贖罪の機を有つであろうことは後に述べるごとくであるが、当面、物語の頭初から潜流していた王権伝承への意思が、ここで物語の世界の現実の秩序に転化したことは明らかである。光源氏は、かれを実父と知った冷泉院の譲位の仰せ出しを諫止した。太政大臣にとの定めを固辞し（従一位牛車を聴される）、親王宣下の内意をも辞退した。この謙退は、謙退によっていささかもゆるぐことのない、かれの上昇安定が前提となっている。かれの内心に俗世の顕達にそむく願いが、依然としてひとすじに抱かれていたのは現在の栄華路線の強固な貫徹あってこそであった。その間の事情に「潜在王権」として光源氏の実質的君臨の道を開く経緯を見られる深沢氏の見解には服すべきものがあろう。

何者も追随しえぬ顕達の街道を行きながら、同時に権勢の座にあるを厭う、この二律背反的世界は、その世間的栄誉の面がいかに藤原時代の現実の支配者――具体的には藤原道長の俤を反映しようとも、しばしば説いてきたこの物語の世界の頭初の問題設定に由来する独自の論理が保有されていると考えるほかはないのである。

「少女」巻で、斎宮女御を立后させ、みずからは太政大臣となるが、政務を内大臣（頭中将）に委ねる光源氏は、かねて計画の地上楽園六条院を完成している。この六条院の四町の構成を民間信仰で裏づけるのは三谷栄一氏である（『日本文学の民俗学的研究』昭37第一編、『物語史の研究』昭42第三編）。物語の作者の想像力の射程が、識域の下に生きる古代信仰の領域に延び、逆にそれに規定される構造は、現実世界と神秘の霊界との交渉に、この王権伝承の物語の基線を引いたことと軌を一にするといえるのであろう。この六条院造営が六条御息所の死霊の鎮撫であり、その霊魂の側からすれば、「六条の旧宮」の家霊として、この六条院の世界の繁栄を見守り、祝福させられる、という構造を説いた最近の藤井貞和氏の論（「光源氏物語主題論」『国語と国文学』昭46・8）も注意されるが、それはそれとして、この六条院の春・夏・秋・冬の時間的秩序の空間的統一が、光源氏の超越的な世界支配の完成を語るものであることはいうまでもあるまい。ところが、さきにはその心内の、栄華と対極的な出家の誘いを見たのであるが、この六条院の光源氏は、比類のない栄華宰領者でありつつ、そこに多くの登場人物を招き入れる物語の世界の論理によって相対的人間像たることをしだいしだいに明らかにすることを余儀なくされてゆくのである。詳述する紙面がないので、なお資するところの論考を思いつくままにあげれば、山田美恵子「光源氏とその周囲」(東女大『日本文学』昭38・3)、後藤祥子「玉鬘物語展開の方法」(『日本文学』昭40・6)、伊藤博「『野分』の後——源氏物語第二部への胎動——」(『文学』昭42・8)、河内山清彦「光源氏の変貌——『野分』巻を支点とした源氏物語試論」(『青山学院女子短大紀要』二一輯、昭42・11)などのごときがある。もちろんその相対化によって光源氏の威力が失墜するのではない。かえって他との比較や交渉によってかれの特異の能力が高められる体であり、さればこそ「藤裏葉」巻の、光源氏の運命の極上的完結もあり得たことになるであろう。その事情を玉鬘の物語の経過や夕霧との交渉の検討で明らかにしなければならないが、いまは省略に従う。「若菜」巻以後の、いわゆる第二部の光源氏に急いで照明を当てねばならないからである。

七

光源氏の栄華の結着を語る「藤裏葉」巻は、冷泉院・朱雀院そろっての六条院行幸という慶賀すべき大団円であった。ところが、そのころからの朱雀院の不例をもって書き起こされる「若菜(上)」巻になると光源氏の関知せざるところで、朱雀院の女三宮の降嫁の段取りが進められている。光源氏がこれを迎え入れるのは、彼女の母女御が藤壺の妹で紫上の叔母というゆかりであるのに心動かされたことも一因となっているが、よりいっそう光源氏のほかに託すべき人のいないという朱雀院の判断に落着する物語の文脈のしからしめるところであった。それほどに六条院の光源氏は輝かしく包容的な理想びとであったことを、物語のこれまでの進行は余すことなく語りおさめてきたのである。女三宮の降嫁は、光源氏の極上的な地位に光彩を添えた。またすでに「藤裏葉」巻で春宮に入内した明石姫君の男子誕生も加わって、かれの将来は現在にいや益す未来の栄光が約束されるのである。しかしながら、そのような公的社会的なはえばえしさの内実には、かれ自身としてはいかんともしがたい心内葛藤がいだきこまれている。年来の最高の伴侶であった紫上は、光源氏の背信によって不安と絶望におとしいれられるが、この紫上との断絶は決定的に恢復することができない。のみならず光源氏は、魅力乏しい女三宮に、朱雀院への義理、世間への対面から、誠意を尽くしていかなければならない。光源氏はそのような苦い矛盾的状況を克服する力をすでに失っている。というより、ここではかつての栄光の光源氏を許容することができないのである。かえって、不安と絶望とたたかい堪えることによって自己をとりとめる紫上の緊張的な心術によって、この六条院世界は護持される体であるといってよいであろう。「若菜」巻に語られるいくつかの四十賀宴が、これを辞退する光源氏の意思とかかわりなく、盛大に、しかも六条院の四季運行の秩序と無縁に催されて行くことの意味も見のがされないのである。武者小路辰子氏は、賀宴という行事の意味についての考察によって、この段階の光源氏像を明確に把握する一つの視点を据えられた（「若菜巻の賀宴」『日本文学』昭40・6）。

光源氏の晩年を語り出す「若菜」巻は上・下を要した長大な巻であり、その下巻には四年間の空白をふくみながら光源氏四十七歳までのことが語られている。その間に治世が交替した。冷泉院は退位し、朱雀院の皇子、今上の帝が即位している。今上の後宮には、光源氏の唯一のむすめ明石姫君が納まり、その腹の皇子は東宮となっている。女三宮は今上の妹であるから、光源氏の世俗的地位は、微動だになく万全に保持されている。が、この段階の光源氏の心裡は次のように語られている。「おりゐたまひぬる冷泉院の、御嗣おはしまさぬを、飽かず御心の中に思す。同じ筋なれど、（冷泉院ガ）思ひなやましき御事なくて過したまへるばかりに、罪はかくれて、末の世までえ伝ふまじかりける御宿世、口惜しくさうざうしく思せど、人にのたまひ合せぬことなれば、いぶせくなむ」と（四―一二八）。玉上琢弥氏の『源氏物語評釈』は、かりに冷泉院に皇子があり、その皇子が将来帝位を継ぐと仮定した場合、かえって、その新帝の外戚は光源氏ではありえぬゆえ、かれ以外の勢力の増大を許すことになる、そしてかれ自身は内心秘密の発覚におびやかされるであろうことを詳述され、「このように考えてみると、冷泉院に子がなかったからこそ、罪が一代で消え、六条院は安泰であり、かつ源氏に冷泉院の不運を悲しむ、という温情のポーズをとらせることができたのである。源氏には子の不運を嘆くことさえ、プラスになっている……」（第七巻、二九二頁）とも述べられた。光源氏の無念さは、むしろ現実ではそうならなかった王権授受のありかたなればこそ、心ひとつに反芻される。とともに、底ふかく秘密に染めあげられた運命から解放された光源氏は、物語の世界の焦点ではなくなっていたのである。

物語の世界は何によって動いてゆくのか。光源氏をそこにとりこめてしまう物語の世界の論理自体によって、それは動いてゆく、といってもよいが、その分析は別の機会にゆずるほかあるまい。ところで、六条院の秩序を平穏に維持しえたのは、前記のように、紫上の誇り高い心術によるものといえようが、その、いわば極限の緊張的な努力によって保たれてきた、女三宮に対する優位の限界を、彼女はやがて目覚せざるをえなかったのである。光源氏はわが体面を保つためにも、この不完全な若い妻室、女三宮の教導に励み、またその効あって年とともに彼女は成熟した。そして御代がわりとともに今上帝を兄とすることにもなったのであるから、おのずと品格の高まるのも自然であろう。もちろん紫上の勢威が劣るというのではない。彼女は、みずから進んで女三宮を包容し、睦みかわした、とあるが、「この世はかばかりと見はてつる齢」とみずから観じて出家の心を抱きはじめるのである（四―一二九）。

「若菜（下）」巻の光源氏四十六歳秋の住吉詣、翌春の女楽は、物語の世界に空前絶後というべき華麗な催しであるが、そうした行事によって、紫上が再起不能の病いに追いこまれてゆく筋道がつけられる、と私は解している。この問題についても別の機会に詳述することにしよう。さて、その女楽の夜に、光源氏は紫上に対して述懐した。「みづからは、幼くより人にことなるさまにて、ことごとしく生ひ出でて、今の世のおぼえ有様、来しかたに類少くなむありける。されどまた、世にすぐれて悲しきめを見るかたも人にはまさりけむかし。まづは思ふ人にさまざま後れ、残りとまれる齢の末にも、飽かず悲しと思ふこと多く、あぢきなく然るまじき事につけても、あやしく物思はしく、心に飽かず覚ゆること添ひたる身にて過ぎぬれば、それにかへてや、思ひしほどよりは、今までもながらふるならむ、となむ思ひ知らるる」と(四—一六〇)。これは、ふと口にでた場当たりの言葉ではない。いまこの言々句々に対応する光源氏の経歴をなぞる余裕はないが、この言葉によってかれの人生が統括されていることは確実であろう。超人間的な宿世を負うて生きてきた光源氏は、そのために誰の追体験をも許さぬ苦悩にいろどられた人生をもったのであるが、そうしたかれの告白は、光源氏と人生をともにした眼前の紫上にも通ずることはないのである。この言葉に次いでかれはいう、あなた(紫上)には、かつて須磨の別れ以外には思い悩むことはなかったであろう。后といい、またそれ以下の帝に仕える夫人たちとて、いかに高貴な人といえ、例外なく物思いを避けることはできない。あなたの、親に養われるむすめと同様の気楽さは他に求められはしないのである。女三宮の降嫁の一件だけは不快であろうが、しかしそれに関してはいよいよあなたに対してまさる私の志を、自身のことゆえ分からぬかもしれないが、利発なあなたには感じ取ってもらえぬこともあるまい、……と。紫上はどう応えるか。「のたまふやうに、ものはかなき身には過ぎにたるよそのおぼえはあらめど、心に堪へぬもの歎かしさのみ、うち添ふや、さはみづからの祈りなりける」という彼女は、なおいいたい千万言を抑えるほかない。光源氏の言葉を彼女は受け入れることができなかった。しょせん光源氏は光源氏、紫上は紫上であり、もはや互いに心と心でつながることの不可能な他者同士であることを紫上は心にかみしめているのだが、そうした紫上の絶望からまったく疎外されている光源氏も、無慚に孤絶していることになる。

紫上は発病した。そこに六条御息所の死霊が出現しているのも、六条院の世界の、冥界の力の潜入を防遏できなかったひびわれを語り示しているといってよい。それはさておき、そのことを契機として発生した女三宮と柏木との密通、そしてその結果の懐孕を知った光源氏はいたくうちのめされる。密通の事実もさりながら、そのことをつつみ隠しおおすこともせずに自分に思い知らせた、そのやりくちに、光源氏は憤激するので、それが六条院の栄光をいかに傷つけることになるか、そうであるだけに、かれは胸一つにおさめてこの事態に堪えなければならない。

この密通事件は、いうまでもなく光源氏を今日まで至らしめた宿世の、原点であったところの、藤壺と共犯した罪が、いまは光源氏が逆に侵犯される側に立たされてくりかえされたことになる。かれは現世の応報を痛感し、この苦悩によって後世の報いも軽められるかもしれぬとさえ思いしのぶのである。しかしながら光源氏は堪えられるか。苦しい抑制をくぐりぬける冷酷残忍な心情を、かれ自身いかんともしがたい。それが過ちを犯した柏木と女三宮を追いつめる。罪の子薫を生み落とした女三宮は出家し、また柏木は、それしかない道としてみずからを死に至らしめた。光源氏の威力がそうさせたといえようが、さればとてかれは勝者でありえない。女三宮の出家は、彼女が光源氏の庇護下に従順に生きる人形のごとき立場から、光源氏の介入を許さない別世界へと離脱して行ったことでもあるし、柏木の死は光源氏の権威を根柢から震盪する行為の結果であった。かれらによってのこされた罪の子薫を抱く光源氏は、事情を知らぬ周囲から寄せられる祝意につつまれて、老残の無辺際な孤独をかみしめている。

「柏木」「横笛」「鈴虫」「夕霧」の巻々を経て、やがて「御法」巻で紫上の死が語られるが、この巻は、死の側から光源氏の生とその業を照らし出す観がある。作者は、わが生の限りを予感した紫上の出家の切願と、それをけっして許しえぬ光源氏の深い愛執を語った。紫上は出家の許されぬことを嘆きながら死と対面し死の世界へ近づいて行くが、それを引きとめるすべはない。作者は、紫上をとりまく世界を極楽のように美しく静穏に語り尽くすが、そうした紫上が来世に救われる保証はないのである。辛うじて、彼女の息の絶えたのち光源氏は授戒をいい出す。それほどまでに紫上はどこまでも光源氏の生の支えとなっていたのである。その死が、光源氏の人生の果てであるゆえんである。

作者は光源氏の底しれぬ嘆きを語りつづけた。そのことが光源氏を救抜する方法であったといえよう。阿部秋生氏は「御法」「幻」の両巻にくりかえされる「六条院の述懐」について検討されたが（「六条院の述懐」『東京大学教養学部人文科学科紀要』三九号昭41・12、なおこの論文については「源氏物語の虚構と文体」の章で触れる）、それは前記の「若菜（下）」巻の紫上に対する述懐にこめられていた光源氏のわが人生への統括的省察のより深化したそれであるといえよう。こうして光源氏は、そうするほかなく自己を出家という目標に近づけて行く。作者は光源氏を物語の世界の外の宗教に逃避させるのでなく、物語の世界のなかでかれの人生の意味を反芻させ、それに堪えしめ、そのことによって救済への予感に生きさせる「幻」巻を書いたのである。

源氏物語の人間造型

源氏物語の中にどういう人物がどういうふうに登場してくるかという問題ではなく、源氏物語の本性を考察してゆく上で、あるいは源氏物語の作品論の領域において、人物の造型を追及するという作業が、どういう役割を果たし、またどういう視座や作業方法を要求するか、というような問題について、二、三、おぼえ書をしるしておきたいのである。

よく「作中人物論」という呼び方があり、「源氏物語作中人物論大成」などという雑誌特集さえも編まれている程であるが（『解釈と鑑賞』昭38・8）、私にとっては作中人物論といわれるような作業はどれこれの人物が、かくかくしかじかの性格をもって登場しているというだけのことを明らかにするのが目的ではありえない。人物の造型・操作のされ方に注目することを通して、源氏物語の方法なり構造なりの独自性を明らかにしたい、ということは、けっきょくは文学史における源氏物語の位置づけの作業の一環になりうると思うのであるが、そのようなわけで、つねに何のための人物論か、何を明らかにするための人物論であるかという意識はもちつづける必要があるだろうと思う。

ところで、この源氏物語作中人物論と呼ばれうる作業は、早くから存した。鎌倉初期の「無名草子」がまず誰しもの念頭に浮ぶであろう。それはそれとして、近代になってからも多くの論が続出していることは、前記「人物論大成」によって大体を知ることができるが、こうした作業が、源氏の作品研究の重要な一翼と目されるようになったのは戦後に属するといってよい。私はいま今井源衛氏の「明石上について」(『国語と国文学』昭24・6)の前がきを念頭に浮べているが、そこにかかれていることは今日なお反芻するに足るのである。今井氏によれば、「文学は、人間の具体的な生の現実に穿入し、その意味を発見充実し、その有機的な統一の相のままに形象化する。而してその形象化された人間の生とは、必ず人間の個体が具体的に荷ふものとして現はれるのではないだらうか。(中略)生の、又表現対象の単位は常に個人であらう。個人の形象的表現の中にこそ、文学の有機的統一の意味があり、そこに具体的な生命感がありうる。而して文学研究もまた窮極に於て、かかる個体的人間の有機的構造を、その生命を、作品の中から見出す作業を意味するだらう。そして文学研究が美学や歴史学と異る領域を主張し得る所以は、正にこの点にあるのではなからうか」といわれるのである。氏は、次いで日本文芸学の方法や歴史社会学の方法が、ともに人間個体を捨象するものであるといわれ、この失われた個体を作品批評の上に回復する作業の一として登場人物論を試みようとするのである。

この今井氏の、「明石上について」の序文は、たしかに源氏の作中人物論の、作品研究としての市民権を根拠づけるものであった。しかしながら人物論による源氏物語への接近は、やがて数年後には低迷が自覚されることになるのであって、当の今井氏自身が明確にそのことを述べておられる。すなわち氏は作中人物論の隆盛ぶりを指摘しながらそこに決して前進があったわけではないので、かえってこの方法の未熟さが暴露された、あるいは方法論上の検討の不足があったといい、「人物は現代の小説のばあいのような完全な意味では、作品の主題を荷い得ないことが多く、例のプレハーノフ式の典型論のあてはまる限度もたかのしれたものである。主題自身も複雑な外来的要素によって、二重三重にふくれ上っており、作者自身の、もしそういうものがあるとすれば、固有の直接の観念にはどこまで皮をむいていけば達せられるのかというような疑問は数限りなく現われてくる」といわれる（「源氏物語の歴史」『解釈と鑑賞』昭32・10）。こうした発言のころから、実際今井氏の研究方向にも明らかに変換がみられるようになる。

氏のいわれる「方法の未熟」「方法論的検討の足りなさ」ということは、要するに人物論というものが、源氏研究にどう寄与しうるか、どういう視座をすえ、どういう操作を施すことによってこれが有効性を発揮しうるのかという方法意識の欠如ということにほかならない。けだし、さきに今井氏が失われた個性の恢復をと強調したのは、それはそれで私には共感できるのであるが、それは戦後の近代的な人間個性復興への強い願いを素朴に源氏物語の世界へ投じ入れたにほかならないという性質のものというべきで、また源氏物語自体としてもそうした姿勢に応じうるだけの独特な作品であったわけだが、そこにはやはり作品世界への無媒介なべったつき、作品の論理に即する方法意識の欠落があったということは認めないわけにはいかない。

たとえば今井氏の作業の推移をみても、いくつかのすぐれた記念すべき論考がかかれているが、たとえば作中人物の分析に、史実――史上実在の人物の事蹟が掘りおこされ、それとどう対応しているかが綿密に測量され、その作業が作中人物の実在感の証し立てに寄与させられるという論法が見られる。私はもちろん史実調査自体の努力を貴重なものと考えるのではあるけれども、しかしこれは必ずしも作品の文学性そのものの研究とはいいがたい。作中人物論が必然的に行き詰らざるをえなかったゆえんであり、その意味で私は今井氏の人物論についての批判的な反省は、いろいろの意味で嚙みしめ味わわるべきであろうと思う。

私自身も今井氏の驥尾に付して同じような作業をこころみたことがあったが、今井氏が前記の論を述べる同じころ、私もやはりこれについて痛切な疑念を抱かせられた。そのころ『日本文学』誌に薫大将論を書くことになったが、これは七・八十枚まで書いて中絶のやむなきに至った。それは薫を論ずることの意義が皆目分からなくなってしまったからで、要するに方法論上の検討の不足そのものによるというほかはないのである。

いったい宇治十帖の薫大将という人物はきわめて複雑で一筋縄に行くものではなかった。かれにおいては、ある一つの行為がある特定の意図や意味をもって遂行されるとき、その行為は決して頭初の意味のみを荷うているのでなく、まったく逆の意味をもってさえいる。結果的にそうなるというのでなく、それ自体がそうなのである。その行為の対応する状況や人間関係との連関から、そのことがまことに明瞭なわけで、いわば薫大将は、そのようなけっして一義的でない行為の集合体であるといえよう。したがって薫という人物に対しては、さまざまの視点から多面的にこれを見てゆかねばならないのであって、そのさまざまの視点というのはほかならぬ物語の世界の論理が、私たちの中にこれを設定することを要求するのである。すなわち作品の世界の論理に随従した方法的意識なしに人物それ自体にとりついてゆくことはできないのであって、右のように薫を動かす物語の世界の方法ないし論理をおさえる、という姿勢が、どうしても私たちには必要になるのである。

しからば、その薫に対して一方たとえば浮舟は如何。この人物の経歴は数奇であるけれども、しかしその心情や行為やに対して私どもが視点を変えると、ちがった意味が見出されるというようなことはありえない。私どもに対して複眼的な視点を要請するようなことはなさそうである。いわば浮舟ほどその行為や運命が必然的にそうなるべきものとしてくっきり造型されている人物はめずらしい位であるが、それはもとより薫が男性で浮舟が女性であるからというような単純な問題でないことはもちろんであり、いわば物語の男主人公・女主人公のそれぞれをそのように造型操作してゆく物語世界の、このふたりをつつみこみ、そこに生かして行く同一の場の論理・方法の問題であるというほかはないと考えられる。

顧みると、私などの初期の作中人物論は、個々の人物に照明をあて、その人物がいかに描かれているか、関係記事を抽き出し組みあわせて時代・社会のはらむ問題が、いかに生きた人間像としてその中にはらみこまれているか、そこにどういう人間像としての実在感があるのか、そしてそのような人間像には、作者のかかえている問題が、何ほど封じこめられているかというような視点から追求されていたといえよう。しかしこれは、そのような問題がどういう方法で作中人物に荷わせられるかという、物語の世界の論理を無視するというおそれがなきにしもあらずであったということができる。

もちろん前記のごとき視点からの追求は、それはそれでまったく無効なのではない。むしろ作品に取りついて行く方法としては、むしろ正統ですらあったことを私は疑わない。たとえば空蟬という人物、ゆくりなく光源氏と出会うことによって負わされる彼女の問題はきわめて明確であり、この人物に対する光源氏の評価は、そのまま読者のそれと一枚に重なるのであって、私どもはこれに素朴に立ちむかうことによって難なく彼女の全体像を把捉することができそうである。ここに明らかに作者の自画像が見えるということは島津久基氏も説いておられたし（『源氏物語新考』昭11）、池田亀鑑氏も「作者の心にえがく理想的な人妻、思慮ぶかく誠実な家庭婦人のあり方をのべたもの」と説明を施された(「源氏物語の構成とその技法」『望郷』第八号、昭24・6)。

しかしながら、じつは作者のいだく理想像ないし自画像がここにあるという考察に私どもを導くということについては少しばかり問題がありそうである。物語の世界と異次元にある作者と結びつけうるということは、物語の世界を場としてそこで全的にその人の生きかたを生きつらぬく人間像でありえないという面と表裏の関係になっていないだろうか。接近して登場する夕顔に関しても同じ考えをいだかせられる。光源氏と結ばれたが故にあえなく落命する彼女の話のはらむ問題はかなり明確である。この人物が紫式部の実生活において、たいへん式部から好かれた——同性愛の相手とさえいわれる上東門院小少将をモデルとするといわれているだけに、やはりそのような思いをいだかせられる。またたとえば末摘花に関しても同断。この残酷なまでにことさらに醜女に仕立てられる「末摘花」巻のこの人物は、作者のそうする意図なり姿勢なりがあらわでありすぎる。が、そうであるだけに、物語の世界を場として、その人らしく生きつづけることがかなり困難なものとなることを私どもは容易に気づくのである。夕顔は「夕顔」巻で消えるし、空蟬は後に姿をあらわすにしても、文字通り後日譚としての処理である。末摘花にしても「蓬生」巻で再登場するときは、もはや「末摘花」巻の彼女とはほとんど別人といわざるをえない。

ちなみにこの末摘花の変貌については森一郎氏の「源氏物語の人物造型と主題との連関」(『国語

国文』昭40・4、後に『源氏物語の方法』昭44に収められた）において考察が加えられている。森氏によると「末摘花」巻の彼女が嘲笑の対象であったのに対し、「蓬生」巻の彼女は昔風な高貴の貴族精神の典型と称すべきものがあるが、これは変貌とか発展とか説明されるべきでなく、構想・主題によって人物が便宜的に造型がえされる源氏物語の人物造型の性質を示すものということになる。私は森氏の見解については、そのかぎりでは異議はない。けれども問題は、物語の世界の展開と対応して、彼女らしく変ってゆくことができぬように、きっちりと枠づけられてしまっている、すなわち「末摘花」巻で、あるはっきりと決まった役割を荷わせられており、それで終りの人物として造型されている。したがって別の役割が付着されることによってしか再登場することができないのであると解する。けだし人物造型を追求することは、それを動かす物語、ここでは巻々の論理がいかなるものかという考察と切りはなされてはならないことを主張したいのである。

末摘花の変貌と関連して、やはり森氏のあげられる頭中将につき、ついでにふれてみたい。かれは光源氏の年来の朋友であるが、光源氏が明石から帰還の後、はっきりと光の敵方にまわって事ごとに対立する人物となる。が、これは末摘花の場合とは別個の問題をはらむ。もっとも頭中将が光の対立者となっても、しょせん光の絶対性を逆に照らし出す人物でしかなかった、そのかぎりではこの人物は物語の最初から一貫して一定の役割を荷いつづけているが、そうした面はいまはさておき、権勢家として際立ってくる光源氏に対して、君達時代の頃と同様に光源氏の盟友でありつづけるとしたら、つまり対抗意識をもやしつづける人物にならないとしたなら、これはまことに不自然な絵空事めいてくるであろう。かれはいま藤氏の長者としての地位にのしあがっているのである。けだし頭中将の「澪標」以後の変りかたは、作為的にとってつけられたようなものとして片づけられるべきでない。森氏によると近代小説の作中人物が「小説というわく内での、つまり額ぶちの絵の中の人生風景の必然性が追求される」に対し、源氏物語においてはあとから構想・主題に応じて付着的に造型がなされるといわれる。その言葉のかぎりでは誤りではあるまいが、そのことのみで割り切るには問題が大きく残るのである。思うに人間像の変貌のしかたというものは、それが自然なその人らしい変りかたをしているにしても、そうでないにしても、とにかくそれを変化させているということは、そのこと自体がきわめて大切なのであって、そこにおいては近代小説文学の方法とちがうということのみが問題なのではない。主題の変化に応じて人間像が変えられるということが問題なのでなく、人間像をそのように変えてゆくことを要請するように主題が変るということに問題があるのであろう。森氏によると主題であるが、私にいわせれば物語の世界の論理ないし方法の変換である。

そもそも人間像が変化するということはどういうことか。けっしてそれ自体の内的な自己発展とか成長とかいうものがあるはずはない。これは文学作品内部の問題として考えるにしても、私たちの実人生の問題として考えるにしても、明白なことであろう。もっとも時間的には短小なある場面における意識ないし心理などにかぎってならば、それらの自律性が考えられてしかるべきだが、それらを経験として織りこめる人間の形姿は、じつはそれが働きかけ、かつ働きかけられる、客観的な相関物＝相対条件との対応において変って行くほかないのではないか。そのような意味での人間造型の変化ということが確実にかたどられてゆく世界として源氏物語の独自性がつきとめられなければならないと思われる。そのことは一人物の造型が前後を通じて撞着するという指摘よりもはるかに重大なことであろう。往々前後矛盾をおかすという事実を作品内部にはらみながらも、作者は、作中人物を物語の世界の場とぬきさしならぬ関係で生きる、具体的な人間的存在たらしめたという点を私は重視したい。

作中人物の人間像を変化させるような物語の世界の論理の変りかたが問題であるとするならば、それは何に由来するのであるか。主題・構想が変り改まれば、応じて人間造型が変るといってしまえば容易なことであるが、問題の提起としては弱い。主題・構想はどうして変るのか、また新しく発生してくるのかが問題であろう。

源氏物語の作者がどういう創作のしかたをしたかについては、よく論議されていることで、いまさらのべる必要はない。当時の物語の創作・享受の事情からして、これはもちろん一挙に書き上げられ、全篇一挙に発表されたというものではあるまい。源氏物語も一帖ないし数帖ずつ世に問われ、世評に応じ、立ちかえってまた書き継がれたものであろうが、しかしながらそこにおのずから一部、二部、三部それぞれ、つらぬく確固たるプロットがあり、趣向があったであろうことも明白である。作者は執筆発表のしかたとは別に、これから書かるべき物語の全体像をあらかじめ構想していたことは確実である。が、作者の実際の創作過程は、頭初の筋立てと格闘し、あるいはこれを修正し克服することによって作品を客観化して行くという仕組みを示しているように思う。そうした創作の経過において、その世界の内部に自立する論理を強化してゆく、そこに源氏物語の独自性の一面を見ることができるのであるが、いま人物造型の面にかぎっていえば、ある人物が作者によって予定調和的に操られることを止め、かえってその人物が、ひき出される場面・局面とたがいに作用しあって、その人物らしいいのちをもちはじめることはないか。じつは源氏物語が今日の私どもの中に新鮮な感動を喚起することになるのは、その点にあるのであろう。そうした人間の形姿は必ずや作者の観念の中の筋立てを変改させずにはおくまいし、また新たなる筋立てを生まずにはおくはずもない。そのような物語世界の論理の進みかたの独自性に私たちは大きく眼を開いて行かなければならないであろう。

いわゆる人物論という作業は、右のような意味あいから、今後開拓さるべき沃野をひかえているといってよいであろう。

源氏物語の自然と人間

物語研究に有効な一般的方法などというものを私はいまもちあわせていないし、またそう簡単にこれを身につけることもできそうにない。だいたい物語文学とは何であるかということは、いまの私に必ずしも自明ではないのである。もっとも、物語とは何か、物語性とは何か、物語文学とは何か、等々の問題については多くの先学の論があって、ほとんど論じつくされたかのようであるが、そうした先学の説を総合したところで必ずしもそれで物語ないし物語文学をその本質において領略することができるというものではない。

たとえば、いま風巻景次郎氏が「物語の本質」（『風巻景次郎全集』3、昭44）という論文で、物語は第一に「平安時代における書かれた日本語の散文作品」である。第二にそれは「伝奇」である、ときわめて明確に規定しておられる。この二条件を、同じ風巻氏の言葉によって、より歴史的具体的にまとめると、「竹取物語を境として、それ以前と以後との相違を図式的に提示すれば、前者は伝説のありのままの記述であるか、または少くともありのままの記述を軸とした文章であって漢文であるに対し、後者は伝説を軸とし、または伝説によって行われた虚構の作品であり、日本語の物語である。伝説を軸にしている点に歴史との継続が看取され、虚構の有無が境界の一線を引いている。こうした相違がどうして生れ得たか、また何故に生まれねばならなかったか、その点に触れることは間接に平安時代の物語の性質を歴史的に限定することに役立つであろう」ということになる。このような、風巻氏による物語の本質規定とこれへのアプローチについての着眼は、きわめて的確であるといえよう。が問題は、そして困難は、そのさきにあるのではないか。風巻氏はこの論文で、源氏物語の完成を特色づけるところの「人生の内面的な把握」、これは物語の本来的部分ではない、物語変遷の上に新しく加えられてきた一つの属性なのであるから、そのつもりで本質からは除外しておかねばならないとしておられる。風巻氏のいわれる「内面的」という規定は、そのままでは一般的にすぎて明確でないところがあるから、なお厳密な検討が必要であろうが、かりにいまその言葉を用いるとして、はたしてこの内面的な人生把握ということが非本質的なものだと片づけられてよいのだろうか。これがたしかに新しく加わってきた要素であるにはちがいないにしても、問題はあまりに大きすぎる。かえってそのような非本来的なものが加わってきたという、物語文学の発展をどうとらえるかが、本質的に重要なのではないだろうかと考えられる。

たしかに竹取物語と源氏物語、あるいは宇津保物語と源氏物語でもよいが、両者は大きくいえば物語文学の枠にくくられるにちがいない。が同時に、またそれではいかにも形式的にすぎてほとんど何の役にもたたない。じつは両者は同日に論ずることができぬほど質的にちがうのである。そんなわけで、一般に物語研究の方法はどうあるべきか、などという関心よりも、またあるいは個別的な物語作品の間から物語文学性なるものを抽出することよりも、私は個々の作品の方法なり構造なり、その本質なりについて考えつめることの重要さを考えたい。あるいはそれら作品間に見える、歴史的な発展過程について、その様相とその背後にあるものについて設問と解答をかさねていきたい。そのことのなかから物語研究の方法もあみだされるのだろうという考えである。

いま私は、物語の研究について、かくかくの課題があろう、しかじかの方法があろう、またかくかくしかじかの方法では困る、などということを、具体的に列挙していこうとするのではない。当面物語文学にアプローチしていく上でのとっかかりになるかもしれない一つの着眼点を、おおざっぱなかたちでのべるということになる。そのことがおのずから私の模索の方向を示すことになるかもしれないが、といっても、これは何も新しい視座の提供であるわけではなく、今後より深められねばならぬ問題であろうという意味に解していただきたいのである。

たとえばここに、物語の世界における自然という問題がある。これはまったくいいふるされ、手垢にまみれたような問題かもしれない。あの中世の徒然草にも「折ふしのうつり変るこそ……」の段で春から秋の風物を列挙してきて、「いひつづくれば、みな源氏物語枕草子などに言ふりにたれど……」とのべられてあったことが思いおこされる。宣長の『玉の小櫛』総説では「此物語は、殊に人の感ずべきことのかぎりを、さまざまかきあらはして、あはれを見せたるものなり。まずおほやけわたくし、おもしろくめでたく、いかめしき事のかぎりをかき、又春夏秋冬をりをりの、花鳥月雪のたぐひを、をかしきさまに書きあらはせるなど、これみな人の心をうごかし、あはれと思はする物にて、心に思ふ事ある時は、ことに空の気色木草の色も、あはれをもよほすくさはひとなるわざなり」とのべられてあり、以下さまざまの巻の具体例が引かれている。この「心に思ふ事ある時は、ことに空の気色木草の色も、あはれをもよほすくさはひとなるわざ」とここにいわれる、そのような自然は、じつは物語の歴史の頭初からそういうものとしてあったのではけっしてない。

いま竹取物語から歌物語をもふくめて物語にかたどられる自然像を検討しているいとまはない。こうした検討は、たとえば岡崎義恵氏の「古代文学における季節の表現」(『古代日本の文芸』昭18)のごとき周到な論文があり、平安文学全般にわたる季節表現の諸相が包括的に究明されているので、これによって当面の問題を考えるだいたいの資料が得られる。また源氏物語に限定すれば島津久基「源氏物語に現はれたる自然」(『源氏物語新考』昭11)、窪田敏夫「平安朝文学に於ける自然描写序説——源氏物語の季節——」(『国語と国文学』昭15・5)、森岡常夫「源氏物語の自然」(『源氏物語の研究』昭23)などによってさまざまにいいつくされているといってよいであろう。そうした調査を念頭において考えてみても、源氏以前の物語と源氏物語とははっきりちがうのである。

いったい四季の変化に富んだ農耕国である日本における人間の生活が自然の運行のリズムによって動かされていくことは当然であるが、そうした農業生産と縁を断った平安京の貴族たちには、代りに歳時の意識や年中行事が生活の目盛りとして厳在したことは改めていうまでもない。自然と人為との相互滲透という独特な環境の形成については、高木市之助氏の『日本文学の環境』（昭13）における、平安文学の環境「みやこ」の追求によって問題の急所がおさえられているといえよう。したがって散文でかかれる物語文学の世界に、自然が、具体的には季節として、人生と不可分の関係で登場しないはずがないのである。たとえばあの宇津保物語――石母田正氏によって「貴族社会の叙事詩」とまでいわれたこの物語の世界には当然のようにかなりの具象性をもって自然のすがたが参加している。が、その宇津保の自然と源氏の自然とははっきりちがうのである。一例をあげると、源氏物語「若紫」巻、北山で光源氏が僧都の庵に一泊する前後のところ、これは島津久基氏の『源氏物語講話』にも詳説されるように、宇津保物語「国譲（下）」巻、水尾に山ごもりする藤原仲頼のところへ、仲忠、涼、藤英その他の面々が訪ねてくるところが確実に源泉となっているらしい。これは宇津保物語のなかでも自然描写としてはもっとも顕著なくだりの一つであるだけに源氏と比較するならば問題は明確であるが、宇津保の場合、その刻明な情景描写のデテールをいくら反芻してみても、それはそのくだりの文字どおりの意味で、客観的な背景がそうなっているというだけのものである。ところが源氏物語の場合は、単に背景としての自然の情景がかたどられているのではない。「心に思ふ事ある時は、ことに空の気色木草の色も、あはれをもよほすくさはひとなるわざなり」と宣長もいっているわけであるが、それは自然というかたちをとって、主人公の情意を客観化する過程であるにほかならない。いわば自然は人間であり、人間は自然なのであって、物語の世界の文脈のなかに、自然が人間と同次元同等の資格をもってせり出しているという特質がここにある。

もちろん宇津保の自然と源氏の自然が、それほど異質かどうかという問題は、なお種々の例について具体的に考察する必要があるであろう。たとえば五十嵐力氏の『平安朝文学史（下）』（昭14）には、宇津保物語が扱われるところでこうのべられている。「宇津保の作者は、また自然の描写において抜群の伎倆を見せてゐた。同じ時代の物語群が『宇津保』『落窪』の外全く失はれた後世において、珍しい文学現象に関する創新の功名を此の二作《ママ》のみ帰するのは、甚だ危険なことではあるが、現存する限りの資料について見ると、『源氏物語』の自然描写及び情景の取合はせは、『宇津保』の達した程度に洗錬を加へたに過ぎぬやうにも考へられる。」そして、「例へば」として、

前栽の山の木どもも紅葉し、櫨の紅葉今色づく、さまざまに面白し。風やう〳〵荒く、山の中より落つる滝も、静かなる所にて聞き給へば、よろづ物の音にあひて哀なり（楼の上）

雪夜よりいく高う降りて、御前の池、遣水植木ども、いとおもしろし。（楼の上）

の如き、ひき離して見れば、少くとも調子において『源氏』の文と思ふ人もあるであらう。

ともいわれる。この「楼の上（下）」巻というのは、仲忠母子が犬宮に琴を伝授し、この音楽の家系

の栄光が最大限に語られる巻であるが、その経過が、八月から翌年の八月十五日まで、一年のめぐりという、はじめから明確に設定された枠組みのなかで推移するという段取りであって、五十嵐氏の引用された文章のほかに、同様な自然描写の文章が、ゆたかにちりばめられている。たしかに、そのような部分は、それだけとり出して見ると、源氏物語のなかのそれとほとんど見分けがつかぬといえるかもしれないのである。しかしながら五十嵐氏自身、注意ぶかく「ひき離して見れば、……」と条件をつけておられるではないか。ということは、逆にそれをひき離して見るのではなかったなら、つまり、物語の文脈の全体的な推移のなかに置いたまま見るときには、両者の間の顕著な異質性を否定できないということでもあるだろう。

宇津保の場合、自然なり季節なりは、いかにこまやかであっても背景であるにつきるであろう。人物の行為や心理がそこに描き語られていく客観的な場面であり舞台である。いいかえれば平安貴族社会の人々にとって自明の通念である歳時意識として超越的に流れていく時間帯であり、そのなかに、それに対応して人々の交渉や事件の経過が載せられていくという仕組みにほかならない。もちろんそのような役割の自然なり季節なりが、物語の世界の場の造成に参加させられているということは、それ自体として見のがせぬ画期的な事象であるにちがいないが、にもかかわらず、それと源氏物語の場合とは、これまた微妙に一線を画するのである。さきに私は源氏においては人間の内面が自然のかたちをとり、自然のかたちが人間の内面の表象であるということを述べたのだが、この点は具体例に即して説明すべきであろう。
前述したごとく、「若紫」巻の北山の旅寝の条。かなり長い条であるから全体にわたって論ずることは省略させていただくが、

暁方になりにければ、法華三昧行ふ堂の懺法の声、山おろしに聞こえくる、いと尊く、滝の音にひびきあひたり。

という一文がある。これは宇津保の

暁方になりて、風いとあはれに、木の葉雨のごとくに降るほどに、律師（忠こそ）陀羅尼読み給ふ。大将（仲忠）いみじくめで給ひて、箏の琴弾き合せ給ふ。おもしろきことかぎりなし。……

が源泉であるが、宇津保の場合はあくまで背景・環境の描写としてそう語られているということは前述の通り。しかしながら源氏についていえばそれではすまされないのである。このあたりの場面について説明すると、光源氏が北山の僧都の坊におとずれ、僧都の神妙な法話をきき、あらためて藤壺恋慕という、わが罪のおそろしさを深刻に反省させられる。にもかかわらず、その神妙な思いに反乱するかのような、昼間かいまみた紫上の面影への恋思を抑えることができない。かれは夢語りにかこつけて紫上の素姓を僧都から聞き出す。とともに、この少女の後見になりたいと切り出すのである。僧都はこのように申し出る光源氏をほとんど相手にせず、勤行のために座を去って行く。するとすぐそのあとのところに、こういう文章が入ってくる。

君は心地もなやましきに、雨すこしうちそそぎ、山風ひややかに吹きたるに、滝のよどみもまさりて、音高く聞こゆ。すこしねぶたげなる読経の絶え絶えすごく聞こゆるなど、すずろなる人も所から物あはれなり。

ひとりで取りのこされた光源氏を囲繞する僧房の周囲の風情は、そのままおさえがたい情感の表象であるといってよい。もはやそれは描写などというものではなく、それを媒介にして主人公の内面をかたどるべくひきすえられる自然像なのだといえよう。かれは堪えられず女房を呼び、今度は紫上の祖母である尼君に対して思いを訴える。もちろん尼君とて、おいそれとまともに光の意向を受け入れることができない。そのうちにまた勤行の終った僧都が戻ってくるところで、さきに引用した「暁方になりにければ……」の文章が入ってくる。つまりさきの僧都との対面の場、そして尼君との折衝の場、そしてまたふたたび僧都と相対する場と、これらの移動する場面の間あいに、僧房をめぐる北山の夜から暁にかけての聴覚的な風情が、単なる背景としてではなく、光源氏の心内からつむぎ出されるように、せり出してくるという体である。

そのあと、光源氏の「吹きまよふみ山おろしに夢さめて涙もよほす滝の音かな」という哀訴するごとき歌、それに対して冷たく拒む僧都の「さしぐみに袖ぬらしける山水にすめる心はさはぎやはする」という歌がよまれ、言外の間合をおきつつ今度は、

明けゆく空は、いといたう霞みて、山の鳥どもそこはかとなうさへづりあひたり。名も知らぬ木草の花ど

も、いろいろ散りまじり、錦を敷けると見ゆるに、鹿のたたずみ歩くもめづらしく見たまふに、なやましさも紛れはてぬ。……

というふうに転回していくのであるが、これは単に時間が経って場面が明るくなってきたということだけを語っているのではない。夜をこめて訴えつづけた光源氏の紫上に対する暗い情念が、ふりきられたのであって、かれは否応なしに、紫上への執着を内に秘めつつもいまは新鮮な春山の朝の気分のなかに、かげりなく美しい主人公として、その形姿をあらわすことになる。ここでは自然描写ということばを用いることがいかにも不当なくらいに、ある象徴的な意味をもって、自然の姿は物語の世界に参与しているといってよいのである。

いうまでもないことながら「若紫」巻のこの条などは、人間関係の複雑な葛藤などまだ書かれていない、初歩的段階に属するのである。自然の参加の問題も、比較的素朴な場合であり、種々の様相は前記『玉の小櫛』に例示する条々などにつき個々に検討すべきであろう。前記の岡崎氏ほかの論文に、それぞれ注意すべき箇所があげられているのであるから、これ以上は立ち入る必要はあるまい。

問題は、このような源氏物語の世界における自然なり季節なりの独自の参加のしかたが、単にその作者の資質ではすまされぬということにある。源氏物語に至って、平安貴族の自然観なり季節感覚なりの、もっとも熟成する形姿を示したなどという理解はほとんど何も理解しないにひとしいであろう。自然の問題は、源氏物語の本性が何であるか、源氏物語の文学史的位相をどう考えるべきかということに、かなり大きな問題を投げかけるのではあるまいか。

要するにある場面なり事件なりの背景として設定された環境が観察されたり描写されたりするのでない。物語の進行の場に自然のかたちをつむぎ出す、あるいは自然のかたちをとって物語が自己開展して行く姿なのだと理解しうるのだが、それは一に物語の文章の生理が何事をか説明したり描写したりするのでなく、それ自体が自立する生命体であるという特質をもっていることに由来すると考えるのである。以上は大体においてすでにいい古されたことの、じつはいい直しにすぎないのであって、問題はそのさきに伏在しているのである。

ここで思い起こされるのは、風巻景次郎氏が「描写・小説・源氏物語」(『風巻景次郎全集』4、昭44)という、短いエッセイ風の論文のなかで、源氏物語に特徴的な自然描写、心理描写――この描写という語に問題があるということは前述の通り。ここではあまり気にかけないことにする――は、「聞き手と語り手とに共同につくり出される雰囲気を奪われた芸術の起死回生の秘術であった。『源氏物語』のえらさは、それを美事にやりとげているという点にある。」と述べられた。これは物語文学史の急所を、含蓄ふかく衝かれた卓説であると思われるが、それはそれとして、そのあとで次のようにのべておられる。『源氏』の心理描写自然描写が、千年近く前に現代小説におけると等しいだけの条件をそなえていたという点で褒める仕方には私は味方できない。なぜといって、その角度からすればもっと彫刻的に精緻な描写は、十九世紀この方の小説にはいくらでも転っているからである。『ボヴァリイ夫人』や、『戦争と平和』や、『悪霊』や、『ドルヂェル伯の舞踏会』やより、『源氏』がもっと心理的や自然的の風景描写に長じているというならば、それは虚偽を含んだ言である。今と同じであったなら、それはその評者にとって現代の小説も『源氏』以上に描写の力を感じさせないという事の証拠になるけれども、『源氏』の描写の特色は、実は現代小説の描写と技法上で同じ傾向にあるのでは決してなさそうだ。私は『源氏』のよさはその心理描写の抒情調を深くたたえているところにあるのだと信じている。その事はまた別に考えたいが、小説の一特質を描写という点に取るならば、『源氏』はたしかに物語ではなくなっている。小説になっているということだけは明確にいえるであろう。問題はいまの描写と『源氏』の描写がいかに違っているかという点である。」

この風巻氏のいわんとされるところは、要するに源氏物語の描写——自然描写にしても、心理描写にしても、それが現代の小説と通うというところで評価することは無意味である。それとどうちがうのかが問題であるということになるが、そのことは別に考えたいという次第で、追求は中止されている。ただその特徴は抒情調をふかくたたえているといわれるのであるが——この抒情的性格ということは、前記の岡崎氏、島津氏、森岡氏らの論文においても一様に指摘されているところである——、おそらくそうした説明でかたがつくとは風巻氏自身も考えておられなかったにちがいない。

なぜか。抒情調とか抒情的ということは、自明のようでありながらも、きわめて茫漠としているのであって、なぜ、どのように抒情的であるかが明らかでないと、じつは何の説明にもなりえないからである。私はこの風巻氏の中止されたところから、少しばかり先にすすんで考えてみたい。そのことが、前述したごとき、源氏物語の自然の問題についての考察を補強する、と同時に源氏物語の位相を明らかにする。何ほどか有効なてだてになるのではないかと思うのである。

さて、さまざまの切りこみかたがあるであろう。源氏物語の誕生のための一階梯になったといってよい蜻蛉日記の方から攻めることもできよう。森岡氏も「散文に於いて自然の芸術的表現に成功したのは、蜻蛉日記が最も古いと考へられる。」と前掲論文でのべておられるが、蜻蛉日記の自然形象は、明らかに源氏物語のそれの先蹤をなしているからである。また源氏の作者のかいた紫式部日記の方から考えすすめることも有効であろうが、いまはいずれも別の機会にゆずり、まず論証抜きに結論的ないいかたをするならば、前記のごとき、物語の進行の場にひきすえられる自然のかたどりが、登場人物の情動や心理、あるいはそうした情動心理の葛藤する姿の表象となる、と同時にそれらを媒介として物語の世界が進展してゆくという源氏物語の方法は、じつは自然からの人間の離脱、いいかえれば人間のなかに自然を確保し、自然に人間がいだかれている上代的な精神状況の崩壊への、切実な対応として編みだされたところの、もっとも固有に平安時代的なそれであったということなのである。このような高飛車ないいかたは説得的ではないであろう。なお少し具体的にこの問題について考えてみたい。

いったい万葉文学の時代から古今集時代への推移のなかに、私たちは自然と人間の乖離ということの第一次的精神史経験を読みとることができるであろう。もとより万葉文学の時代は長期であり、多元的であるから一律に裁断することは乱暴であるにちがいないが、作者を伝えない民謡的な伝誦歌から、人麿・黒人・赤人・旅人・家持といった、有名な歌人たちの、いわゆる叙景歌に至るまで、巨視的にひっくるめていえば、そこでは人間は原則的に自然に抱かれているといってよいのである。高木市之助『日本文学の環境』(昭13)の万葉文学論がすぐれて的確にその文学の風土的連関を説き明かしている。以下の論述も氏の説の指標する方向で進められる。ところで、古今集時代になると、かの古今和歌集にあれほど細妙に、そしてもっとも重んぜられながら四季の部立が構えられているにもかかわらず、というよりも、そのこと自体が自然と人間の精神との決定的な乖離を証すものとなる。いわば自然から剝離された精神の自己回復の運動の証として、古今集の四季歌は成立しているのであるといえよう。もちろん人間と自然との交渉ということは、直接無媒介ではありえない。具体的な社会体系の形成を必ず媒介とするところの作用被作用関係である、という意味で自然も超歴史的存在であることができないのである。この古今集時代の人間と自然との乖離ということも、律令制の強化ということが、そのまま律令制から摂関制への足どりにほかならなかった時期、いいかえれば氏族的連帯の解体、律令制身分秩序の実質的な崩壊によって、個我的精神の発生してくる時期の顕著な精神状況と解してよい。もちろんこの個我をもって近代的自我と同一視することはできない。それはいきなり社会倫理の形成に連結していく自由な独自の個人倫理の主体であることはできないのである。むしろ、右のような支盤を失っておののく寄るべなき孤独と不安の主体がそこには誕生したということになるであろう。律令制再編期といわれる、そして後世に聖代といわれた延喜時代前後の精神の内実の顕著な一面をそのようにとらえることができるならば、古今集の四季の歌の発達ということは、もともと人間がそこに抱かれ、その理法に順応し共感していた自然の運行、リズムとしての季節のめぐりを、ことばの秩序の世界として観念的に組織する作業を通して、これに再帰する、あるいは回復する精神の運動の証であると見られよう。その意味で、私は古今集文学を、単に明るい知的な、端麗の文学としてのみ見ることはできない。その言葉のよそおいの裏に、そのようなよそおいを求めねばならぬ虚無と絶望――もちろん前記のように古代の喪失期の、と注解を付してである――を想定しないわけにはいかないのである。このことについては、種々の具体的な文化史側面を考え併せていく必要があろうことはいうまでもない。たとえば、日本古来の農耕生活の折目であったところの年中行事と中国から移入した年中行事とが交々按配され、あるいは重なりあいながら、宮廷行事として定着して行き、貴族生活のリズムの目盛りである歳時意識を血肉化していく過程や、絵画史の上で追及されている唐絵から倭絵を創出する複雑な過程などは、それがそのまま平安京という宮廷都市の、しだいに限定的固定的な「みやこ」として貴族たちの生活の本拠となってくる状況に対応しつつ、文学の問題と内的に相かかわるのである。とにかく私は自然の喪失を、言葉の秩序の世界に恢復していく作業として古今集文学の風体の確立をとらえたいのである。歌枕の成立、擬人法、見立てを旨とする発想、縁語、懸詞、序詞の技法……、これらを言語遊戯として割りきることの無意味はいうまでもない。その意味で正岡子規以来の短歌文学観の有効射程外に問題は大きく横たわっているのであるといえよう。そこでは、歌の詠み手は、歌の方法の裏に姿をかくしてしまう。歌のかたちそのもののなかに溶解してしまう。要するに自立する言葉の秩序に確保される意味がすべてとなるのであるが、そのような風体に、おのずからその風体の成立を必然化したところの精神の形姿が宿るのである。言葉の秩序の自立とはそういう意味であると解されねばならないだろう。

源氏物語の自然を考えるとき、この古今集の問題をけっして見落とすことはできないのである。その場合、古今集と源氏物語との間の一世紀の期間のさまざまの文学現象を考察して、そこに系譜的な発展段階を描くことによって、その間を埋めていく作業はもちろん否定すべきではないが、しかしながら文学史の発展、文学の伝統と創造という問題は、作品から作品へあるいは作家から作家へと連続の相をたどっていくことでは、必ずしも真実が突きとめられるとはかぎらないのである。私自身のなかに平安文学を考える際、つねに大体二つの座標が矛盾なく併存している。つまり平安時代の開始から順を追って、系譜的に、諸ジャンルの展開の相を時間的に追求する視座があるが、しかしその視座の上にどうしても源氏物語は全的にはすえることができない。私はあらためて立ちどまり、源氏は源氏だけで、その内面に深く沈潜しないことには、これに立ちむかうことができない、そういう姿勢を派氏物語の世界そのものが私に要請するのである。たとえば、通行の教科書的な文学史書の常套として竹取物語を祖とする作り物語の伝統、伊勢物語に代表される歌物語の伝統、それに蜻蛉日記にはじまる女流日記文学の方法、これらが集合統一された、というふうに説明されるのは、それはそれで結構であろう。しかし源氏物語を見つめ、それが生誕する力源をさぐるとき、作品の構造や文体において確保され淹留されているものを通して、これの支盤となった、より規定的なものの穿鑿へと私たちを向わしめる。その際に、きわだって大きく参与するものとして、古今集的なものを重視することが、おのずから大切な意味をもってくるのである。源氏物語の文章のなかには二百首近くの古今集所収歌が引歌として用いられてあり、それは、他の歌集を圧倒的にひきはなす数である。しかもその一首が一回というのではなく、何度も何度も、なかには十数回前後して用いられている場合があるが、そういう現象的なことから古今集と源氏物語の因縁を考えるのでは必ずしもない。前記のような、言葉による自然の恢復という姿勢、方法にその特質の一端が証される古今集の遺産を源氏物語は、その成立の場において奪取しているのである。

源氏物語をもって絶望の文学と規定しうるということを、私は別に論じたことがある。それは、物語好きの才女が、はじめはつれづれの慰めに、やがては乞われるままに想像力を駆使してそれを書きすすめた、というような単純なものではない。締めつけられおし歪み、生きることの絶望につらぬかれて、それでも生きていかねばならない作者が、実人生から断絶したといってよい最大限のあらまほしき虚構の人生に生命を転封し拡充したのであると私は考えるのだが、そのような源氏物語であるがゆえに、逆にそうした世界を生まねばならなかった実人生の苦悩と不安の、純なる鏡をそこに客観化することになってしまうのであった。物語の世界のはらみこむこうした矛盾的機構、あるいは精神の運動の軌跡というものは、要するに、ある独特の文体の強靱な自動というかたちでとらえられるのである。そうした視座に、この物語にかたどられる自然の問題もクロズアップしてくることになる。

いったい自然の時間的な推移＝四季運行というものは、それ自体はまことに寸分の狂いもなく超越的な規制力をもつ。だからそれを背景に敷設してその上に事件や場面を構えていけば、そこに何ほどか、あるいはいくらでも話の筋はくりひろげられるであろう。最初に触れた宇津保「楼の上」巻の例などがそれであるといえる。源氏物語とても、この超越的な時間帯の上に、さまざまの人間関係を分散配置しているといっても一往誤りではないであろう。例の年立というものが、源氏の世界を把握する重要なよすがであるゆえんであるが、いまそうした大前提の上に私が問題にしているのは、超越的な時間のなかにありながら、そのなかに人間が疎外されるのでなく人間の行為、人間関係の内側から発する論理の場に自然像がつむぎ出される。いいかえれば自然の動きに、能動的に人間が滲透していくかたちである。そのことが、逆に自然、季節の推移によって象徴される人間の生命や運命の流転の虚しさを語ることになるということなのである。何度もくりかえすことになるが、それはけっして描写の名で呼ばれるべきものではない。文体の自立の形姿なのである。古今集文学がうちたてた、言葉による自然恢復の方法とそれを支える精神基盤の、物語形態のなかにおける再生産であるということになるのであるが、こうした議論を、このような抽象論議でなくどう実証で塡めていくか、そうした作業が今後の課題として、なお依然として新鮮であるということだけをいっておきたい。

源氏物語の虚構と文体

私はかつて、源氏物語は「時代の底流に触れ、そこに生きる人間の生きがたい絶望を掘り起こし照らし出した」といい、「それは絶望のなかから生い立った絶望を教える文学である」といった。そしてまた「全般的に時代の絶望に対処したというべきか、あるいは絶望をたたかいとる営みを証だてたといってよい創造力とその方法に触発されることが大切ではないか」などともいったことがある（「源氏物語の語りかけるもの」『古典と近代文学』第2号、昭43・3）。ここでは、そうした視点にそいつつ、源氏物語の虚構と文体という問題に触れながら、なお少し具体的に考えてみたいと思うが、いま想起されるのは阿部秋生氏の未完の論文「六条院の述懐」（『東京大学教養学部人文科学科紀要』39、昭41・12）である。

その論文は、光源氏の生涯の閉じめを語る「幻」巻で、光源氏がある召人に語るところの、

①この世につけては、飽かず思ふべき事をさをさあるまじう、高き身には生れながら、また人よりことに、口惜しき契りにもありけるかな、と思ふこと絶えず。世のはかなく憂きを知らすべく、仏などの掟てたま

へる身なるべし。それを強ひて知らぬ顔にながらふれば、②かく今はの夕近きするに、いみじき事のとぢめを見つるに、③宿世の程も、自らの心の際も、残りなく見はてて心安きに、今なむ露のほだしなくなりにたるを、これかれ、かくて、ありしよりけに目ならす人々の、今はとて行き別れむ程こそ、いま一際の心乱れぬべけれ。いとはかなしかし。わろかりける心の程かな。

という言葉に対する凝視からはじまる。氏によれば、②③に語られる憂愁は、明らかに紫上の死去にあうという悲痛な経験に由来するであろう。が、①の部分に「世のはかなく憂きを知らすべく、仏などの掟て給へる身なるべし」というときの憂愁は、紫上の死と無関係とはいいきれぬにしても、それ以前から意識されていたものであるといわれる。光源氏が「①のような憂愁を常に意識していたが故に、紫の上の死に当面した時に、その悲哀をただその時のものとし、やがてまた忘れうるものとして受けとることができず、逆に生涯にわたっての憂愁の思いの結末の形として受けとらざるをえなかった、又その故に、遂に出家入道に踏みきらざるをえなかったと解釈すべき」そのような憂愁であるといわれる。①に関する、他に予想されるいくつかの見解を斥けての、右のような氏の理解は動かないであろう。私も服従しなければならぬが、ここからまたさまざまの問題がみちびきだされることにもなる。この光源氏の言葉をいだきもつところの「幻」巻の、物語の世界全体における相対的な位置づけの問題をあらためて考えさせるし、また、これまでの光源氏の物語四十一帖の世界が、この言葉とどういう内的必然的関連をもつのであるか、という視点からの再認識が要請されるであろう。未完の阿部論文では、今後そうした方向へと進められる作業が予定されているのかもしれない。

ところで、阿部氏も注意しておられるように、この光源氏の述懐は、すでに「御法」巻におけるそれと同趣旨の光源氏の心中思惟によってさきだたれているのである。紫上と死別し、その葬送のあと、それは野分の後の荒涼たる季節であるが「臥しても起きても、涙のひる世なく、霧りふたがりて明かし暮らしたまふ」という一文につづいて、

いにしへより御身の有様思しつづくるに、鏡に見ゆる影をはじめて、人には異なりける身ながら、いはけなき程より、悲しく常なき世を思ひ知るべく、仏などのすすめたまひける身を、心強く過ぐして、つひに来し方行く先も例あらじとおぼゆる悲しさを見つるかな、今はこの世にうしろめたきこと残らずなりぬ。ひたみちに行ひにおもむきなむに、さはり所あるまじきを、いとかくをさめむ方なき心惑ひにては、願はむ道にも入り難くや、とややましきを、この思ひすこしなのめに、忘れさせ給へと、阿弥陀仏を念じ奉りたまふ。

と語られている。この光源氏の心語が、いかに前掲の「幻」巻の光源氏の述懐と同質であるか、そのことは阿部氏の文脈に即した丹念な比較対照によっても判定しうるが、この同趣旨の反復はどのように理解すべきか。阿部氏が、二三の考えのありうることを述べて、慎重に決定を保留されながらも「二度出て来ることを、重複とみるよりは、地の文と会話とに分かれていることでもあり、か

つこのような趣旨の意見は、単にその場の感情に流されて出て来るその時だけの述懐ではありえない、とみるべきだ、ということにもなるであろう。つまり、六条院（光源氏）の胸中にわだかまっていたものが、このような形で溢れて出て来たのだ、とみるべきであろう」といわれた見解が結局は支持されることになろう。単なる重複でなく、かえって光源氏の人生の結末にあたって、あるときはかれの心語のかたちをとって、あるときはかれの述懐のかたちをとって表白される、どうしても語っておかねばならなかった物語作者の光源氏の一生に関する見解と見なければなるまい。

じつはこの「御法」「幻」の、右に掲げた光源氏の思念に、なおさきだつ次のようなかれの言葉があったことにも注意しなければならない。

自らは、幼くより、人に異なるさまにて、ことごとしく生ひ出でて、今の世のおぼえ有様、来し方に類少くなむありける。されど、また世にすぐれて、悲しき目を見る方も人にはまさりけむかし。まづは思ふ人にさまざま後れ、残りとまれる齢のすゑにも、飽かず悲しと思ふこと多く、あぢきなくさるまじき事につけても、あやしく物思はしく、心に飽かずおぼゆることも添ひたる身にて過ぎぬれば、それにかへてや、思ひし程よりは、今までもながらふるならむ、となむ思ひ知らるる。

というのであるが、これは「若菜下」巻に語られる、これが光源氏の到達した栄えの最高頂とさえ思われもする六条院の女楽の直後、紫上に対して語られたものである。「御法」「幻」両巻における前掲の思念が、紫上の死という経験をへた後のものであるに対して、ここでは紫上の発病にさきだつ段階であるのだから、おのずから前者の深沈たる悲痛な思いと趣を異にするものであることはいうまでもないだろう。が、代りに、「それにかへてや、思ひし程よりは、今までもながらふるならむ、となむ思ひ知らるる」と、いままで生きながらえているわが生を、これまで支払ってきた苦悩の代償として把握するという、いかにも暗澹たる告白があることにも注意しなければならない。光源氏によって語られるその次の言葉は、自分のそうした人生に対して紫上のそれは比較的安楽ではなかったかという趣旨を展開することになるが、紫上は紫上なりにそれにほとんど承服しえないにしても、そのこととは別に、ある意味では紫上の人生と比較にならない、無類の不幸なものとしてわが人生の歴史を、光源氏は見すえているのであるといえよう。これが一筋に紫上の死後の、「御法」「幻」のかれの思念へと流れていったのでもあった。と同時に、この「若菜」巻の世界の壮大なドラマそのものからみちびき出される論理的必然なのであることを確認しうるのではないか。

いま私は光源氏をして右のようにいわしめた「若菜」巻の世界の全体を分析することはできない。分量にして源氏物語全体の十分の一に達し、光源氏の年齢でいえば三九歳から四七歳までの八年、日本古典全書で分けられた段落の数は、上巻一二三、下巻一四六。この錯雑した重厚な世界を形成するこの巻は、源氏物語のいわゆる第二部の開かれる巻として、それまでとは別個の方法によって展開されるのであるが、ここではそのデテールに即した分析は別の機会に譲る。ただ当面必要なかぎりで概略をいえば、第一部の最後に到達した光源氏の最大限の盛栄をそのまま受けて、ここでそれがなお自明のように完熟してゆくとともに、そうした比類ない事態を荷いもつ光源氏が、また余人の決して経験しえない、したがって共鳴することも可能ではないような、といってよい懊悩と憂愁の主体であることをおのずから証していくのであるといえよう。が、より正確にいえば、この巻の文章が、光源氏を中心とする諸々の人々を相対的にその世界にとりおさえ、その人々をかれらの生活史に即して位置づけることになるのである。前掲の光源氏の紫上に語る言葉も、そういう世界のなかにとりひしがれるほかない光源氏の胸奥から、そうあるべくしぼり出された切実な述懐にほかならなかったのであるが、その間の機構については、別の機会に十分な紙面を得て論及したい。

いうまでもなくその作業は、文体研究の名を冠せらるべきであろうが、その文体とは、たとえば、かつて私が「若菜」巻冒頭の分析に当って、その状況設定が「単にあるいくつかの条件をととのえ、登場人物になにがしかの性格を賦与してつきあわせることによって、それを操作するという単純な方法で、これが実現されようとするのではないということである。登場人物の言動や心理情動の交渉相関が、とりもなおさず新しい文学的現実をつむぎ出してゆくのであり、また逆にその現実の論理のなかから、これに規定されつつ、なおこれを強化すべく明確化すべく、人物の言動や心理情動が継起してゆく」(『若菜』巻の始発をめぐって」『源氏物語の世界』昭39)と説明した、そのような文体のなお複雑な軌跡を描きつつ進みゆく姿、あるいは進みなずむ姿であるといえよう。

しかしながら、物語の世界のなかでそのような新しく発生した文体、いいかえれば物語の世界の場が、それ独自の一つの磁場を形成して自動的に展開するその形姿の力源はどこにあるのか。第一部に織りなされた物語世界を一つのかけがえない歴史としてこれを受けとめ、これに規制され、そうすることがそれを媒介としてそれから離脱することでもある、という作用に求められるであろう。すなわち、光源氏前史——桐壺帝と光源氏の母御息所との悲恋から語り起こされた茫洋たる稀有な人生の歴史が、第二部世界の進行を強固に規制する。その規制力こそが、これとの格闘によって新しい現実を織り成さしめたのであるといえる。とするならば、そのことがまたあらためて第一部世界の再認識へと私を駆りたてるのである。

けだし第二部の開始において、突然変異的に新しい文学的方法が発生したということは考えられない。すでに第一部の世界において、明らかに第二部を予見する作者の視座と方法が準備されていたのであることについては、最近では、たとえば伊藤博「『野分』の後」(『文学』昭42・8)河内山清彦「光源氏の変貌」(『青山学院女子短大紀要』二一輯、昭42・11)のような論究が注意されるのであるが、いまそれらをなぞるいとまはない。ここでは、そのような物語の展開を可能ならしめる一つが、頭初から特異な源氏物語の文体の質であるということを、具体例にもとづいて呈示しておくにとどめることにしよう。その例はごく平均的なものを任意に選び出す方がよいだろう。たとえば「葵」巻のある文章。これは朱雀院の治世、光源氏二二歳の夏、光源氏とのこじれた仲を悩む六条御息所と妊った葵上との、御禊の日の所争いを語った直後の記事である。

①程々につけて、装束、人の有様、いみじくととのへたりと見ゆる中にも、上達部はいと異なるを、一所の御光にはおし消たれためり。大将の御かりの随身に、殿上のぞうなどのすることは常の事にもあらず、めづらしき行幸の折のわざなるを、今日は右近の蔵人のぞう仕うまつれり。さらぬ御随身どもも、容貌姿まばゆくととのへて、世にもてかしづかれたまへるさま、木草もなびかぬはあるまじげなり。壺装束などいふ姿にて、女ばらの賤しからぬや、また尼などの世をそむきけるなども、倒れまろびつつ、物見に出でたるも、例は、あながちなりや、あなにく、と見ゆるに、今日はことわりに、口うちすげみて、髪着こめたるあやしの者どもの、手をつくりて、額にあてつつ見奉りあげたるも、をこがまし。あさましげなる賤《しつ》男《のを》まで、おのが顔のならむさまをば知らでゑみ栄えたり。何とも見入れたまふまじきえせ受領《ずりやう》の女《むすめ》などさへ、心の限りつくしたる車どもに乗り、様ことさらび心げさうしたるなむ、をかしき様々《やうやう》の見物なりける。②まして、ここかしこうち忍びて通ひたまふ所々は、人知れずのみ、数ならぬなげきまさるも多かりけり。式部卿宮、桟敷にてぞ見たまひける。いとまばゆきまで、ねび行く人の容貌かな。神などは見もこそとめたまへ、とゆゆしく思したり。姫君は、年ごろ聞え渡り給ふ御心ばへの世の人に似ぬを、なのめならむにてだにあり、ましてかうしもいかで、と御心とまりけり。いとど近くて見えむ、までは思しよらず。若き人々は、聞きにくきまでめで聞こえあへり。③祭の日は、大殿には物見給はず。大将の君、かの御車の所あらそひを、まねび聞こゆる人ありければ、いといとほしう憂しと思して、なほあたら重りかにおはする人の、ものに情おくれ、すくすくしき所つきたまへるあまりに、自らはさしも思さざりけめども、かかるなからひは情交はすべきものとも思いたらぬ御心おきてに従ひて、次々よからぬ人のせさせたるならむか

し、御息所は、心ばせのいとはづかしく、よしありておはするものを、いかに思しうんじにけむ、と、いとほしくて、参うでたまへりけれど、斎宮のまだ本《もと》の宮におはしませば、榊のはばかりにことつけて、心安くも対面したまはず。ことわりとは思しながら、「なぞや、かくかたみにそばそばしからで、おはせかし」と、うちつぶやかれたまふ。

長い引用となったが、中途の省略は許されないのであるから諒承されたい。

まず①の部分は、斎院の御禊に供奉する上達部たちを超越する、「木草もなびかぬはあるまじげ」の光源氏の晴れ姿に対して、魂をぬかれるようにして慕い寄る、上下、僧俗、老若の物見の衆の狂態的ともいえる動静が語られている。これがとりもなおさずおのずから光源氏の最上級の讃美となっていることはいうまでもない。この文章のすぐ前のところには、葵上の一行に押しまくられた六条御息所が、加えて光源氏からその存在をも認められぬ屈辱の思いをかみしめつつ、何ゆえにこの物見に出で立ったかと深く悔いながらも、同時に、かれの輝かしい容姿をまのあたりにしては、もし仮りにこれを見なかったとしたら、やはりどんなにか無念であったであろうと思われたと語られている。その御息所の心中思惟を語る文章も、おのずから光源氏の無類の風姿をほうふつさせたのに連続しているといってよいが、それはそれとして、この文章は、そのまま「まして……」と、②以下に推移していくのである。いうまでもなく「まして」は①の「何とも見入れ給ふまじきえせ受領の女などさへ、心の限りつくしたる車どもに乗り、様ことさらび心げさうしたる……」を接受したいいかたであろう。「壺装束など……」以下の叙述が、さまざまの物見の衆を外見から描き語ってきたのに次いで、「何とも見入れたまふまじきえせ受領の女などさへ……」以下、筆先がその「えせ受領の女」などのいや内面へ向かおうとする趣であった。それが、いま、「まして……」以下、その群衆のなかの、光源氏と何がしか特定の関係ある人たちの上に及んで、その心裡の側からこれに触れていくことになるのだが、彼女らが「うち忍びて通ひたまふ所々」であって、正妻葵上などとちがう日蔭の身であってみれば、「人知れず、数ならぬなげきまさる」ほかないのはいたしかたない。そこから筆が転じて、やはり光源氏を桟敷から見入る式部卿宮とその姫君＝朝顔の君に触れていくことになるのは、いうまでもなく、まずその「うち忍びて通ひたまふ所々」との対照的な連鎖としてであるといえよう。朝顔の君という人は、それ自体大きい問題をかかえているけれども、光源氏との基本的な関係をいえば、両者おたがいに思いを寄せ、情を交わし、もしもかれらが結ばれるとすればきわめて自然であり、それは周囲の期待し支持するところでもあっただろうような高貴の人である。にもかかわらず、彼女の一貫した拒否が光源氏を近寄せない。それだけに光にとってこの人は清高な慕わしい女性ということになっている。しかしながら、光源氏の情をこうむったために、かれの姿を見て苦しまねばならぬ、物の数でない女たちに対して、光源氏を拒絶する高貴の朝顔の君の微妙な心情が語られることは、単にそれだけのことではない。このような彼女の姿勢は、光源氏との深みにはまった縁《えにし》のために、全身の悶えに生きているような六条御息所の道を歩むまいという自戒に出ずるものであるだけに、ここで文脈は、例の六条の心が決定的にうちくだかれた所争いの一件に回帰していくことになるのである。

前掲の文章の直前に、車の争いに敗北した六条御息所の光源氏への無残な執着心が語られてあったことは前述したが、いま以上のごとき経緯を媒介にして、③の部分、この事件を受けとめる光源氏の心に立ち入っていくのである。祭の日と御禊の日との間の日数は分明でないが、それはどうでもよいことである。物語の文脈は外的な時間を追わず、朝顔の君に触れることが、そのままそうあるべく、彼女と対照的にうちひしがれた六条御息所の問題へ、今度は光源氏の心の側から突入していくことになる。この③は、総じて光源氏の心中思惟が基調となっている。かの車争いの事件が、なぜ起こったのであるかが葵上の性情に由来する周囲の気風のなせるわざであろうとし、御息所がそのためにいかに傷ついたであろうかと心をいためつつ思いやるかれが、彼女をいたわろうとてその邸に出向いていくのだが、相手は娘の斎宮の同居にかこつけて会おうとしない。誇り高い御息所は、光源氏から同情を寄せられることのみじめさに堪えられないのである。そういう気持が光源氏にはわかりすぎるほどわかっているのであるが、またそうであるだけに腕をこまぬくほかないということになるのである。

①において、あの衆人讃嘆の的であった光源氏、そのかれがいまは完全に葵上と六条御息所との葛藤の世界にとりこめられ、「かかるなからひは情交はすべきもの……」とか、「なぞや、かくかた

みにそばそばしからむおはせかし」とか、常識的な判断の座標にそうするほかなく思いを委ねて嘆息している姿は印象的である。いわば一つの痛切な事態のなかで、かれが本来その軸心でありながら無責任な疎外者の地点に追い立てられているのであるといえよう。

私はいま①から②へ、②から③へと前進してきた文脈を反芻したいのである。①と③と、そこに語られる光源氏像は、まったく異質的、対極的であるのだが、それらが一つの文章の開展する場にとりおさえられているのであった。それは一方で光源氏への絶讃があり、一方でかれの内面のいかんともなすすべ知らぬ暗澹が語られ、それらが単に対照をなすという性質のものではない。前者が、そのもののなかから後者をつむぎ出す動的様態なのであり、ここに源氏物語の文体の顕著な特質があるということを私は指摘しておきたいのである。

もっとも、右の条は、源氏物語の世界の全体からすれば、極微ともいうべきであろう。それを、右のように分析してみたとてどれほどの意味があるのだろうか。私自身一往は自問しないわけでもない。ことに第一部の世界の進行は強固な枠組によってその方向は頭初から既定であったのだといえよう。かれは准太上天皇として、極上絶対的な世俗的繁栄に至るであろう、否、至らねばならぬ至上命令の下に自明のごとく歩ませられるのである。「桐壺」巻の高麗の相人の言、「若紫」巻の藤壺懐孕の際の夢合せ、「澪標」巻の明石姫君誕生の時の宿曜師の勘申など、要所にかれの歩みを方向づける予言が据えおかれてあることは、決して、そのほかの人生をひらくことが許されるものでないことを示している。その意味で、かれの人生は、ある経験、ある事件が、そのもののなかから次の経験、事件を方向づけ織り出していくという性質のものではない。かえって、さまざまの経験、事件が相互には必然的な関連なくとも、そのことがかえってかれの負いもつ超越的な宿世の顕現過程に参与するものとして高飛車に統轄されるのであるといってまちがいないだろう。が、いま私にとって問題なのは、そうした物語の世界の枠組が強固な約束事としてあるにかかわらず、というより逆にそれが約束事であることを保証として、その一齣一齣をつむぎ織る作業の自由が、その文体によって証されるということである。

無類のめでたき宿世を負う、したがってまたたぐいなく多面的にすぐれたものでなければならぬ光源氏を、そのように語るその筆先によってやがてかれを取りおさえ呻かせる文体。それを私たちはわずかに前節の例示によっても知ったのであるが、そのような文体は、そう語られねばならぬ文章の自立した生理であるといわねばならないのだろう。こうした文章によって織りひらかれる物語の場が、物語の作者の生きる実生活のなかで野放図に生まれる空想や、あるいは逆に作者の所有した経験的事実の、一方的な注入を拒否するものであることはいうまでもない。無秩序猥雑な実人生から離陸して、そこに別個の生の秩序を回復するための自立的世界が造成されようとするからである。そのことは強固な物語進行の枠組の保証あってこそ可能であるといういいかたができるとともにに、また逆に、そしてその方がより正確ないいかたなのであろうが、そうした秩序の造成の強烈な要求に見合うものとして、強固な枠組が設定されているのであるということにもなる。

ここで「桐壺」巻から、光源氏の人生を追尋することは許されない。が、いま私は阿部氏が次のようにいわれる言葉に関心を寄せざるをえない。「桐壺」巻から「幻」巻まで、「光源氏・六条院の時代を通じて、この主人公は、何時も何がしかの憂愁の表情を湛えていた。というよりも、ついぞ高らかな笑声をあげたことも、歓喜の表情をみせたこともなかったことに思いあたる……」。阿部氏は、例の「幻」巻の光源氏の述懐の①において「人よりことに、口惜しき契りにもありけるかな」といわれた憂愁が、果して四十一帖の世界に語られてきた人生にふさわしいものかどうかという視座の上で右のようにいわれたわけであるが、同時にまた、氏は右の文章に次いで「しかし、又逆に、『人よりことに』といわねばならぬほどに終始憂欝な面持でいたわけでもない。陽性にはしゃぎまわることはなかったに違いないが、さりとて、憂愁に沈みこんでいたわけでもない――というように考えてみると」この「幻」巻の述懐のこの部分が、「光源氏の物語」全体にかかわりをもつであろうだけにはなはだ解釈しにくい、というふうにも問題を提起しておられる。氏の今後の作業からなお教示をこうむりたい思いも切実であるが、それはそれとして、右の「何時も何がしかの憂愁の表情を湛えていた……」と、「さりとて憂愁に沈みこんでいたわけでもない」と、この二律背反的な氏の論法は、その論法のかぎりではいかにも奇妙なものだといわざるをえないだろう。が、事実、光源氏の人生を見はるかせば、その印象はまさに氏のいわれることから距たるものではないだろう。それはまさにこの物語の文体の論理に由来するといってよいのではなかろうか。くりかえすことになるが、光源氏は最大級超越的な栄えに至った主人公である。そこに至る物語の進行のどの時点——定められた筋立ての上でどのような悲境に遭遇したそれであっても——を切りとってみても、超越的な容姿と才質の持主として讃嘆に値しなかったことはないであろう。そして、そのことをかれ自身疑うことなく驕慢に自認しているのであったといってよいだろう。前掲の「葵」巻の一齣でも衆人を魅了しつくした光源氏は、そのような自分を——作者はその内心には立ち入らぬにしても——けっしてみずから否定しはしない。この一齣の直前の条でも、とりよそわれる女車に「さらぬ顔なれど、ほほゑみつつ、後目にとどめたまふもあり」などと語られている光源氏は、それだけ切りとってみれば、いやらしいほどに十分自足の風情ではないか。問題は、にもかかわらず、そうした光源氏をけっして物語の文体はそのまま放任しなかったことにあるのだろう。葵上と六条御息所との争いに、うつ手もなく呻きうなだれるがごときかれの姿を私たちはさきに見たわけだが、その姿は、なみひと通りの凡人でないはずの光源氏であるがゆえに、いかにもなさけなくみじめではないか。めでたさがそれ自体のなかから暗い悩ましさをひき出し、ひき出されたそれが全体としてそのめでたさを逆にくまどることになるとき、それは私たちにとっていかにも憂愁の色あいをもって印象づけられるのである。このような、明と暗との内的な融通、往反の文体によって創造された世界は、人生のある場面・事件が明暗とりこめてそこに排列され描写されたと安易にかたづけられるべきものではなく、それ自体が人生の形姿であり、それらの多彩に織り重ねられることが、ほかならぬ物語の世界の進行である。問題は単に作者がそういう営みを行なったということではないのである。物語の世界を場として生かされる人間に、その物語の世界をかけがえないものとして自己の経験として荷わせるということなのである。源氏物語の虚構性の本髄がここにあるのではないか。

源氏物語の作者が、「螢」巻において、光源氏の口を藉りた物語論を展開していることは周知である。そのなかで、「よきさまに言ふとては、よきことの限りえりいで、人に従はむとては、またあしきさまのめづらしきことを取り集めたる、みなかたがたにつけたる、この世の外のことならずかし」と述べられているが、この論理は右に述べたことと深くかかわっているであろう。(「人に従はむとては」は、「読者に迎合しようとて」と訳されるのが普通であるが、私にはやや疑問に思われる。世間の人の有様に順応して、の意に解されぬか。) 物語の世界に「よきさま」と「あしきさま」の両極端を語ろうとした、その世界の主人公光源氏の人生をそのように語ろうとした、そしてそのことがこの人生と別世界のことでない、つまり人生そのものであると認識している源氏物語の作者の体験に根ざしたこの言葉は反芻されねばならない。ここにいう「よきことの限り」と「あしきことのめづらしきこと」というもの、それらがもし無秩序に同居し共存するのであったら、まさに荒唐無稽、どうしてそれが「この世の外のことならず」といえることになろうか。両者の振幅、葛藤、交替を文体の秩序にうちこめるところに、物語の創作が、一個の稀有な自立する人生となりうるのである。その人生では、「あしきことのめづらしきこと」がとりもなおさず「よきことの限り」をみちびき出すこの物語の文体の論理については、さらになお今後具体的に研究されねばならないが、さてこの辺で、この稿の最初に阿部論文に従いつつ引用したところの、「御法」「幻」両巻に反復される光源氏の思念の意味について改めて触れておこう。たしかに阿部氏のいわれるように、その①の部分によれば、単に紫上死去によって光源氏の憂愁が喚起されたのではなく、それ以前のかれのなかに意識されていた憂愁であったということは、かれをしてそのような憂愁を抱かしめるべく物語の世界は一すじにかれの不幸を蓄積してきたのである。いいかえれば、無類の超人的な人生なるがゆえに、同時にそのなかにはらみこまねばならなかった、あるいはその栄えばえしさを厚く支えねばならなかった無類の憂愁の歴史を、かれは負い呻かねばならなかったのである。いま光源氏には、人生の閉じめにあたってそのことが反芻されるのである。

たしかに阿部氏の述べられたように、光源氏のくりかえされる思念は、紫上の死が痛切な悲しみであろうと、単にそれにのみ対応する一時的なものではないだろう。紫上の死をもって結末とするかれの憂愁の人生が、全体としてここで回顧されているのである。それだけにそのくりかえしは、くりかえされるほどに重みをもって、これまでのかれの歩みを逆照射するという性質のものである。

そのゆえに、かれは出家入道へと、そうするほかなく進まざるをえないのだが、その出家入道は、だからけっして源氏物語のかかれる時代の世人の信仰がここに反映しているという簡単なものではない。物語の世界の歴史そのものが光源氏を出家に追いつめていくほかない必然性を証してきたのであるといえよう。

源氏物語の世界は、「時代の底流に触れ、そこに生きる人間の生きがたい絶望を掘り起こし照らし出した」とか、「全般的に時代の絶望に対処したというべきか、あるいは絶望をたたかいとる営みを証しだてた……」とかいうことの意味は、その世界から人間の生きる場を無慚に奪うことになった、そのような虚構の創造の特異性を源氏物語が証したということなのである。そのことが、この物語を生んだ時代の精神の独創的な顕化であるということについては、なおさまざま論証するすべを模索しなければならない。

源氏物語と紫式部日記

源氏物語本文の釈評に、能うかぎり日記の文章を引証された島津久基氏『源氏物語講話』(昭5〜25)は忘れがたい。山中裕氏『歴史物語成立序説』(昭39)のごときも、源氏物語の世界に、紫式部日記の行事記述がどうとりこまれているかを考定することから、物語の成立問題に照明をあてようとされた。今井源衛氏が「源氏物語と紫式部家集」(『文学』昭41・5)という論文で試みた源氏物語の歌句と紫式部家集のそれとの精密な比較のごとき(この作業を物語の成立時期の推定に直接もちこむことについてはかなり問題があるが)も、紫式部日記と源氏物語との場合に、なお本格的になされてしかるべきだろう。また、これも私の関心を寄せざるをえない研究に根来司氏の「紫式部日記の文章」(『中古文学』創刊号、昭42・3)「源氏物語の文章」(藤女子大『国文学雑誌』2、昭42・6)「紫式部日記の文体―外的視点―」(『言語と文芸』56、昭43・1)などの一連の論文がある。氏は源氏物語と紫式部日記の、氏の命名によれば「心の文」、すなわち話主が作中場面から離脱して自分で自分の姿をながめる――それは話主自身の意見感想を語る、いわゆる草子地とは別の特殊な文の構成を検討された。源氏におけるそれと、紫式部日記におけるそれとの相違が、この両作品の文章上の差をものがたると説かれる根来氏の考察は、単に文章研究の領域の問題として限定されるのではないだろう。文章を措いて作品はないのだから、それは両作品の方法的特質の解明に必ず参与すべきはずのものであろう。

ところで、いまさしあたりここでの問題は、要するに源氏物語と紫式部日記との連関論であるにしても、いうまでもなく源氏は七十年余の人生の流れの虚構であり、岩波文庫では六冊（各冊三五〇頁以上）の大作、紫式部日記は、期間足かけ三年そこそこの実録であり、同じく岩波文庫でいえば一〇〇頁にみたぬ小冊であるにすぎない。あらためて比較しようにも比較すべき基準もありはしない。が、紫式部日記と源氏物語とは、この隔絶した形態上の差異が、かえってそれぞれを書きすすめた同一作者の精神の独自性を証すものとなっているということを見のがすわけにはいかない。

いちばん明確なてがかりになるのは、誰しもが注意する紫式部日記のなかの源氏物語関係の記事であろう。たとえば寛弘五年十一月一日の記。一条天皇中宮彰子腹の敦成親王（後一条天皇）誕生五十日《い》の祝《か》宴が、中宮の父道長の土御門第で仰々しく催された日であるが、行事の委細を記録している紫式部日記は、その無礼講ともいうべき乱酔の場における藤原公任との交渉を次のように記している。

左衛門の督（公任）、「あなかしこ。このわたりに若紫やさぶらふ」とうかがひたまふ。源氏に似るべき人も見えたまはぬに、かのうへはまいていかでものしたまはむ、と聞きゐたり。

このきわめて簡略な叙述から、いろいろの問題を読みとることができよう。清水好子氏はいわれる、「玉上琢弥先生によれば、ここは敦成親王誕生により、道長の政権確立の見通しがついたので、いままで向背を決しかねていた公任卿が膝を屈して、女房にまで愛想をいっているのであると。まことにさもあろう。私はこうも考える。『源氏物語を拝見しましたよ』とことさら学者の公任がいうのは、物語作者を抜擢した道長の人事への追従になったのだと。それほどの相手のへり下り、つとめぶりを式部は黙殺したのである。公任卿は満座の中で、いかばかり照れくさかったであろうか。この道化ぶりを軽く受けとめなかったため、公任卿の軽薄はことさら人々の目に大きく映ったであろう。紫式部はもう大丈夫、勝ったと思えば、どんなむごい事でもする、人の傷みを見て見ぬふりができる人である。もとより〈かの上はましていかでか〉とことわっているように、自分を紫の上になぞらえることを避けた謙退もあったにしても、それだけならまたそれなりの受け流しようがある。彼女の本心はあきらかに（中略）公任卿は物語の主人公のように理想的な男性ではないといっているのである。……」（「紫式部論」『日本文学』昭35・7）紫式部日記によって紫式部の人間像を彫り立てようとされる清水論文は異色であり、右の論法も問題的であるが、いま私が長々と引用したのは、源氏物語と関連づけて私見を対照的にはっきりさせることができると考えるからである。

「あなかしこ。……」という公任の言葉が、かれのいかなる動機からいわれたのかは別として、実際に彼女がまったくこれを黙殺したのかどうかは分からないことである。何らかの応答がなされたのかもしれないが、また仮りに黙殺したとしても、黙殺しても構わない相手の、また周囲の乱れかたであった。かれらの交渉が満座衆視にさらされての出来事であるのかどうか疑問であろう。この公任との交渉を記す。すぐ前の記事にも、右大将実資に対して、彼女が気楽に何かいいかけたことを述べている。誰が何をし何をいおうと人目に立つことはない、不統一な乱酔の場であったからだ。が、私は、そうした表面的な事実がどうであったということでなく、そのこととは別に紫式部日記に「源氏に似るべき人も……」と録しとどめられていることの重さに注意したいのである。光源氏や紫上の、そこに生きる源氏物語の世界、それは、この眼前の公任らが生きはたらく実人生とは別次元に、紫式部の魂の形象そのものではないか。いうまでもなく、そのことは古来くりかえし指摘された准拠の問題とは、別事である。光源氏が、紫式部のやるかたない魂のなかにはぐくまれ成長した、かけがえのない主人公であると同じく、この光源氏の妻となった紫上も、彼女にとって理想を集中する無類のヒロインであったことは、多くをいう必要もないだろう。公任の言葉がどういう動機からであるにせよ、この酒席での話題にのぼせられるに堪えぬのである。紫式部は、当座はどうであれ、そのことを明確にかき記すことによって、自分にとっての源氏物語の意味を反芻するわけであろう。

紫式部日記の、いわゆる消息文のなかに、源氏物語の音読をきいた一条天皇が「この人は日本紀をこそ読みたまふべけれ。まことに才あるべし」といったと記している。紫式部に悪意をいだいていた左衛門内侍という内裏女房が、帝をしてかくいわせたのだから、その才学はたいしたものだとお大層にいいふらし、日本紀の御局というあだ名を呈した、そのことを「いとをかしくぞはべる」とのべているのである。次いで「このふる里の女の前にてだに、つつみはべるものを、さるところにて才さかしいではべらむよ」ともいうのだが、この条は、一条天皇の源氏物語に接しての感想の当否はさておき（天皇によってこのように賞揚されたこと、そのこと自体は、一女房にすぎない紫式部にとって光栄に堪えなかったのであろう）内侍から日本紀の御局と名づけられるということと源氏物語の創作作業とはたがいに別次元であることがおのずとものがたられているのだといえよう。

消息文のこの前後のところは、学才をひたかくそうとする紫式部の態度について語られているのだが、にもかかわらず同時になみはずれた学問についての自恃の思いがおのずから告白されてもいる。いわば異才あるがゆえに、これをかくさねば人と交じわることが彼女にはできないのであった。「一といふ文字をだに書きわたしはべらず」とか「御屏風の上に書きたることをだに、読まぬ顔をしはべり……」と、いかにもその処世の術法は辛い。が、紫式部は、そのような自抑の辛苦とは別の精神の次元で源氏物語の世界を織りすすめた。彼女の想像力行使の足場として、いかに和漢梵、古今の歴史と詩文の遺産が踏まえられ引き据えられているか、古来の注釈研究が明らかにしてきたことである。その意味では、源氏物語に接しての一条天皇の言葉も、そうした印象批評を源氏物語自体が引き出したのであるといえようが、しかしながら、それは源氏物語の世界を組成する論理に即しての発言ではない。いわんや左衛門内侍の言だては笑うべきやぶにらみ、かつ低次元のものだというのである。彼女の学才はかれらを相手とする次元では通用しない。それは源氏物語の世界において、その真価のままに生命を回復するのだが、いうまでもなくそのことの理解者は存しない。「…いとをかしくぞはべる」の句ににじむ紫式部の心の苦さが味わわれるのである。源氏物語の「螢」巻の物語論の"よく引かれる一句「日本紀などは、ただ片そばぞかし」は、いわれているように、確実にこの左衛門内侍との経緯に関係があろうが、これをいう物語の作者の心裡を忖度するとき、右の考えかたもうなずかれるにちがいない。

藤原道長が、ある日中宮の御前に源氏物語が置かれてあるのを見てうたいかけた。

すきものと名にし立てれば見る人の折らで過ぐるはあらじとぞ思ふ

と。道長によると、源氏物語が好色人の物語であるからその作者もそうである。したがって男たちが放って置くことはなかろうというのだが、もちろんこれはからかい半分のうたいかけであろう。これに対する紫式部の、

人にまだ折られぬものを誰かこのすきものぞとは口ならしけむ
めざましう

という応答は、しかしながらシリアスに過ぎるのである。道長は鼻白む思いではなかったか。だが紫式部には冗談口だと笑ってすまされることと、そうでないことがある。相手が絶対に自分と対等ではありえない道長であるだけに、この歌による応じかたはすさまじくただならぬものがある。しょせん源氏物語は彼女の孤独な魂の所産である。その孤独な魂がその世界でのみ自由に飛翔し、拡充しうる、それが源氏物語というかけがえのない存在であるということになるのであろう。

紫式部日記は、主家の慶事の筆録を主旨として書き進められたもののようである。そういう要請が、直接に道長からあったのであろうか。が、もしそれが紫式部自身の自発的なものであったとしても、そこに何程か外的要請が大きくはたらいていたことは疑えないだろう。しかしながら、そうでありつつ、彼女は終始自分の眼で心で物事を捕捉していく自由を確保した。この日記をかくという行為において、まったく独自に紫式部日記の作者となりえた。その行為は単なる実録ではなく文章にかきつむがれる客観的な世界を造成する、という点に私どもは深く注意をはらわねばならないだろう。(この問題はじつは紫式部日記のみならず、蜻蛉日記、和泉式部日記その他女流日記文学において、今後重視していかねばならぬ一般的な命題である。)たとえば、「秋のけはひ入り立つままに……」の冒頭から読みすすめるとき、ここにすでにそれ自体時間的に空間的に自立する具象的世界が創造されてあることを知る。益田勝実氏が、この冒頭について「作者が全般的なこと、即ち概観的な季節の写生から筆を下した」という伝統的な解釈を斥け、「日記の作者は先づ土御門殿での御産前の景趣に筆を起し、或一日を頭に浮かべて、夕―夜―暁と辿って朝に及んだ時、道長の女郎花の一件があって、こゝに至るや、作者の回想は忽ちにこの特別な事件の為に、時間の糸を離れて、事がらの糸で辿られる。朝の道長のみやびは、忽ち印象的な『しめやかなる』夕暮の事件を想起させ、更に聯想は絶えない……」（「紫式部日記冒頭の解釈」『紫式部日記の新展望』昭26）と、日記の叙述の自己運動的な展開に着目されたことの意味を反芻すべきであると考える。けだし、かくことによって、かかれる世界の論理に身を委ね、身を委ねることがさらにかき継ぐ行為の撥条となって、そこに文章の展開の自律性が確保されるという日記執筆の機制を基本的に抑える必要があるだろう。

紫式部日記は単なる事実に即した記録ではない。かくという行為によって証される精神運動の自由があるが、しかしながらその自由は、いうまでもなく野放図無際限に自己運動を果たすことができるわけではない。日記はあくまで体験された事実に基づく営為であり、その事実とは、基本的に作者を目くるめくように圧倒し捲きこむ主家の盛栄事である。女房紫式部は、それを全身的に追う作業への従事において生きるほかないのである。紫式部日記がまずもって精彩な事実記録性において特徴づけられるゆえんであろう。が、ここにおいてもっとも注意すべきは、それがあくまで事実への紫式部的な能動的な作用であり、けっしてそれへの埋没ではないということである。前記したように、「話主が作中場面から語り場面に抜け出てその心情を述べている」「心の文」を形成するものとして、この日記の地の文の「侍りき」の語法を注視された根来氏の考察も思い合せられよう。「話主が作中事件を直接的に自己の経験として記述するのであっても、ひとたび文章として定着させるとなると、話主はある程度それとの距離を保つことができ、そこに自分で自分をふりかえるよそよそしさが生じて『侍りき』といわせたのであろう。さらにいえば、あくまで『侍りき』という表現自体が先行したのでなく、このような話主の内省が文章をまとめるときに働き、『侍り』を加えさせたのであろうと思われる。」(「紫式部日記の文章」)と氏がいわれることは玩味されねばならない。すなわち事実への追随が、日記作者の主体の確保と分かちがたい機構である。いいかえれば作者は、事実を日記の文体に収奪略取する。精彩な事実記録性において特質づけられる紫式部日記が、その一方で独自のうねりをもって深沈たる反省的思索を展開させることは、じつは矛盾せぬ同根性において理解されるのである。

もちろん、そのことを「主体の確保」などという一般的ないいかたで片づけることは問題の解決にはなるまい。ここに紫式部日記の作者がほかならぬ源氏物語の作者であるという視点が導入されねばならない。日記によれば「かうは推しはからざりき。いと艶に恥づかしく、人見えにくげに、そばそばしきさまして、物語このみ、よしめき、歌がちに、人を人とも思はず、ねたげに見おとさむものとなむ、みな人々いひ思ひつつにくみしを、見るには、あやしきまでおいらかに、こと人かとなむおぼゆる」とは、中宮彰子の紫式部に対する言葉であったという。中宮は、紫式部に親昵するようになってから彼女に対する見方を修正する気持になったとはいうものの、この言葉は紫式部が一般に当時どう見られていたかをおのずから示していよう。そのように人に見られることの嫌さに仮面的な起居動作を彼女は意識的に構えねばならなかったことを彼女自身述べているということは、大方の見解がじつは彼女に自覚され、つねにそのことを気にしないではいられぬ本領と矛盾しないという意識があったからだというべきである。じっさい紫式部日記中の、物語作品という意味で用いられている「物語」という語を拾って行くとき、たしかに私たちは彼女の独特の姿勢に気づかぬわけにはいかないのである。一々具体的に検討することはできぬが、このことについては阿部秋生氏の「紫式部日記と物語」(『源氏物語講座』上巻紫乃故郷舎版昭24)にすでに詳細かつ鋭い考察がなされている。「物語或は物語的雰囲気に接すると、日常の消極的な態度とうって変って、別人のやうな情熱を示すことが往々にしてある。」といわれた氏はさらに「源氏物語の作者の日記であるといふことは、単に同一人の書いたものであるといふだけではない。……自負と情熱とを物語に対して持つていた人の日記だといふことである。日記とはいふものの、その日記を書かせた動機が、その物語意慾とでもいふものに促されたものであつたとしても不思議はないと思ふ」とまでいわれる。たしかに紫式部日記の作者がたまたま源氏物語の作者であったということではない。紫式部日記と源氏物語と、それは本来切りはなして読んではならない、ということの視座を、私は私なりに重要なものと考える。既述のように源氏物語は、紫式部が話主となってその世界を創出することによって、そこに生きる自己を拡充しえた一生命の確固たる軌跡である。彼女にとってそれは現実の人生とは別次元の、現実よりもかけがえない人生であるからである。いわば源氏物語の人生を生きつつあった紫式部が、いわばそこから脱出して、彼女を位置づけた現実と対面する方法として、紫式部日記の述作がなされたのであるといえよう。しかしながら、日記においては何としても事実が先行するものである以上、日記の姿勢がいかに主体的であろうとも、否、主体的であろうとすればするほどに、現実の前でいくたび立ち止まり足踏みし、息をのまねばならなかったことであろう。現実の人生の秩序のなかの、物の数でもないわが存在の卑小さを、紫式部は、まじまじと思いつめ絶望しないではいられぬときがあった。詳しくは別稿で論じたことであるが(「紫式部日記の思考と文体(二)」『源氏物語の世界』昭39)、そのようなまぎれもやらぬ経験を、紫式部日記の執筆によって明確に領解せざるをえなかった紫式部は、その問題をいだきつつ源氏物語の世界に立ちかえり、物語の世界の虚構の方法によってそれを拡充し、かつ解きほごし、追尋していったのであるといえよう。そのような紫式部日記体験と源氏物語体験の緊密の往反運動の実相は、それぞれの方法の凝視の上で今後明らかにしていかねばならぬことであると考える。

源氏物語の成立・構想

──戦後の成立論の始発をめぐって──

一

「源氏物語の成立・構想」という題目によって何を論ずべきであるか。じつは私自身、こうした問題そのものについては従来とくになにがしかの自説を主張したことはない。しかしながら、戦後の源氏物語研究史において、おそらくもっとも論議がわいた、にもかかわらずその論議がどのように決着がついたのか必ずしも明白でない、この成立・構想の問題について、いまの時点から、批判的に回顧しておくことは必ずしも無駄なことではあるまい、というわけで、以下の大局的なおぼえ書きを提出しようとするのである。

さて源氏物語の成立と構想に関する研究を、いま私は戦後の研究史においてもっとも論議された問題といったが、それは具体的には主として武田宗俊氏の「源氏物語の最初の形態」(『文学』昭25・6、7)をはじめとする一連の論文(のちに『源氏物語の研究』昭29にまとめられた)、風巻景次郎氏の「源氏物語の成立に関する試論」(『文学』昭25・12、26・1)以下の、これはついに未完に終った一連の論文（のちに『日本文学史の研究（下）』昭36、および『風巻景次郎全集』4、昭44に収められた）によって提起された、そしてまた反論もほぼそれらに向けられてなされたところの、研究が焦点となるのである。

ところで、右の両氏の論考は、いきなり突如として学界に提出されたかのような印象をもつが、それは戦中から戦後へかけての国文学研究の一般的な停迷が、ようやくこのころから沈着な立ち直りを見せ、戦後的な研究の足どりが開けてきたことと軌を一にするものであるからにほかなるまい。じつのところそれらには顕著な先蹤があり、こうした作業を学界に送り出そうとする研究の命脈があったのである。溯源していえば、早く大正末年に発表された和辻哲郎氏の「源氏物語について」（『思想』大正11・11）に行きつくわけであるが、その後の佐佐木信綱氏、与謝野晶子氏らの説をも併せて、諸家の考説、ことに青柳（阿部）秋生氏の説（「源氏物語執筆の順序」『国語と国文学』昭14・8、9）や玉上琢弥氏の説（「源語成立攷」『国語国文』昭15・4）などを通過して、武田氏、風巻氏らの研究の出現する過程あるいは研究動向については、すでに稲賀敬二氏の「源氏物語成立論の輪廓」（『源氏物語講座』第三巻、昭28）のごとき論文にすぐれた批判的整理がなされているし、また『源氏物語必携』（昭42）中の「成立と構想」の項、『講座日本文学の争点②中古編』（昭43）中の「源氏物語成立論の争点」も、同じ稲賀氏が執筆を担当している。また最近は阿部秋生氏編『諸説一覧源氏物語』（昭45）において、柳井滋氏執筆の「執筆順序、後記挿入に関する諸説 一 研究の推移の大略」

の項などに、研究の経過の総覧が試みられているのは有益である。したがってここでは一々、論の内容に立ち入る必要はなさそうである。いわば鳥瞰的巨視的な、あくまで私の地図を画いて行くにとどめたいのである。

二

さて、源氏物語の成立・構想についての研究がそうした研究に対する反対論をふくめて明らかに一つの潮流を形成しつつあった時期に、一貫して、これに独自の批判的立場をとってきた玉上琢弥氏の歩みを、まず私は思い起こすのである。

成立の問題が事実どうであったにせよ、平安時代の昔から現在の姿で『源氏物語』は読まれて来た。しかし今のわれわれが現在の姿で『源氏物語』を読むと、ずいぶん奇異に感ずる点がある。「物語」は作中人物の生活のほんの一部分を描くに過ぎない。描かれざる部分が、物語の外に広く存することを、この物語は明示する。現代に生きるわれわれの目から見れば、その描かれた部分と描かれざる部分と、いずれが重要か、疑問なきを得ぬ。作者は、われわれとは違う標準をもって、描くべき部分を選び、排列したようである。その点をそのままに認めることにしたい。素直に『源氏物語』を読んで、そしてのちわれわれはわれわれで考え始めることにしたい。

この文章は、「源氏物語の構成」（『文学』昭27・2）の「論文要旨」として冒頭にかかげられているが、この本論のほうはどう進められて行くか。以下、その要点を述べておく。「帚木」「空蟬」

「夕顔」の三帖につき、これは光源氏の挿話であり、かれの本来の生活が存在したと作者は意識して物語っているが、そうした光源氏が、葵上、中納言の君、中務、朝顔の姫宮、藤壺の宮、六条の女君、その他の女性を相手にして「言ひ消たれたまふ咎」も生じたであろう、そういう事件のいきさつを、現在の源氏物語は正面きって写すことはせず、読者がすでに知っているものとして扱っているが、その作法をそのまま認め、賞讃しようとする旧来の立場に対して、佚巻を考えようとする立場がにわかに有力になってきた。このように述べてきて、玉上氏は次のようにいう。

阿部秋生氏の驥尾に付いて『源氏物語』の成立について考えたとき、定家が『奥入』に記しとどめた一説「輝く日の宮の巻」なるものについて、学者の注意を請うたのは昭和十五年の四月であった。(中略)ここ両三年来この記事を取り上げる方が多くなって、「輝く日の宮」の巻のかつての存在とその後の散逸を認めるかどうかが、源氏物語研究の新派と旧派との区別法の一つになった観がある。『源氏物語』といえば、『玉の小櫛』と『評釈』とに従っていればよかったころに比べると、まことに隔世の思いがあり、御同慶の至りである。

されば、わたくしがここに、「帚木」「空蟬」「夕顔」の三巻に見える上の品むきの女性を数えあげたことは、これらの活躍した「輝く日の宮」の巻が存在したことを重ねて主張しようがためだ、と思われる方があるかもしれない。「若紫」の巻と「末摘花」の巻は、光る源氏の病気や朱雀院行幸や紫のゆかりの若君を共有しつつ、重なり合っていることをありありと示しているが、「輝く日の宮」巻と「帚木」「空蟬」「夕顔」三巻との間にも同じような関係があったと考え得ると、いまさらのごとくわたくしが説こうとしているのだ、と思われる方があるかも知れない。

しかし率直にいえば、わたくしは成立の問題にあまり興味を持たない。もし「輝くの日の宮」の巻がかつて存在し、何らかの事情で（どんな事情か、わたくしには想像もつかないが）散逸したのなら、しかも散逸したままで読者が観照しえたのなら、それはどういう観照のしかたであったのだろうか。わたくしの興味は、やはりここに帰って来る。

この玉上氏の文章の文体は、はっきりと成立論に対する嫌悪の表情を見せているが、これを読むとき、氏が「輝く日の宮」の存在を最初に想定する説の提出者であっただけに、奇異の感じを抱かせることになるかもしれない。が、これは必ずしも玉上氏の「転向」声明ではないのである。かつて源氏物語の成立事情について、まったく新鮮な問題提起をこころみた玉上氏の研究の方向性が、戦後の一見玉上氏の見解に直結するかに見える成立論議と本質的に土俵を同じうすることができなかったことを、明示しているにすぎないのである。

われわれは昭和十五年に書かれた「源語成立攷」を顧みる必要があるであろう。その長大な論文は、もともと単純に源氏物語の成立過程を追求するものではなかったのである。以下要点をあげると、①「夢の浮橋」巻は完結ではなく中絶であろう。②物語の各巻それぞれ独立的と見られもするが、とりわけ「藤裏葉」巻は、物語の幸福な結末をつける巻である（これは①の考えを補強する）。③「桐壺」巻は、それぞれ人生の種々相に光をあてる各帖がつみ重なって、それが源氏の物語として声価を得たのち、読者の要望に応じて主人公の系譜を説明するために論理的に作りあげた発端であると想像される。その書き添えの時期は「玉鬘」の並び前後。④中の品の物語である「帚木」「空蟬」「夕顔」の三巻は、作者紫式部が里居のころ、まず一まとめに発表されたが、好評を得、やがて彰子に召されてのち、上の品の物語を書き継ぎ、長編に仕立てる決心がついたのち、「桐壺」を書き添えたと考えられるが、また源氏物語の最初は「若紫」の一短編があったという考えも妥当である。「桐壺」巻で源氏物語が書き起こされたという説は、五十四帖一まとめの発表と考えられぬ以上、認めることができない。⑤短編群の巻々として書きはじめられた現行の源氏物語以前に、当時無数に存在した上の品の物語の一つとして「輝く日の宮」巻が想定しうる。その「輝く日の宮」を引きはなして、源氏物語は長編として成長して行った。⑥紫式部日記の寛弘五年十一月朔の公任の「此のわたりに若紫やさぶらふ……」の呼びかけを検討するに、そのころまで書かれていた源氏物語には、まだ「上」とよばれる紫上は登場していない。宮仕以後、断続、書きつづけた短編の集りが長篇となった。⑦「並びの巻」は、もっとも矛盾のない説明としては、それが構想研究の表示ではなく、ひとまとめに発表されたという成立事情によるであろう。以上のようないくつかの仮説を提案した玉上氏の論は、その推論の過程なり様式が問題なので、右のように箇条にまとめてしまうとじつはその真意を伝えることは、できなくなるおそれがあるが、そこには右のような結論そのものを強く主張するという姿勢は極度にひかえられている。少なくともここでうち出されたいくつかの考えかたは、それ自体をさらに補強し、確証し、前進させるという方向性をもたせられていないのである。この論文の末尾で、氏はいう。

この仮説を触媒として、私は「源氏物語」の構成美にすすみたいのである。この仮説による時は、「源氏物語」は元来短編を積み重ねたものである。だからいくらでも書きついでゆけるし、またどこででも切れるのである。作者自身長編たる形式も整えようとしたし、また後になるに従って数帖にわたって構想が緊密であるものも作ったりするが、やはり短編の集合であるという本意は変えなかった。一編ずつまたは数編ずつを作者はまとまりをつけて発表してゆく。だからたまたま「夢浮橋」で中絶しても、そこまでのものとして『源氏物語』は観照できたのである。

こういう成立であり本質であるがゆえに、作者は各帖の構成に、また帖と帖との連絡に、特殊な技巧をこころみた。その技巧のもたらした美、構成美を、われわれは久しく注意しないでいたようである。芭蕉の連句の匂付の美にも似た構成美を、『源氏物語』のみならずわが国小説のあれこれに見いだせるように私は思う。……

このような文章をよく反芻してみるならば、玉上氏が戦後の成立論議に水をさすような口吻をもらす理由もうなずけるのである。この「成立攷」における成立に関する言及も、源氏物語の本質的に短編の集合体である、その構成や手法を把握しようとするに当って、成立過程の面から、こういう仮説が成り立つであろうとするにほかならないのであって、だから戦後になって氏の姿勢に方向転換があったわけではないのである。

ところで、この「源氏成立攷」以後「昔物語の構成」(『国語国文』昭18・6、8、9)を経て、玉上氏は「源氏物語の本性」と副題するいくつかの論文「物語音読論序説」(『国語国文』昭25・12)、「敬語の文学的考察」(『国語国文』昭27・3)、「屏風絵と歌と物語と」(『国語国文』昭28・1)、「桐壺巻と長恨歌と伊勢の御」(『国語国文』昭30・4)等を書き進めたが、たとえば、

いつしか物語を小説と考える人が多くなってきた。小説と見なすことが、物語の価値を高めることになると、思ってなのであろうか。しかし小説が認められ初めたのは前世紀ごろからであって、日本ほど文学を独占する状態を示している国は、ほかにどこがあるであろうか、わたくしは知らない。小説と見なすことによって物語の価値を高めんとする人は、いずれまた比すべき他物を探し求めることであろうか。かかるはかなきわざのために、もし、物語の本義本性を失うことがあったら、その利少なく害多きは言うをまたない。(「物語音読論序説」の前書き)

と述べている玉上氏の念頭に、批判さるべきものとして居並ぶ源氏物語論がどういうものであるか、私などをもふくめて武田氏の成立論を支持した、あるいはそれを拠りどころとして源氏物語に接近しようとした数多い諸研究を想定することはきわめて容易であるが、じつは武田氏の成立論そのものも、氏によれば近代の小説文学を読むのと区別なく源氏物語を扱う姿勢にほかならないことになるようである。

もちろん成立論は成立論なりに、伝統的な源氏物語観への果敢な反逆であり、それからの解放の

営為であった。前引した玉上氏の文章に「源氏物語といえば『玉の小櫛』と『評釈』に従っていればよかったころに比べると、まことに隔世の思いがあり、御同慶の至りである」とあることも思いあわせられる。じっさい戦後の成立論の始発である武田宗俊氏の「源氏物語の最初の形態」が発表されたとき、それへの賛否とは別に衝撃を受けなかった人も稀であったであろう。もちろん前記のように、そこには先蹤があった。和辻氏の「源氏物語について」を顧みれば、いかにそれが革新的であったか、そのためにそう簡単に学界に迎えられなかったこともいまさらながら実感されるし、その点は青柳氏や玉上氏の論考とて同断であるが、武田氏が、ほぼ青柳氏の姿勢を受け継ぎながら、青柳氏の説——物語の作者が最初に執筆したのは「若紫」巻であり、次いで「紅葉賀」「花宴」「葵」「賢木」「花散里」「須磨」とつづけ、前に戻って「帚木」「空蟬」「夕顔」「末摘花」を書き、次に「須磨」のあとをつづけて「少女」前後まで及んだとき、再び戻って「桐壺」巻を書いたのであろうという。ここですでに「若紫グループ」と「帚木」グループという二系列の巻々が分別されている——を、さらに第一部全体の問題におしひろげ、第一部三十三帖を「紫上系」十七帖と「玉鬘系」十六帖の二系列に腑分けして、「紫上系」を源氏物語の最初の完結的な形態であるとし、その「紫上系」に、あらためて後に「玉鬘系」が書かれ挿入されたであろうとした推論は、その明快な論定の方法も手伝って、まさに偶像破壊的な意味あいを荷っていたのである。

しかしながら問題は、伝統的な源氏物語観から離脱して、どういう方向に新しいそれを結成するかにあった。御同慶の至りであるとした玉上氏の言葉にこめられた皮肉は、近代的な合理主義的裁断に源氏物語をさらそうとする態度に対して向けられたものにほかなるまい。

三

まさに武田氏の成立説には、後述するように近代的な解釈学的文学観を基底とした明快な合理主義的思考が顕著であるということはできるであろう。

玉鬘系後記説を、余りに近代的、合理的見解で以て貫こうとしたものである、古代人にとっては今日合理的に見えないことも不合理とは見られなかったのだと考える人もあるが、不合理は環境や習慣の相違によって解消するものではない。環境や習慣の相異を因として不合理に見えるというのは真の不合理ではない。真の不合理は古代に於ても今日に於ても同じである。今日吾々が見て不自然、不合理と考えるこの物語の矛盾や不統一は、この物語の成立した時代には、矛盾でも不統一でもなかったと見ようとするのは、この物語について長く考えられて来た、今の巻の順序に書かれたとの見方に反することが、何か古代的な考え方に反するものとする先入見から来たものに過ぎないであろう。(「源氏物語の第一部の構造について」『文学』昭32・11)

という武田氏の論じかたにも、氏の姿勢はまことに顕著である。いったい多くの諸家の武田説への反論が、武田氏にとってはほとんど再考の余地もなく、したがって自説を撤回する必要がまるで見出せなかったということははなはだ興味ふかいことであるが、その理由はおよそ明白である。すなわち反論の多くが、氏の説の論拠を逆手にとってのそれであり、氏の説を否定しようとすること自体が目的であるかぎり、それはいわばシーソーゲームのごときものにすぎないから、論争は高い次元に発展することなく、見解の相違ということで何となく終熄せざるをえないことにもなるのである。たとえば武田説に対して、もっともきびしい論鋒を突きつけたのは三宅清氏であったが（「源氏物語の構想」『東京大学教養学部人文科学紀要』第七輯、「源氏物語の内部構造」『文学』昭32・7など）、これに対してかかれた武田氏の反論「源氏物語の第一部の構造について」（前掲）は、いささかもひるむことなく堂々たる風貌を呈している、と同時に氏の前説とくに変った見解をよむことができないのも注目される。こうした論文を見ると、武田氏の内部にはほとんど信念のごとき不動の文学観がいだかれていて、氏の成立説の支えとなっているかのようである。ここで氏は、ゲーテのファウストやウィルヘルム・マイスターや、志賀直哉の「暗夜行路」、夏目漱石の「吾輩は猫である」の例を引き合いにして、こうした長大な作品において、いかに成立事情や成立過程を顧慮することが必要であるかを説き、源氏物語の場合についても、

……その精神内容には前後に大きな変化があり、その点から見ても、相当長期の年月をかけて書かれたと推定される。又作品の内部にも相当長期にわたったと見るべき徴証が幾多存するので、之を短時日に完成したと見ることは出来ないであろう。しかして、その構造を見ると複雑で、単純なプランによってつづけて書かれたものとは誰も断定出来ない。源氏物語が完璧であるとの先入見から離れて見るとそこに幾多の

矛盾が見られるのである。その成立過程をさぐってその矛盾の因由を見ようとするのは極めて自然のことでなかろうか。文芸作品の研究でその形象に即して精神内容を明らかにすることの一番大切であることはいうまでもないが、一番緊要なことがいつも最初になされねばならぬと決ったものではない。私は従来の源氏物語の研究に見られる欠陥の一つは内にふくむ大きな発展を忘れて、一の固定観点から全体を把握しようとする所にあると考える。成立過程の研究は、この精神発展に具体的な根拠を与えるものとして決して軽視することを許さぬであろう。なお鑑賞享受と学術研究とは異なることをも注意する必要があろう。鑑賞享受に於いてはあるものをそのままに受取って終りとしても差支ない。しかし学問に於いて、何時、誰が、どうして、なぜに等の疑問をそのままに止めることは出来ないのである。

と述べているが、武田氏が自説を固持して譲らないのは、右論文からさらに数年後に書かれた『紫上系諸巻』と『玉鬘系諸巻』の問題」(『解釈と鑑賞』昭36・10)においても変るところはない。

ところで、ここで少なからず気になるのは、武田氏の「成立過程の研究は、この精神発展に具体的な根拠を与える」といういいかたである。この「精神発展」とは何であるか。氏の「最初の形態」に、玉鬘系後記説の一つの大きな論拠として、紫上系は玉鬘系よりも「文体」「技巧」「人生観」等が劣っているという把握がなされているのと対応するのであろう。氏によれば、紫上系は、工夫洗練を凝らした文であるが、幾分堅苦しく内面的リズムの流暢さはない。対して玉鬘系は軽く流麗で自由自在、筆は心とともに動いているという。技巧・構想力の面でも、紫上系はすべて正を踏んで、悪くいえば常套的平凡であるが、これに対して玉鬘系は警抜である。人物描写も、前者では抽象的観念的で個性に乏しいが、後者では生々と個性的である。恋愛心理、自然描写においても前者は伝統的であるが、後者は形式的伝統を超えて前人の見ぬところに生新の美を見出しているという。さらに批評精神や人生観等に関しても両系の多少高低、異るというのであるが、これらをひっくるめて「精神発展」と称することができるかどうかは別として、右のような評定は、そのかぎりでは――あくまでそのかぎりでは、であるが、私は必ずしも否定するものではないにしても、少なくともここに列挙される諸側面が、右のように指摘されるにとどまり、以後それ以上に追求され検証にさらされることがなかったという点が問題なのである。

いったい『源氏物語の研究』の序によると、武田氏は文学史研究者として、文学理論と文学史事実の研究とを関連させ進めることを志したという。国文学界では文学理論や研究方法において眼を十分に広い世界に開いている者が少ないのが遺憾なので、ドイツ、イギリス、アメリカ等の文学理論書に眼をさらすこと数年、いささか得るところあって国文学の研究に帰り、平安時代の文学につきその発展のあとをたどり、作品の内容や価値について新しい光をあてたいと願ったという。ここにいうドイツ、イギリス、アメリカの理論書というものが具体的に何であるかは不明であるが、そうした理論書に学んでの氏の源氏物語把握が、『源氏物語の研究』の第三章「源氏物語の本旨と構造」に要約されるごときものであるとすれば、それはいかにも古色蒼然の印象をまぬかれないのである。

……紫上系物語は（中略）栄華の生活、みやびの生活を背景に、当時の貴族男女の最大の興味を集めた恋愛を主材とし、時代の特殊条件の下に立つ恋愛生活の葛藤・矛盾や、之を解決し調和を与えた理想状態を描いたものである。勿論その問題や解決は意識して取上げたものでなく、生活における興味が自らそこに導いたものであろう。

紫上系では理想化が目立ち、人物も最高の階級からとり観念的で具象性が少いのに対し、玉鬘系では身辺に観察する中流階級からとって現実に近い感を起させる。このように日常の観察から材をとって、現実的な諸女性を描き、恋をうつして、理想に偏して空想的であった紫上系を補うのが玉鬘系を書いた意図であったろう。

第一部は理想主義的態度によって描かれたが、その理想は高いとはいえず、第二部は写実的態度によって現実の苦悩をうつして漸く真実にせまり、第三部にいたって個の中に時代をうつし、時代を超えて人間の永遠普遍をうつして、最も深い意味での象徴的真実に達したといってよいであろう。源氏物語は第三部に至って真に傑作の名に値する。

ここによまれる、いわば発展史的な有機体的な源氏物語観は、これが武田氏の成立説を不動のものにしたのであったと同時に、そこに明確な限界も語り示されているといわざるをえないようである。武田氏が、源氏物語に「精神発展」を見るという、その「発展」はいわば漸層的連続的発展であり――ということは物語執筆期間の断続とは別の問題である――、そうした段階的な発展が、結局は自己完了する所与の統一体として源氏物語は理解されてあるにほかならぬようである。もとより私がこうした武田氏の視座を批判するのはおおけないことであろうが、少なくとも源氏物語は、武田氏という研究主体がそれとの交渉によってその姿勢を革めていくべきところの、不断に課題をつきつけられる世界存在ではなく、論理的整合の相において観察される完結的対象であることはまちがいないようである。「源氏物語が完璧であるとの先入見から離れて見るところに幾多の矛盾が見られる」というその「矛盾」の、氏による解消の作業は、源氏物語の有機体的な発展説のための合理的根拠として奉仕させられたのであるといえよう。氏が『源氏物語の研究』の一書を世に問い、これに対する批判や反論を浴びながらも、同じ議論をくりかえすだけで、前記のようにまったくその説を変えなかった、というよりそれを不断に止揚する立場へと進みえなかったということは、一に武田氏の不動の近代的小説美学に由来するもので、理由のないことではないのであった。

しかしながら、そのことが成立論の破産を意味するのではない。武田氏の沈黙は単に氏が沈黙したというにすぎないのであって、氏によって意識され観想される「精神発展」とは別の意味で源氏物語を一つの独自な動態的存在として追求する視座を一般に喚起したことは疑われないのである。

四

風巻氏の「源氏物語の成立に関する試論」がつねに武田氏の成立論とともに問題にされるのは、

その発表のはじまりが同じ昭和二十五年であり、まったく別個に進められた作業でありながら、彼此きわめて密接にかみ合う内容のものだったからである。しかしながら、じつは両者の作業は、その発想においてきわめて異質的なものであったといえよう。そのことは、この『試論』の第四回「紫と紫のゆかりの物語」(『北海道大学文学部紀要』四、昭30)のはしがきに、風巻氏自身の語るところからも知られるのである。氏によれば、この「議論」の第一回は、雑誌『文学』に発表されるにさきだって、東京大学の山上会議所でその一部が報告された。そのときこの問題提起のしかた、したがってその題名も「源氏物語の創作過程に関する試論」と訂正すべきだという批判の意見が出たという。作品が成立するとは、作品をつくり出す作家のはたらきということが計算に入ってくるから、その過程を研究するということをたてまえにすれば、当然それで作家の創作活動の追跡という仕事を、外面的にとどまらず、内面的にもなし遂げねばならなくなる。そうする事によってのみ、創作主体を抜きにすることなしに作品の成立過程は全面的に捕えられるであろう。はじめから成立過程などのいいかたをすれば、外面的な追跡にだけ終って、作家主体の内面的な秘密に触れることもできず、また触れずとも事足れりとする安易な立場にとどまる危険が大きいであろう、という批判である。しかしながら、風巻氏は右のような批判を受け入れることのできない立場に自覚的に立つことによって、頭初からこの「試論」を書いてきたのだと述べている。氏はいう、

……創作過程の研究として作品論をする事から、私の立場を解放することこそ、私の一番もとめている点

であったからである。と言うわけは、創作過程の研究でなければならぬという意見が出発するために、ある一つの重要な予見が前提されているように思われるのである。それは今日見られる所の『源氏物語』が一応原作の形を伝えているものであり、そして近代文学の創作などから類推できるような条件のもとに創作されたであろうという予見に外ならない。しかし私は、その点ではそれ程現在の『源氏物語』の形態に信頼をもつことはできないし、また現在見得る『源氏物語』は単純に紫式部という一作家の純粋で自主的な創作活動の結果であると言えるかどうか、その点でも信頼をもつことができないと思っているのである。もし現在の『源氏物語』に信頼を持つとするならば『源氏物語』はすこぶるはげしい内部矛盾を持っている作品と感じなければならないし、もしそれにもかかわらず、これが一作家の主体的な創作活動のまま、つまり原型のままであるとするならば、これを創作した作者は社会的にも心理的にも常態ではないのではないかとも感じられて来る程にその作品の内部的な不自然さ、したがって作家の精神の異常さは所々に顔を出していると言わなければならないからである。もちろん作者は唯一であって、しかも常態の心理の所有者ではなかったことが証明されているならば問題は一つだけ減じたことになるのだが、それすら何もはっきりしてはいないのである。結局『源氏物語』の創作過程に関する追跡を試みるには、まだ余りにも準備はできていない状態にあると言わなければならない。準備的にはっきりしていなければならないことは、まず第一に『源氏物語』の現在形はどのようにして成立したものであるか、ということであって、研究の結果、その成立の事情はすべて一作家の創作過程として扱いうる事が決定するならば、それはそれで誠に明快に問題の一つが解明されたことであり単純化されたことであろう。しかしそれでもなお、それを一作家の創作過程と状してよいかどうか、それは今ではまだはっきりしない問題であると言わなければならない。（下略）（「試論」の第四回、「紫と紫のゆかりの物語」『北海道大学文学部紀要』四、昭和30）

この長文を引用したのは、ここに風巻氏の立場・姿勢が明確に語られているからである。氏の成立論は、それが成功した場合は、源氏物語の作品論・作家論・文学史解明の作業へ向けての正確な資料を提供しうることへの寄与となる、というところに眼目がある。武田氏において、現存形の源氏物語の内部の矛盾、不合理を、合理的に説明するものとして建設された成立説が、紫式部という作家の源氏物語の創作過程の解明と区別されるものでなく、それがそのまま武田氏なりの文学批評・文学史的把握に連なっていったのとは、少なくともその出発において趣を異にするのであるといえよう。風巻氏が「創作過程」の語を意識的に避けて、創作主体、作家主体という契機を排除し、いいかえれば源氏物語に文学批評的に立ち向かう姿勢をみずからに禁忌する姿勢で書きはじめられたこの試論が、年立の検討に開始するまったく形態学的な整理、処置として開始したのももっともと思われる。風巻氏は、中世源氏学において守られてきた旧年立がはらむ矛盾を、より合理的に修正した本居宣長の新年立が、じつはこれにもまた弁護の余地なき矛盾を露呈していることを指摘し、この新旧両年立のいずれもが源氏物語の本文記事と違背しつつ相違していることの由来を追求し、「玉鬘」とその並びの巻にその鍵をさぐりあてて、それの成立事情の究明へと乗り出した。氏の推論の緻密な運びは、あたかもすぐれた推理小説の展開にも似ているだけに、ここでなぞることは不可能であるが、要するに、源氏物語の成立過程において、もと「少女」巻と「梅枝」巻の間に、源氏三八歳、紫上二八歳の年のことを語る「桜人」巻があったが、その巻の主題を敷衍し発展させて行くうちに、現形の「玉鬘」十帖という一系の物語に成長してしまったというのである。代りに一方で「桜人」巻は、次第に虫様突起的存在になって行き、「玉鬘」十帖に取って代られる。こうした経過の推定によって、新旧両年立がかかえこんでいた矛盾の由来が説明されることになるという。風巻氏によれば、いわゆる「並びの巻」とは、本系の物語に、後から結びからませた巻であり（「並びの巻」は成立事情に関わる呼称と考えるのがもっとも自然であり合理的であるという考えかたはすでに玉上氏の「源語成立攷」で提起されていた）、右のような推論は、やがて試論の第二回（『国語国文』昭和26・4）で、「帚木」とその並びの巻の成立を、もと存した「輝く日の宮」に代るものと考定する論へと展開して行く。

ところで、以後の風巻氏の歩みを追う前に注意しておくべきことがある。いったい、こうした氏の「成立過程」の考究というものは、氏のいうように創作主体を度外視する、したがって鑑賞的あるいは文学批評的な接近を禁止する、いわば算術的な素朴な処理であることが標榜されてあるだけに、どのような研究の立場にもかかわりなく万人に説得的でなければならないはずである。しかるに、長谷川和子氏（「源氏物語の研究」昭33）や高橋和夫氏（「源氏物語年紀攷」『群馬大学学芸学部紀要』昭34のちに『源氏物語の主題と構想』昭41に収められた）などの同次元に立っての批判的提案なども具体的に提出されているように、風巻氏の処理には、誰の目にも致命的な欠陥が、これまた露呈していたのである。氏は自説を修正することなく――修正しようにも、それは不可能であるが――、成立過程の攻究作業を進め、ついに氏の逝去によって、未完成に終るほかなかったのであるが、しかしながら、これをもって風巻説の破綻、流産であると高飛車に決めつけることはまったく生産的ではないのである。

いったい、素朴な算術的な次元での作業であると、風巻氏自身そう規定しながら、氏の成立論が、源氏物語の緻密な構造論、主題論へと傾斜してゆく、というよりも、氏の成立過程論がそうした領分への進出の契機を原理的に内包しているのであったことは注意してよいであろう。じつは『試論』の第一回にしても、旧年立を廃棄した宣長の新年立が、源氏物語の本文内容と適合しないということを、単に算術的に指摘するにとどまっているわけではないのである。宣長が、なぜ新年立を作製しなければならなかったか、その精神の領域に鋭く立ち入り、その合理主義精神が、古典原作を完璧なもの、本来矛盾のないものであるとする偶像化、神秘化の精神と表裏するものだ、という犀利な批判をともないながら、その新年立批判が展開されるとき、もはやそれは平面的な算術の次元の作業ではおのずからなくなっていることが知られるであろう。新旧両年立を俎上にのぼせる風巻氏の眼には、中世源氏学から江戸期国学への流れが、生きた精神史として見えていることが、その推論の文体のなかにうかがわれるのである。それはそれとして、そうした氏が源氏物語に立ち向かうとき「氏族伝承の分解」(『国語国文研究』第一号、昭25、後に『日本文学史の研究(下)』昭36および『風巻景次郎全集』3昭44に収められた)このかたの文明史的な、物語文学発達史の独自な見取り図のなかに、源氏物語がどう据えられるかが問題なのであっただろう。そうした物語文学史のなかに嶄然として強烈な課題を投げかけてくるものとして、源氏物語が存在したはずである。また氏の源氏物語観は『源氏物語』(『国語と文学の教室』昭27)によっておおよそは知ることができるが、じつは氏の『試論』は、氏の内部に結ぶ源氏物語像の検算作業であったということができる。だからこそ、逆に、前記したような、創作事情でなく成立過程の研究としての限定という、自己抑制的な発想が可能であったのだと考えられる。氏はいう。

……私の対象は極めてせまい成立過程の問題である。いきなり創作過程の問題や鑑賞の問題やに焦点が移ると、とかく現形源氏物語の擁護論になる傾きがあるようだ。成立論の目的は現形源氏物語の否定論では決してないのだという点は、間違いなく理解されていなければならない。成立過程の論は現形の定着するまでの経路の出来るだけ冷静な追跡である。(「試論」の第四回「紫と紫のゆかりの物語」)

氏が、「創作過程の問題や鑑賞の問題」と異次元の問題として成立過程の論を画定したのは、源氏物語との距離を正確に測定し、研究主体をきびしく限定することによって、かえって文学研究者、文学史研究者として源氏物語に挑戦する姿勢を正しく有効に定める、必須の作業であったといってよいのである。氏の研究の批判者が、どれだけそうした氏の姿勢と作業の意義を理解しえたであろうか。算術的形態学的次元での論争によって、氏の成立説の成り立たぬことをいうことで獲られたものは何であったのだろうか。

それはさておき、前記したように風巻氏の成立説が構造論・主題論へと移動して行く、そこで彫りあげられた源氏物語像は瞠目すべき形姿を呈しているといえよう。想定される「輝く日の宮」巻から「若紫」巻「紅葉賀」巻に雲上絵巻を読み、それが白鳥処女説話の型に順応する展開を遂げる一方、そうした第一主題が細美に奏でられる途中から、現実的な貴族生活の物語の主題が「花宴」巻に発生し成長してくるという経過の追求は、源氏物語がまさに内部に葛藤をかかえこむ力動的な世界存在であることを実感させるのである。創作主体を排除し、かつ鑑賞主体であることの拋棄を旨とするこの成立論は、じつは源氏物語という作品の、作品自体の中に発展の動因をはらみつつ展開する稀有な世界であることを証しだてる作業の道を開いたのである。

五

さて、武田氏が沈黙し、風巻氏が逝去し、そしてこの両氏の研究への誠実な批判の書である長谷川和子氏『源氏物語の研究』（昭和32）のごときが単行されるころから、成立論議は沈静したもののようだが、そしてまた両氏の見解も葬り去られたように説く向きもないのではないが、じつはこの成立論が戦後の源氏物語研究を推進する貴重な因をなしたことはいうまでもない。源氏物語観、源氏物語への接近の方法の一般的な変革を喚起したからである。もちろんいま顧みれば、そうした状況をすべて手放しで評価してよいというものではない。その点については、成立論の論争の経過をとりまとめた今井源衛氏の次のような文章は、ほぼ肯綮に中るものといってよいであろう。

……成立論プロパーについての検討が不充分であった割には、賛否の意志表示だけは雑音めいて賑やかだったという奇妙な現象は、成立論が基調論ないし主題論に発展し、それが貴族社会に対する理解のしかたの相違と絡んで、研究者の歴史的主体に例外なく対決を迫るものとなっていたからなのである。そして、それは、人によっては武田説に対する賛否によって学界を、「新派」と「旧派」に分け、「新派撲滅」をさえ公に文字にして憚らないところまでいってしまった。しかし、いうまでもなく、それはあまりに非学問的である。この「新派」がそのいわゆる「歴史意識」にうってつけの武田説を利用することにおいて、やや安易なものがあったと、「旧派」の一部の人の目に映ったような事情はたしかにあったであろう。筆者自身も含めて「新派」と目された人々は、今となっては、そのことにつき充分反省すべきだと思う。(「戦後における源氏物語研究の動向」『文学』昭29・2、後に補筆して『源氏物語の研究』昭37に収められた)

前記した玉上氏の苦言も、それはそれなりに十分の根拠があることだったというべきである。しかしながら、今井氏はさらにつづけていう。

……しかし、それも武田説を一つの有力な仮説と認めた上での事であったこともたしかであり、一つの有力な説が現われたばあい、その究極的な真実性が保証されないかぎり、絶対に依拠してはならない、というのは文化科学にとって、むしろ不当ではあるまいか。仮設が真理であるか否かを検証される過程には、そうした現象も不可避であったと思う。

と。武田氏および風巻氏らの成立説を、敢て無視しようとする人は別であるが、氏らの成立説を生ませたのが、ほかならぬ源氏物語の構造であるかぎり、源氏に立ち向かう研究者が、やはり氏らの視座と無縁のところに坐することは不可能なのである。だから氏らの説は今後つねに研究者の意識にかかわり、作業の姿勢にのしかからないはずはない。そして、それが批判されれば、あるいは否定されることになれば、そのことがとりもなおさずその説の新生であるという意味をもちつづけることになるのであろう。

両氏の研究を戦後第一期の成立論とするならば、第二期、第三期の成立論が、なお微視的に、きめこまかい実証性をもちながら簇出して来ている様相は、最初に掲げた諸論文などによって整理されているのでここでは触れない。

六

さて、成立論に関しては、武田氏、風巻氏らと別に、池田亀鑑氏によって進められた独自の研究をこの際視野に収めておくことが必要である。

池田氏の研究は、その当初においては成立論として提出されたものではない。「源氏物語の構成とその技法」(『望郷』第八号、昭24・6、後に島津・池田・山岸『源氏物語研究』昭45に収められた)に発表された二五〇枚の長篇論文においては、その題名からも知られるように、その眼目は構成論であり技法論である。なお具体的にいえば、源氏物語各巻の孤立性と相関性、あるいはこの物語の短篇的性格と長篇的性格の問題を、各主要登場人物、とくに女主人公をめぐる「説話」単元を追尋することで、明らかにしようとするものであった。要するに、物語の構成の技術と効果の究明であったといえるのであるが、やがて二年後の『新講源氏物語』(昭26)においては、単なるスタティックな構成技術論ではなく、主題論、成立論をはらみこむ作業を展開している。「構成とその技法」から『新講源氏物語』の間には、武田氏、風巻氏らの旺盛な研究発表があったのであるから、それらに触発されたものであっただろうことは容易に想像できるが、前者における、頭初は源氏物語を前篇・後篇の二部作としてとらえた視座が三部作としてこれを見るそれへと微妙に移動していた、その不安定性が、後者において払拭され、作者の主題意図の把握にもとづく三部作説へと定着していることも注意されるところである。いわば、源氏物語の長篇的性格と短篇的性格という構成技術の契機と主題論的契機とが統一され、それに成立論的契機が導入された複雑な作業内容を、この『新講源氏物語』は蔵していているといってよい。本書における逐巻解剖の作業でどういう見解が提起されたか、前記『諸説一覧源氏物語』中の「巻別に見た諸説の整理」(藤井貞和・鈴木日出男両氏執筆)に、その要所が諸説と勘合されている。

ところで、池田氏の追求において問題なのは、源氏学者としての眼光紙背に徹する遺漏なき読みに支えられた総合的視座が、その総合的視座のゆえにかえって成立過程把握の眼を純化できなかったということではなかろうか。その点、風巻氏がその成立過程追尋の作業の次元を意識的に画定しようとした姿勢と対照的であるといえよう。構成技法や創作主体の意識の追求や鑑賞論などと同次元に並列的に扱われる成立論は、成立論として独自の体系を主張しえなかったし、その方向性を必ずしも明確にすることができなかったのである。成立の問題が作者の構想の領域の問題として往々混同されつつ論じられていることも見逃すことができないであろう。

池田氏の成立論として、より注目すべきは「源氏物語古系図の成立とその本文資料的価値について」(『学士院紀要』九の二、昭和26・7)およびそれを吸収した『源氏物語大成』(巻七、研究資料篇)の解説であるといわねばならない。三条西実隆以前の源氏物語系図、いわゆる古系図の記事に、現存形の源氏物語に見られない人物名とその注記があることから、現行以前の源氏物語の古態を復元すると、「匂宮」「紅梅」「竹河」をもふくめて、宇治十帖に相当する部分において、現存形よりはるかに巨大な物語像を想定することができる。逆にいえば、現存形は、その物語原型のダイジェストという性格をもつ、というのである。いったい「匂宮」「紅梅」「竹河」の三帖をめぐっては、古来その排列や成立や、作者に関して論議されるところであったが、古系図の検討の上に提出された池田氏の研究は、武田氏、風巻氏らの成立説と同様に、学界に衝撃を与えたといってよいであろう。当然、ここにも議論が集中し、いまもって池田説が定着を見たとはいいがたいが、氏の仮説の線は、現在もっぱら稲賀敬二氏に引き継がれることによって、それはそれでまた独自の成立説を結実させている。『源氏物語の研究——成立と伝流——』(昭42)の第四章「源氏物語成立の資料と仮説」に吸収された諸論文によってその体系を知ることができるが、源氏物語の成立過程には、紫式部以外の作者の作もが包含される一方、一時は源氏物語の体系の中に組みこまれた巻が、系列化するうえで多様の障害、抵抗を内包していたがために、けっきょくは脱落していった。そういう事情が、氏の手がけた源氏物語伝流資料の検討から想定されているのである。氏によれば、そのような過程をも源氏物語の成立過程とよびうるならば、源氏物語五十四帖の成立は、平安末までもっていかなければならなくなる、ということになるが、もしもこの稲賀氏の仮説が認められるとすれば、従来普通の源氏物語観と調和しないことはいうまでもないであろう。いまさしあたり、よく「成立と構想」というふうに、両者を「と」で結んで何となく融通させていた一般的な考えかたもゆすぶられることは確実であろう。稲賀氏も前記の「源氏物語成立論の争点」のなかで「成立論は構想論と一方では手をにぎりあって展開されてきたが、他方では成立論と構想論とが仲よく両立するとは限らないというのも事実である」という。そしてなお、

……いたずらに水と油を早急に統一しようとするのは、愚であろう。平安朝の長編物語の執筆過程とか、成立論とかいうものも、あまりに早々と構想論と野合してしまっては困るのだ。またその両者は、新派と旧派という形でいがみ合うべきでもない。まして一方を撲滅しようとか、撃ちてしやまんの意気ごみで、争点へ突進してはならないのである。謙虚に年をかたむけおのれの領域をひらき、いつの日かそれらが、より高い統一に達する日を期したい。

といい、つづけて「そろそろ成立論から足を洗おうと思う一読者の、自戒にも似たたわごとで、この一編をとじたいと思う」と、いささかおどけた口調であるが、当の稲賀氏本人もわが仮説のもって行きどころに困惑の体と見受けられる。

いったい、成立論ないし成立過程の研究といわれるものの、構想論との融着は、他の視座とのかかわりの場合にも同様だが往々にして問題の所在をあいまい化させるおそれがあるように思う。右の論文で、稲賀氏は、

構想論と成立論との両分野を大観するならば、ある時は、節の、ある時は年立に照した人物の年齢を、またその登場人物の官位身分にわたる問題指摘がある。方向を変えては、巻序を解体し宇治十帖の橋姫物語・浮舟物語・冷泉院女一宮物語・今上帝女一宮物語・巣守物語のような、また宇津保では俊蔭物語・忠こそ物語・貴宮物語等々というような人物単元別な把握によって相互のかみ合い方を検証する方法がある。さらに、成立論はそこから「原桐壺」「原俊蔭」のような現前する形の彼方に予想される原型をも設定することになる。構想論はそれら現存しない原型は、かりに予想したとしても作者の脳裡に明滅した一段階として処理するし、成立論はそれを、ある程度形をなして筆されたものとする、強調ないしニュアンスの相違が著しい。

と述べているが、なおこれに注釈を付加するならば、「現前する形の彼方に予想される原型を設定する」という成立論は、作者の精神領域の如何とかかわりなく進めうる、あるいは進めるものでなければならない点において、対象の客観的な操作とそのことを前提とした推論においてなりたつ。

しかるに、「現存しない原型は、かりに予想したとしても、作者の脳裡に明滅した一段階として処理する」構想論には、必然的に作者主体への、さまざまの方法による接近の道が開かれている。当然研究主体の人間観、文学観等が進入してくることを防遏することが困難になるのではなかろうか。創作主体の側からいえば、それの歴史的社会的な、そして一回的な存在であることからの抽象化のおそれでもある。けだし作品はそこから出発しそこに帰着すべき、あくまで個別的な世界存在として、これに真向かい、しうねくたたかいいどむことによって、それ自体の存在根拠を示現する。研究者の精神論、人生論、あるいは主観的な鑑賞の材であったり対象であったりするとき、作品そのものは往々にして不在となる。構想ないし構想論という語は、これを用いる人々によってかなりその意味するところに幅があるようであるが、もしその宿命として現存する作品の形以前の作者の脳裡の営為を考究の射程に入れないわけにはいかないのであるとすれば、その構想なるものの客観化ということは、作品の成立過程によって裏切られ破砕されることによって完了するものである、という明確な認識をつねにともなう必要があるであろう。その意味で、成立論ないし成立過程の研究が、作品構造論、作品主題論へとのびて行くのは必然であるが、構想論ないし構想研究と安易に結ぶことは警戒されなければならないと思われる。源氏物語にかぎることではないが、古典文学の研究は、研究主体の自覚的限定が前提となってこそ、その豊饒な真姿を考察の対象とすることができるのであろう。私は、この走り書き的な覚え書きで扱った武田、風巻、池田三氏の研究がその後の研究者によってどう受けつがれ、またどう受けつがれなかったか、その様相につき思いをめぐらしながら、そのように考えている。

枕草子の本質

「枕草子の本質」という題目で私見をのべようとするとき、私は比較的最近に同じ題目でかかれたものとして、今井源衛氏（『解釈と鑑賞』昭和39・11）や塚原鉄雄氏（『解釈と鑑賞』昭和38・1）らの同題の論文を思い出す。また、これも最近に読んだ横井博氏「枕草子の『をかし』の性格」（『国語と国文学』昭和40・5）のごときも「枕草子の本質」と題せられてもよいような論考であった。

右のような諸氏の論考の説得性に対し私はそれぞれ敬服するものであるが、これらの論考の視点を重ね合わせてみるとき、日ごろ私の内部にいだかれている枕草子観についての問題点もおのずから浮き出してくるように思われるのである。以下、右の諸論をふみ台にしながら、私見を述べていくことにしたい。

まず今井源衛氏によると㈠耽美的感覚性、㈡主観性、㈢和歌への関心、㈣類聚的関心などの四項が立てられ、枕草子の特質が説明されようとしている。氏は論をすすめるにさきだって、『枕草子の研究』（昭39）における林和比古氏の「①素材の採用は恣意的・雑集的・無目的々である。②素材の選択は、それが作者に感動・逸興を起させることによる。③文章には個性的な感動・思考が表現されている。④『枕草子』は『座右に置く手控への草子』の意であって、①—③の内容を有するにふさわしいものである。」（今井氏による摘要）という枕草子本質観におおむねの賛同の意を表明しておられる。また横井氏の論では、「をかし」の用例に基づき、源氏物語の場合と比較しつつ、枕草子においては、「対象の側からいえばその形式性、作者の側からいえば純粋な個人的感情の適意、その両面からするところの純粋な趣味判断である」と論じておられる。氏によると、第一に、この純粋な趣味判断は対象の客観的な性質やありかた、つまりその実質的な存在の認識とは無関係である。したがって第二に、その態度は対象の有用性については無頓着である。また第三に、この無関心は対象に対して作者みずからの情意的傾向から超越的立場にある。要するにそれは自由の態度であり、そのかぎりでもっとも純粋である。枕草子の新鮮な魅力は、そこに描写された美的な表象が直接享受者に与える美であると共に、それ以上に自由に投げ出された表象が、読者の自由な想像力を刺戟するところに生れる美である、という。氏はこのような枕草子の美的判断が普遍妥当性をもつに至る理由として、人なみ以上の常識的悟性の裏うちを指摘される。この「悟性」については、「彼女の天性でもあったろうし、宮廷生活人としての環境のせいでもあったろうし、また彼女の詩歌管絃有職故実などの習得によって培われたものでもあったであろう」という説明によって、その歴史的具体性も与えられようとしているが、とにかくそれとのいみじき協同こそが、枕草子の「をかし」の美的判断をして、恣意に陥らず、独自でありながら、万人の共感を得せしめるものである、と考えておられる。このような「悟性」は、一方で氏のいわれる「みずからの感動にのめりこむことから幾分の距離を保ちながら、体験を支配する芸術家としての立場」というものが相重なるものと思われる。前記の林・今井氏らの見解が、右のような横井氏の見解とどう重なり、どうずれるのかについてはここでは直接には立ち入らないことにするが、とにかく、横井氏の指摘にある枕草子の、時間性・歴史性の拒否、断片性、未完・不完全の趣致、事柄を形式的な調和美としてとらえる態度、そこから出てくる言語、動作・態度における節度の重視などの諸特徴を説明する上で矛盾を来すことはないであろう。

ところで一方塚原鉄雄氏の論によると、枕草子は自由で拘束されぬ執筆態度によって清少納言の生活経験がかかれた、その点では当時の文芸形態としては日記文学のそれと共通するということ、その内容は定子皇后の後宮に奉仕する女房としての清少納言の生活で統一されており、その視点、視角ともに、その立場に固定しているということ、作者は意識的に合目的性を基盤として、この態度を固守したのであって、これは作者の選択した道であるといわれる。

塚原氏の論文では、なおそのような道を選択した作者の人間構造について明快な論及がなされておるが、論のかぎりで私は同感を寄せたい。かつて発表したことのある一、二の拙論（『源氏物語の世界』昭39）もこの線上に発想されているし、これは西郷信綱氏の「宮廷女流文学の問題」（『日本文学の方法』昭25）や『日本古代文学史』（昭26）における明快な枕草子の論から系譜をひくものでもあるといえよう。すなわち清少納言はその出自である受領層、すなわち上流階層に寄生的に生存する受領階層から絶縁し、これを拒否し侮蔑する姿勢においてその屈辱からの解放を志す。「定子の後宮で清少納言は、その寵児の座標を獲得した。彼女の周囲は、上流貴族に囲繞されている。そこで、受領階級の生活から隔離されながら上流社交界の賛辞に埋没するのである。こうして、清少納言は、受領階級からの脱出を敢行した。上流貴族社会に、その座標を獲得しえた」といわれる塚原氏の論は、たしかに清少納言の基本的な姿勢をおさえるものであるといえよう。が、私はさらになお氏の強靱な論理を追う必要がある。氏の文章を引用したい誘惑をおさえて摘要すると、そうした清少納言の座標は、上流貴族の恩恵であり、その賛辞も、しょせん道化師に向けられるそれである。彼女はこの事実を洞察する英知があったはずであるが、この事実に対決し、この事実を直視する勇気に欠如するところがあった。したがってその脱出は、超克ではなかったことになる。彼女はいわばサーカスの猿である。ただ猿との相違は受領階級からの脱出が意志的かつ合目的的に遂行されたところにある。しかしいずれにせよ孤独な異邦人でしかないのである。受領階級からの脱出という方向の貫徹がそのまま道化師となる彼女の生の分裂、これを時間の軸に記録するならば、哀愁と寂寥の日記を形象化しえたであろう。が、脱出解放の面に一応成功した清少納言は、それの肯定を、分裂した一方の自我を捨象することによって実現しようとした。ここに対象の時間的な推移の過程を封殺し、場面における空間の世界だけを対象化する視点の必然性がある。以上のような要約によって塚原氏の意を伝えることができるとすれば、私はここに前述の諸氏の論点とからみあわせて、なお困難な課題に直面するような思いである。

たとえば横井氏のいわれる「自由な態度」、すなわち純然たる主観的な判断ということと塚原氏の論旨とどうかみあうことになるのであるか。横井氏の論の視点が、枕草子の「美的態度の意義についてこれを美学的に説明しようとする」ことを旨とするといわれるのであるから、その美学的立場はそれはそれとしてその自立性は尊重すべきであろうし、いきなり塚原氏の、いわば倫理的あるいは人間構造論的な立場――これは前記したかぎりにおいてであり、氏の数多い枕草子論のすべてがそうだというのではない――と相渉らしめえないのかもしれないが、しかしながら論及の対象が枕草子という一個の人間の生きた文筆活動についてであってみれば、別々無縁のものたらしめるわけにもゆかないであろう。このことは横井氏の論のみならず、林氏や今井氏の視点と塚原氏のそれとの相関についても同様である。もちろん私はいまこの章において、これらの視点を統一的にとらえ直すというような実際作業をこころみることはできない。そうではなくて、統一のためになお若干の媒介項を考慮すべきではないかという視点から、以下の紙面を費やそうと思うのである。

さて前記塚原氏の文章に、「定子の後宮で清少納言は、その寵児の座標を獲得した」とある。問題は、定子の後宮でということにほかならない。ということは、もしかりに彼女が、同じ一条朝でも、承香殿元子の、あるいは弘徽殿義子の、あるいはまた紫式部の仕えた中宮彰子の後宮に出仕したのであったとしたら、それが同じく上流貴族に囲繞されている世界であったとしても、そこに座標を獲得することになったかどうかという問題がある。もちろんこれらそれぞれの後宮の気風、雰囲気の特徴を想定比較し、客観的にきわだたせることはそんなに容易なことではないだろうが、とにかく枕草子という文章を清少納言に生ませることが可能であったような世界として、中宮定子の後宮があったにちがいないのである。いいかえれば、それ以外の世界では絶対に枕草子の作者清少納言は生まれることができなかったのであると考えられる。このような特定の世界としての定子中宮家＝中関白家の気風をまずここで大きく考慮に入れなければならないのである。その点では、この世界の特殊性をきわだたせることによって問題を提起された阿部秋生氏の「清少納言」（『日本文学講座II』昭和24）という秀抜な論考を顧みる必要がある。氏は、中宮の母高階貴子の少々の男にはまさった文才、そして一方中宮の父道隆の旺盛な猿楽精神を強調された。こうした父母の血を受けた男女君達の、この方面での教養趣味は人後におちるものではなかった。もちろんこうした趣味教養は、当時の上流貴紳に程度の差こそあれ共通のものではあった。とはいえ中宮定子＝中関白家に形成されたそれは独持のものといってよいのである。大切なのは、そうした世界に適応する存在として、元輔の娘、清少納言が加わったということなのであった。私は、阿部氏の追求される清少納言像が、定子一族の世界とたがいにはたらきかけ、はたらきかけられる一個の人間形成の姿としてとらえられようとしていることに敬服せざるをえなかった。

清少納言の教養趣味は、定子の後宮＝中関白家のそれと吻合し相互に助長しあうという関係で、育成されたのである。そのような、いわば彼女の役割の上に、そこにおいて生産されるのが枕草子にほかならなかったのである。

しかしながら問題なのは、そのような彼女の役割が、前記塚原氏の比喩を借用すると「いわばサーカスの猿である」という点に関してである。もちろん私は塚原氏の考えかた――阿部氏の考えかたも煮つめていえばそういうことになるのであった――に反対なのではない。が、しからば、この道化師、「サーカスの猿」をあやつる者は誰であるのだろうか。枕草子日記的章段に登場し、清少納言が自己の優越を誇示した上流貴紳の面々がそれであったと一応は考えられるかもしれない。中に斉信・行成などについては、かつての拙稿（「枕草子における上流貴紳と清少納言」『源氏物語の世界』）で、かれらが清少納言をいかに巧妙にあやつるものであるか具体的に分析したことがある。が、定子の後宮＝中関白家に寄り来る上流貴紳も、その世界の気風にひかされて清少納言と交ったのであることはいうまでもない。したがって正しくいえば中関白家の人々のつくり出す気風こそが彼女の演戯の糸をあやつるものであったという方が正しいのでもあろう。「清少納言が中宮に何かをいうと、多くの場合中宮は『笑ひ給ふ』と自ら記している。必ずしも嘲笑の意味でもなかろうが、称揚の意味ばかりとは限らなかったのかもしれない。彼女の一切の言動を肥後守元輔の娘の猿楽言

――『咲ハスルヲ役トスル』言動としてしまうのは行きすぎであるかもしれないが、中宮の御前を彩る受領の娘以上には、評価されていなかったのではあるまいか。斉信や行成にしても女性、殊に中宮の女房である故の、中宮に対する儀礼的喝采をおくっていただけなのではあるまいか。中宮という背景なしには、この人への喝采はなかったのであろう」といわれる阿部秋生氏の明断（前掲論文）は反芻に値するのである。

が、同時に私は右のような断案をさらに一歩前進させなければならないように思う。枕草子日記段をよみすすめるとき、いまことさらにとりたてていう必要もないことだが、中宮定子のほとんど唯一のなぐさめ役として登場する清少納言の姿にでくわすこと枚挙にいとまがない。清少納言の機智縦横の猿楽言に、定子はいくたび「笑ひ給ふ」かわからない。が、清少納言は宮を笑わせる自己の言動について道化師の自嘲を語ることはなかった。そこには野放図に、快適に解放され充実した姿があるのみであり、それはその裏にあるわが内心を自己の文章の世界から封殺することによって造型されたという性質のものではまったくないといえよう。いわば中宮と清少納言はあるじの君とこれに仕える女房という主従関係を超え、ほとんど稀有の愛情と信頼とで内面的に結びあってさえいるのであった。そのことは池田亀鑑氏、田中重太郎氏などによってしばしば指摘されてきたことであり、そのことが疑うべくもないとすれば、前記阿部氏の言、あるいは、やはり前記の「清少納言の座標は、上流貴族の思想であり、この賛辞も、しょせん道化師に向けられたそれである。彼女はこの事実を洞察する英知があったはずであるが……」という塚原氏の言も、それぞれにあらためて検討の余地を残すことになりそうである。

私は清少納言が「道化師」であり「サーカスの猿」であったことを否定するのではない。が、彼女だけがそうなのでなく、彼女がそこに生き、生かされる場を見いだした中宮定子＝中関白家およびその気風に順応する上流貴紳の世界全体がそうなのだと考えたいのである。しからばその糸をあやつるものは何であるか。誤解をおそれずにいえば、それは摂関時代の歴史であり、社会の動向であるというほかはないのであるが、これについてはなお注解を要するであろう。

いったい定子一族の教養気風についてはさきに阿部氏の見解を紹介しておいたが、私は紫式部日記よりいささか道長家に照明を加えながら、なお対蹠的なものとしてこれを浮き出させてみたいと思う。紫式部日記の寛弘五年十一月一日条、その日は中宮彰子所生の敦成親王（のちの後一条天皇）の御五十《い》日《か》であり、その祝儀が土御門第で行われる。藤原公任が式部に対し「あなかしこ、このわたりにわか紫やさぶらふ」と問いたわむれたのもこの夜であったし、また彼女が道長にとらえられ若宮の栄えをことほぐ賀歌を無理じいによまされたのもこの夜であった。道長も、式部の歌に触発されて「あしたづのよはひしあらば君が代の千歳のかずもかぞへとりてむ」と詠み出だす。さて、次いで紫式部日記の原文は左のごとくである。

「宮の御前（中宮彰子）聞こしめすや。つかうまつれり」と、われぼめしたまひて、「宮の御父《てて》にてまろわろからず、まろがむすめにて宮わろくおはしまさず。母（中宮ノ母倫子）もまた幸ありと思ひて笑ひたまふめり。よい男は持たりかしと思ひためり」と、たはぶれきこえたまふも、こよなき御酔ひのまぎれなりと見ゆ。さることもなければ、さわがしき心地はしながら、めでたくのみ。聞きゐさせたまふ殿のうへ（倫子）は、聞きにくしとおぼすにや、わたらせたまひぬるけしきなれば、「送りせずとて、母恨みたまはむものぞ」とて、いそぎて御帳のうちをとほらせたまふ。「宮なめしとおぼすらむ。親のあればこそ子もかしこけれ」と、うちつぶやきたまふを、人々笑ひきこゆ。（岩波文庫四三頁）

ここに原文を提示したのは一方でたとえば枕草子の有名な積善寺一切経供養の段などと比較しようがためである。

（道隆ガ中宮ノ）御前にゐさせたまひて、物などきこえさせたまふ。御いらへなどのあらまほしさを、里なる人などに、はつかに見せばやと見たてまつる。女房など、御覧じわたして、「宮、なに事をおぼしめすらん。ここらめでたき人々を据ゑ並めて御覧ずるこそはうらやましけれ。一人わるきかたちなしや。これみな家々の女《むすめ》どもぞかし。あはれなり。よう顧みてこそさぶらはせたまはめ。さても、この宮の御心をば、いかに知りたてまつりて、かくはまゐり集まりたまへるぞ。いかにいやしく、もの惜しみせさせたまふ宮とて、われは宮の生まれさせたまひしより、いみじうつかうまつれど、まだおろしの御衣一つ賜はらず。なにか、しりう言にはきこえん」などのたまふがをかしければ、笑ひぬれば「まことぞ。をこなりと見てかく笑ひいまするが恥づかし」などのたまはするほどに、……（岸上氏校訂三巻本二〇〇頁）

右は長大なこの章段の一カットにすぎず、この段全体については前掲の拙稿に触れるところゆえくりかえさないが、限定して右掲の一条と紫式部日記の一条と比較したとき、私どもは何を感じ何を考えることができるであろうか。それぞれ道長・道隆の、娘の中宮に向けての猿楽言がかかれてあり、それがこの世の最高の栄誉に満ち足りた者の誇らかな言動である点において共通するであろう。が、仔細にみれば両者には微妙な差異がにじみ出ている。紫式部日記に描かれる道長の猿楽言は、かれをしてこれをいわしめるだけの無類の慶祝事を支えとしているにはちがいないけれども、何か無気味にこの周囲によって隈どられているのではないだろうか。もちろんそこには日記の作者紫式部の主観の色濃さを指摘すべきかもしれない。「聞きゐさせたまふ殿のうへは、聞きにくしと思すにや、渡らせたまひぬるけしきなれば」という筆致も作者の解釈・想定の座標の上にとらえられているかぎりの倫子の行動であるともいえようが、しかしながら作者のそのような解釈・想定を成り立たせる倫子のけはいの存したことを否定することはできない。「……と、たはぶれきこえたまふも……」以下「……めでたくのみ」という文章から、私どもは、道長の猿楽言をそのまま感覚的に容認するのでなく、それを酔態としてのみ肯定しうる作者の姿勢を見ることができると同時に、作者のそこで呼吸しているその場の空気をも体感しないわけにはゆかないであろう。道長の「宮なめしと……子もかしこけれ」のつぶやきと「笑ひきこゆる」人々の心情にも奇妙な違和感がただよっているのである。ところが一方枕草子の一条に、道隆と周囲とのどのような罅隙が存するというのであろうか。かれの猿楽言はかれがかもし出させた周囲の哄笑の渦の中で野放図に発散する。それは清少納言の筆致のなせるわざではなく、逆に彼女をしてこう写さしめるような中関白家の気風に帰すると考えるべきであろう。

いま詳論することは許されないが、私の考えようとするのは、道長一統の世界では単に縦横な猿楽言をそれ自体として洗錬させ賞美するような気風を形成することがなさそうである。したがってたまたま右の例のような道長の言動のあるとき、微妙な違和的気分を醸成することになるのであり、それは道長自身に根拠があるといえよう。そのことは紫式部日記のかなり多くの記事からもはっきりと思量しうることであるが、いってしまえば道長の、いわば深慮遠謀というべき世俗的な権力意思は、猿楽の精神をもおのれに奉仕させずにはおかない。その世界は不気味にきびしいのであった。そうした世界の中でかかれる紫式部日記に、全体的な基調として抑圧された精神の沈欝する気分がただよっているのもゆえなきことではないであろう。人間は、意識するとしないとにかかわらず、その生きる環境とはたらきかけはたらきかけられるという関係において具体的なのである。

しかるに中宮定子の後宮＝中関白家においては、その教養、気風と権力意思とが大きく分裂しているのであった。その世界の全盛時代の、最高の政治的社会的地位の安定に裏づけられてこそ、いわば純化され生動する猿楽精神であるが、同時にそれは、それ自体としてもっとも自律的に完成する。改めて私どもは日記的章段を読み味わうがよい。生き生きとした猿楽的活動に自己を解放しおおす定子一族の世界は、やがてこれを支える権勢基盤の悲劇的崩壊に遭逢するとき、より純化されたかたちを保持してその世界をまもるのである。そうであることによってしか、自己の存在理由を見いだしえないところに追いつめられることになったといえよう。その意味で、そうした世界の保持に大きく参与する清少納言の役割は改めて認識される必要がある。彼女は定子一族の生きかたと一体になって、これを美学に高めた。その美学による、実人生の抽象過程として枕草子の述作があったと考えるのである。それは実人生に材をもとめながらも、実人生とは画然と断絶した別個の空間的世界の造成であるといえよう。「清少納言は栄耀を謳歌するけれども、没落については沈黙する。光栄は誇示するが、失敗は捨象する。そして、この事実は従来から謎の一つとされている」と塚原氏はいわれたが、右のように考えすすめてくるとき、謎の解明のいとぐちも見いだされないであろうか。

けだし日記的章段の世界にかぎるのでなく、類聚・随想といわれる章段の発想と成立も、右のような、定子一族とともに生きる清少納言の精神活動の特殊性において考えうることであろう。前記するところの今井・林・横井の諸氏の立てられた諸徴標も、何がこれを基本的に規定するかをつきとめた上で、あらためて肯定されるであろう。

枕草子・美意識を支えるもの

一

枕草子における美意識という問題の大きさは、たとえば同時代の源氏物語や紫式部日記などにおけるそれを考えてみるとき、逆にはっきりするのではないだろうか。源氏物語の世界がうちひらかれていくときに、その力源とでもいうべき精神領域に、美意識という問題をどれだけもちこむことができるのであろうか。源氏物語が掘り起こしかたどった人生の形姿の深さ、新しさ、きびしさが、作者の独自な美意識を語っているということになれば、その美意識というものは、正確には美意識が美意識を不断に変革し、自己を深めていく様相を示すことになる。そうなると何もことさらに限定して美意識を云々する必要もなくなってしまおう。源氏物語について美意識をいう場合、おのずからそのことばを、あるときは拡張して、あるときは限定して、かなりルーズに用いることになってしまうのもやむをえないことになりそうである。

ところが、これに対して枕草子の場合、ことはそれほどに複雑ではないようにみえる。枕草子に貫くのは明らかに清少納言の美意識であり、それ以上でも以下でもないだろうといえそうである。清少納言の美意識の証しのために、作品枕草子はつくられたし、それの述作され客観化していく過程によって、彼女の美意識は、より自覚的なものとなったであろうが、それが変革を迫られたり裏切られたりすることはなかった、と考えてよさそうだからだ。そのような美意識はいったいいかなる性質のものだったのであるか。

二

もとより清少納言が枕草子の述作に筆を染めた内的動機を、そう明確に解剖することはむずかしい。その執筆頭初の事情、流布の経緯、またその内容や世評などについて語る跋文（二九五段。岸上校訂三巻本による。以下同じ。）によると、枕草子は賞賛をもって迎えられたようである。彼女によれば、それは、「世の中にをかしきこと、人のめでたくなど思ふべき（こと）」——「歌などをも、木・草・鳥・虫をも」と挿入句をもってこれを注している——を選んでかきしるしたからではない。もしそうしたものであったなら、それは期待したほどでもない、底の知れたものだと顧みられもしなかったであろう。それは心中におのずから思い浮かぶことを自由に興味本位にかきつけたのだから、他の書物並みに世評を得ることなど予想もできなかったのに、案外にこれが受けたというのである。この破格の逸脱的な述作に寄せられたという好評に対して彼女はやや皮肉な物言いを示しているけれども、それはとにかく、この跋文の口吻は、今日随筆文学の嚆矢として評価される枕草子が実はかえってその形態上の先蹤を支盤にしてかかれたことをおのずからものがたっているのであった。要するに和歌詠作の規範となる類題集・歌枕集などの先行流布を底辺としながら、というよりも、それに強く積極的に規制されることを通して、異方向へ精神の運動の軌跡を描いたのが、枕草子の述作であったといえるのである。

そうした営為に清少納言はどうして進み出ることができたのであろうか。彼女自身の純粋に個人的営為として、それが最初からありえたであろうか。実はこれを保証する強力な権勢に守られてこそ、清少納言は自己のそうした営為を開発し貫徹しえたのである。ほかならぬ中宮定子の後宮、中関白家の人々によって造成された風儀こそが、その世俗的な、そしてより精神的な支盤であったといえよう。右の跋文に、内大臣伊周によって中宮に献ぜられた料紙が、清少納言の枕草子述作のために下賜されたと特記されている。清少納言は、いわば中宮をスポンサーとして枕草子を書いたのだということを、誇っているのではないか。一種の明白な示威的態度がここには示されてある。

彼女の、そうした特異な述作を保護し促進したであろう定子後宮の風儀が、どのように独特な美意識をつちかうものであったか、そこで何が美的価値であり、どこに美的規準が置かれたのであるか、ということはすでに論じつくされているように、貴族社会一般を越えて、そこには強く独自のものがあったようである。知識的な諧謔と機才を愛する明朗で開放的な、その社交的雰囲気は、道隆の野放図な猿楽的気質と、その妻で定子や伊周の母高階貴子、内侍として内裏に仕え、そのはればれしい学才に少々の男子も顔負けしたといわれる、この開明的なこの家刀自の気性と、両面からつちかわれたものと説明されるところのものだが、より根本的には、道隆の父兼家によってうちたてられた摂関家の世俗的な権威を、おのずからそのまま受け継ぐことのできた異例な幸運が、この家の気風の固成にあずかっていると考えるべきだろう。ここで摂関権力の授受の過程を詳述することは省く。兼家は、長い隠忍雌伏の期を経て念願の摂政となっただけに、この栄《は》えある地位をより強化するために、その子孫の異例な栄進・栄達を積極的にはばかることなく強行した。が、その結果、長男であった道隆は、労せずして、いわばいつの間にか摂関家の光栄のさなかに立っていたといえるのである。彼は兼家によって敷設された道を自然に誇らかに歩んでいた。兼家の死後、父と同じ方法によって、それが自明であるかのごとくに一段と自家の子孫の栄達を強化し、かくて兼家・道隆二代のうちに、摂関家の、他家はもとより一族を超越する家格を固成することになった。その家の風儀が、時代を高らかに圧する規範性を帯びることになったとて不思議ではないだろう。

清少納言の、定子に仕えるようになったのが、もしかりに道隆の摂関就任よりさかのぼる時期であったとしたら、またあるいは道隆の没後であったとしたなら、枕草子を述作する清少納言は存在しなかったかもしれない。彼女の出仕が正暦四年（九九三）であったとすれば、それは道隆が関白となり摂政となって三年め、中宮定子は一条帝後宮を独占し時めいていた。道隆の一家のみならず定子らの外祖父高階成忠の一族にとっても、この世はわが世にほかならなかったのである。いわば天下を直進的に制圧する中関白家の人々の言動が時代のモードをつくり出すものとなるのは見やすい理ではないだろうか。清少納言が「元輔の後」たる歌人としての自己形成を放棄し、そこに全身をゆだねることができたのは、その世界の気風が彼女の気質・性向とこよなく吻合したがゆえであろうが、この気風を強固に裏うちするのは、その異例の誇らかな権勢であるといわねばならない。

三

だれしもの印象に残る例の一七四段（「宮にはじめてまゐりたる頃……」）の叙述をみよ。清少納言が中宮をめぐる世界を最大限の畏敬をもって讃嘆するのは、「見知らぬ里人心地には、かかる人こそは世におはしましけれと、おどろかるるまでぞ、まもりまゐらする。」とあるように、今参りの女房の眼や心のせいであるにちがいないが、そうとのみ片づけることはできない。彼女の眼や心の向きをそのように高飛車に規定する――そしてこれは末長く清少納言の姿勢となった――最高に高貴な世俗的地位にある中宮の美と才とを中心とする世界がそこに客観的にあったのである。ここで詳しくこの段の叙述を追うことはできぬが、そこに展叙される場面のすべてが規範的な美の世界であることを知る。たとえば大納言伊周と中宮との会話の条、

（大納言の）御直衣、指貫の、紫の色雪に映えていみじうをかし。柱のもとにゐたまひて、「昨日、今日物忌に侍りつれど、雪のいたく降り侍りつれば、おぼつかなさになん」と申したまふ。『道もなし』と思ひつるに、いかで」とぞ御いらへある。うち笑ひたまひて、「『あはれと』もや御覧ずるとて」などのたまふ御ありさまども、これよりなにごとかはまさらん。物語にいみじう口にまかせて言ひたるにたがはざめりと覚ゆ。

「山里は雪ふりつみて道もなし今日来む人をあはれとは見む」（拾遺集、冬、平兼盛）の歌を敷き、ごく自然に当意即妙の会話をかわす、この若い高貴な兄妹の姿は、清少納言をして、「これよりなにごとか……」と絶賛させるに足るものであっただろう。少納言はさらに中宮の風姿を写して、「絵にかきたるをこそかかることは見しに、うつつにはまだ知らぬを、夢の心地ぞする」とも述べているが、それがこの世で最高に時めく人でなかったとしたら、この感銘を彼女に与えうるはずもないのである。

中宮定子を中心とする中関白家の人々に対する最上級の頌ともいうべきものとしては、ほかに、二五六段（「関白殿二月廿一日に……」）、二〇段（「清涼殿の丑寅の隅の……」）、二八九段（「大納言殿まゐりたまひて……」）、八六段（「上の御局の御簾の前にて……」）、七四段（「御仏名のまたの日……」）、一二〇段（「関白殿黒戸より出でさせたまふとて……」）、九六段（「淑景舎東宮にまゐり給ふほどのことなど……」）などの諸章段があげられるが、一々解説するには及ばぬだろう。そこには清少納言の徹頭徹尾の賛美言がつづられているのだが、問題は、それにふさわしく、人々の言動によって織りなされるこの世界の風儀が厳として存在していることである。一に、それが、単なる個人の家の私的な社交交際にとどまるのでなく、天下を制圧する摂関家の中枢領域における営為として、そうした風貌を呈するのであるといえよう。右掲の諸章段が、中関白家の、末長く、いや栄ゆべき運勢のほとんど疑うべくもなかった盛栄期、道隆の死以前の史実に立っていることは偶然ではないのであった。

四

注意すべきは、こうした諸章段の世界は、ただ清少納言によって、頌詞がささげられているにとどまらず、その世界のめでたさに彼女自身がほとんど常に大きく参与しているという点なのである。さきの一七四段のごとき、今参りの、高貴者に仕えて初々しく消え入らんばかりの彼女にして、すでに特別に中宮から目をかけられているさまが刻明に写されようとしているのだ。いわば中宮定子・中関白家頌は、そこに抱きとられ、そこに全的に生をゆだねる清少納言の自己讃頌なのであった。定子後宮の世界に身をゆだね、埋没することにその生き方を定めた清少納言にとって、主家の形姿をそのように語り描くことが、わが生の証しであったのではないか。それは単に枕草子という述作それ自体においてのことにかぎるのではない。このような述作以前の問題として、このような述作の姿勢を決定づける支盤を考えねばならぬのである。彼女の日常の生き方を規定した定子後宮の風儀である。何よりも定子自身が、積極的に、この清少納言のこのような姿勢を保護し支持する立場にあり、枕草子のこうした世界をかたどらしめたのであったといえよう。

定子という人は、ただ兼家や道隆の権勢貫徹のために中宮という高貴の地位に立たせられた深窓の貴女にすぎないのではなかった。美貌で学才が深かったばかりでなく、当時の女性としては理想的ともいうべく、情深く、誇り高い、すぐれて魅力ある資質の人であった。知らるるように道隆の死に始まる中関白家の無慚な悲運に直面したとき、そのすぐれた人間としての魅力ははっきりと証しをえたといえるかもしれない。彼女は、かつて一条後宮に最高に時めいた人らしく、とりみだすことなく、悲しみを明るい微笑の中に深く包みこみ、運命を甘受する。まことにできすぎた人であったといってよい。円地文子氏の「なまみこ物語」が描きあげたところのみごとな中宮定子像は、けっして現代の女流作家の想像によってのみ鋳あげられたそれではなかったように思われる。最高の光輝に満ちた時期の主家の風儀に徹底的に受洗された清少納言は、その精神活動の質を明確に規定された。あとは定子の精神史にそうて生きることを余儀なくされる、いなその自由をおのれに課する自然さを生きたのだといえよう。中関白家の没落の悲運の中で定子の身辺に奉仕した彼女が、枕草子の世界に、その言語に絶する悲涙を少しも注がず、主家の繁栄の時代を語るのと変ることなき明朗さを保持する理由は、そう不可解なことでもなさそうである。そのことについて早く無名草子の清少納言評に次のような言説があったのは反芻されてしかるべきだろう。

その枕草子こそ、心の程見えていとをかしうはべれ。さばかりをかしくも、あはれにも、いみじくも、めでたくもあることども、残らず書きしるしたる中に、宮のめでたく盛りにときめかせたまひしことばかりを、身の毛も立つばかり書きいでて、関白殿（道隆）うせたまひ、内の大臣（伊周）流されたまひなどせしほどの衰へをば、かけてもいひ出でぬ程のいみじき心ばせなりけむ人……。

五

枕草子の類聚的章段・日記回想的章段・随想的章段のそれぞれが、順序だってかき営まれたと考える説は今日では支持されぬようである。前記のようにそれが先蹤とした類題集や歌枕集のごときと接続している類聚的章段といえども、それと袂を分かち、すでに枕草子独自な世界形成が方向づけられている。最近稲賀敬二氏の「同時代人の見た枕草子」（『国文学』昭42・6）には、例の二九五段の跋文で、これが意外に賞賛をもって迎えられたことを語っている一文の、『恥づかしき』なんどもぞ見る人はしたまふなれば……」の「恥づかし」の語に注意しての、鋭い見解が示されている。「対象の属性のすぐれている点を認識することによって、認識主体が感じる感情語『はづかし』の用法の一般から考えて、その対象語は『すばらしい』ものにちがいないが、それは単なる物ではなく背後に人間乃至人間関係を予想させる。枕草子の文章をほめただけの事ならば、人々は『はづかし』とは云わず、『めでたし』の語で事はすむ。『はづかし』と人々が評したと云うのは書かれた文章の背後にある人間を感じとったからに外ならないのではあるまいか。現代の読者は、『春は曙』の段をはじめ、枕草子を『をかし』の文学だと規定する事が普通になっている。しかし一条天皇の時代、清女と同時代の読者たちは、これを『をかし』の文学として受け取ったのではなく、『はづかし』と見た。『春は曙』の段を読んで『はづかし』という批評が出て来るかどうか。私はきわめて疑問だと思う。『人のためにびんなきいひすぐしもしつべき所々』があるからこそ、読者は『はづかし』と感じるのではあるまいか。この立場で考える限り、経房の手を経て流布した枕草子は既に日記的章段をも含み、おそらく雑纂的な形態を備えていたと考えられる」と。枕草子が最初から雑纂形態であったと推定する説を新たに補強するわけだが、いままで日記回想的章段の若干を材料として論じてきたような清少納言の定子後宮へのかかわりかたは、日記回想的章段のみならず類聚的章段や随想的章段を同日にかき営む姿勢でもありうるといえよう。

類聚的章段が形態的に、歌枕集・類題集に接触するとはいいながら、前記したようにそれは独自の世界を志向する。そこにしるされるのが彼女の無類に鋭い美的感覚であることはいうまでもない。が、その類聚的章段にせよ、随想的章段にせよ、総じてその感覚がきわめて顕著に貴族的意識と結合し、いわゆる「みやび」の美的規準を厳守するものであることはいい古されたことである。そうした明確な性格に貫かれてはたらく美意識が、自然に向かっては、具体的な自然相を捨象して、特殊な細妙きわまりない人工的、趣向的自然像の独創的な造成となるし、人生に向かっては、現実社会に生きる複雑な全体性から離脱して、特定の、あるときは肯定的、積極的な、あるときは否定的、消極的な感情志向に対応する対象としての截断的な人生図の抽出提示となるのであった。そこでは歴史性は捨象され倫理性は排除され、そのことによって明晰かつ判明な人生の形姿が確保されるということになる。いわば対象に向かって積極的、能動的にはたらきかけ、それと緊張的な関係をとり結ぶことによって、その形相を領取する、そこに文章の技術を開発していくのではない。頭初から定めた視角のかぎりで自律的にはたらく感覚におのれをゆだねるのであるといえよう。この述作が、この時代の作歌の規矩を示す歌枕集・類題集的な書物の流布を底辺にすえるということと、そのこととは深くかかわり合うのである。

六

このような述作の主体は、さきに論じたところの、定子後宮の世界にいだきとられ、その風儀に帰依することに全思考の姿勢を傾け、そのことにわが存在理由を見いだした清少納言の精神構造の一環をなすものと考えてよいだろう。彼女が、定子後宮・中関白家につちかわれた風儀・美意識に同化し、そのことが現実に対して自己を守る不動の明確な姿勢の格守となったということは、実は真の意味では現実に立ち向かったことではなかったのである。かの紫式部日記の作者が、おのれの仕える中宮彰子の、道長家の盛栄を讃頌しつつ、その讃頌の筆先が、おのずから立ちかえってその世界に同化しえぬわが身のほどに低迷していくとき、そこにはこの最高の権勢をも相対化する歴史的感覚の証しがみられるのであった。そこに依存して生きるほかない、そしてそれを讃嘆しなければならぬ絶対的権勢といえども、しょせんそれは自己と作用被作用の相関関係でとらえられるのである。ところが清少納言の場合はそれにひたすら領取されてしまう。全的に領取されることに自己の独自な美意識の核を置く。したがって、そのような姿勢からは現実の主体的なかかわりが成り立ちうるはずがない。その意味で、枕草子の日記回想的章段は、それが中関白家の盛時の史実に基づこうと、また没落期のそれに基づこうと、ここには歴史的現実への接近は存しないのであるとあえて断ずることも可能なわけだ。再三説いたようにそうした精神の姿勢を規定したのが定子後宮であったということは、しかしながらけっして清少納言の美意識の無類さを否認するものではない。美意識とそれを支える清少納言の日常的行為の全体そのものが実は定子後宮の世界では孤絶していたとさえいえる。枕草子の中にも、中宮に殊遇される彼女に浴びせられる同輩の後言のあったことがかかれている。道隆亡き後、道長方との内通が疑われたというが、それは悲境に動顚する定子後宮の女房たちの間のとげとげしい陰湿な疑心暗鬼が、日ごろ反感をもたれていた彼女への誹謗となったのであろう。実際道長の人物に対し、かねて好感を寄せていることが知られていた清少納言がいたたまれぬ思いで里に退いたのもうなずかれるところである。が、そうであるだけに、彼女の、定子に殉じ、これを崇める志向は固成していくのであろう。彼女の、美をそこに確実に織りこめる枕草子の述作がその自己証明の営為となっていったのであろう。

七

ところで最近根来司氏が「枕草子の文体の魅力」（『国文学』昭42・6）という論文で、従来いわれていなかった重要な事実を報告している。枕草子の文章は、「よく短い文章で切れ味がいいなどというが、こういう先入主となった観かたから離れたい。」という根来氏は、その文体の一特徴として指摘される、主観的情意性形容詞の終止形で結ばれる形が、けっして情意をなまのまま停滞なく表出するものではないという。たとえば一段（「春は曙」）の「をかし」（三回）「あはれなり」（一回）「つきづきし」（一回）「わろし」（一回）などが、けっして感情をたたみかけているのでなく、むしろ「をかしくおぼゆ」「あはれにおぼゆ」「つきづきしくおぼゆ」「わろくおぼゆ」というふうに緩徐的に表現しているのだ。なぜそういうことがいえるのか。氏は順序として形容詞連用形に思惟を表わす動詞のついた「形容詞連用形――おぼゆ（思われる）」（「私（に）は彼が恋しく思われる」のごとき）と、「形容詞連用形――思ふ（思う）」（「私は彼を恋しく思う」のごとき）の二通りの語法を現代語で吟味することを媒介にして、そのように推論する。いまここでその過程を紹介するゆとりはないが、「をかし」を「をかしくおぼゆ」と解することができるとするならばそれはかなり問題的なことであろう。根来氏によれば、『思ふ』と表現するとそれはすこぶる直截単純で感情に何の余韻も残さないけれども、『おぼゆ』と表現すると何となくそこに低徊した、綿々たる情緒が漂うといえよう。……枕草子の文章はふつう瞬間的な印象をその場その場でとらえたテンポの早い文章であるといわれているが、一見そのように見えても、その実低徊した表現がとられ内省が隠されているのである。」ということになるが、この視角は注目されるべきことのように思われる。

枕草子の作者清少納言は、真に独立自往して判断し、わが美意識をそこに顕化していく主体ではありえぬ。いったいそのような主体は、いかなる仮定としてでも、この時代の宮廷女房の中には存在しえないことであろう。彼女の感覚、それの驚異的自律性が強調されようとも、またどれだけ強調されてもしすぎることはないほど枕草子にはそれが証されているのではあるけれども、それを文章に託し客観化していく場にさしこみ、これを規定するものを考えるならば、その文体についての根来氏の指摘するごとき事実は妥当なのであるといえよう。

枕草子を述作する作者の姿勢・美意識の主体は、今後なおその歴史的実体を究明していく必要があるだろう。枕草子を、従来いい古された「をかし」の文学などと規定することは、ほとんど用をなさないことになるであろう。

日記文学論

——作家と作品とについて——

一

日記文学といわれる一群の作品は、それぞれがひとりの作者の執筆にかかることは自明というべきであろう。作者たちはそれぞれ、一回的な個別的な人生を多様にかたどった。日記にかたどられるその人生と同様に、一回的な個別性において多様な人生を生きたのである。

が、ひとつの作品、あくまでひとつのかたちとして個体的に特立するその作品が、ひとりの作者によってかかれたというういいかたは、作品と作者との関係について何ごとをも説明するものではない。

たとえばいま私は、机上にAという特定の日記文学作品の注釈書を披見し、その解説篇を読みすすめている。そこには作品Aがいかなる特質をはらむかについて、ほとんど過不足なく解剖のメスがふるわれているが、また一方それをかきつづったaなる作者の生涯が、現在の伝記研究の到達点を示すものとして語られてもいるのである。ところで、私にはAはaによって述作されたという、常識として自明の事実の認識がある。そのような認識が先行するゆえに、A作品論を読みa人物論を読んで、何の疑いもなく両者をともに受容することができるのであるけれども、しかしいま仮りにaの代りにbという別人の伝がここに置きかえられるとしたらどうであるか。もし仮りにいまAはaの作であるという知見を私の中からとりはずしてみたとしたなら、この場合aであってもbであっても、私にとっては別に何のさしつかえもないのではなかろうか。aが経験した人生の軌跡のある部分にAの述作をあて据える、と同様にbの経験した人生の軌跡の上にそれをあて据えることだって不可能なわけではなさそうである。

もっとも実際的にそういうことは起こりえないであろう。いま当面の日記文学に関するかぎりは、作品形成の素材として起用されるのは、日記の作者の経験的事実なのであってみれば、Aとaとぬきさしならぬ関係にあることはいうまでもないからである。が、じつはそうであるがゆえにこそAの論とaの論を無碍融通に考えるという陥穽に私どもはおちいりがちである。なるほど、たしかにA作品はa人物のかけがえない生活的現実なしにはかかれなかったであろう。けれども、aの履歴それ自体は、いかに精密にこれが追究されようとも、Aの達成はもとよりAの形成の秘密にどれだけ接近しうるであろうか。Aの世界がaなる個体の人生を超えるものとしてそれ自体の論理を保有するとき、このようなAの特質なりその成立の秘密なりは、まずAそのものとの対面からしか把握しえないのではないか。そのかぎりでは、Aをはなれて、あるいはAの論理と別個にaを追究することの意味を一応検討してみる必要がありそうであるが、さればとて、またそのようなaの論がどうでもよいものであると断定することもまったく正しくない。私はG・ミショーの『文学とは何か』(G. Michaud ; Introduction à une science de la litérature. 斎藤正二訳) のなかの次のような文章を思い起こす。「どんな場合でも、作家とその同じ人間とのあいだにはつねに相違があるものなのである。(中略) ヴェルレーヌの場合がそのもっともはっきりした例である。たしかに詩人ヴェルレーヌと人間ヴェルレーヌとはまったく別物でしかないのであるが、しかし、それだからといって、ヴェルレーヌに関する伝記的研究が無価値なものだと断定することは、正しくない。作家と人間との懸隔がどんなに大きかろうとも、それだからといって、作家を知るうえに、人間のほうはどうでもよい、という考えかたは、やはり正しいとはいえないのである。むしろ反対に、両者の相違の程度を秤にかけることによって、その作家の才能の程度を鑑定しうる場合さえあるのである。明らかなことだが、作家が『人間として』のかれの生活のなかにすがたをあらわしているときには、たいていの場合、逆に、『創造者として』のかれの生活のなかからはすがたを消しているのである。もちろん、この逆のこともいえる。しかし、ともかく、『人間として』の生活を存分に生きぬかないものに、どうして『創造者として』の生活を存分に生きぬくことができよう。才能のある作家ほど、生活そのもののなかに、身をとことんまで没するのである。作品を創造する者は、かれがいかに巨人のごとき者であっても、その力をとり戻すためには、どうしても、あのアンテの神話のように、大地に触れる必要があるのだ。（中略）それにしても、どこで『人間』が終わり、どこで『作家』が始まるのであろうか。この問いに対しては、だれも確たる答えを与えることはできないだろう。」この文章は、従来しばしば「人と作品」という題目で行なわれてきた作家の評伝的研究の、作品論と伝記研究との無自覚無媒介な短絡的傾向に対する警戒の言葉として読み味わわるべきであろう。ことに、日記文学といわれる作品においては、そこにかたどられる世界が、これをかく作者の実人生の経験的事実に基づくことを原則とするものである以上、これに立ちむかう私どもにとっては、きわめて切実にこのような警戒は要請されるのだといえよう。まことにこの「創造者として」「人間として」の両者の相関は微妙である。Aとaとを平面的に置きならべることは何の解決にもならない。Aと対面することは、AのみならずAの創造者としてのaを、またaの追究は、aがいかにAの創造者たるべく現実人生を所有したか、その構造の照明に資するものでありたい。その意味でA・aを内的に統一する論理が切望されるはずである。

ここにひとつ私の経験を述べておくことにしたい。かつて上村悦子・木村正中両氏とともに、私は『解釈と鑑賞』誌に昭和三十七年五月号以来「蜻蛉日記注解」を連載したことがある。「本文」「底本」「注解」に「鑑賞・批評」を付するという体裁をとったが、その「鑑賞・批評」の部分を共同執筆するに当り、私はしばしば一種のもどかしい混乱を自覚せざるをえなかったことを告白しておきたいのである。たとえば、これはいま特に選択したわけではなく、まったく任意に取り出したまでのことであるが、その「注解」の六十五回、「鳴滝籠り㈧」（昭42・12）に次のようにかかれている。

さきの「鳴滝籠り㈢」の条に、作者は「（前略）身の宿世ばかりをながむるにそひて、悲しきことは、日頃の長精進しつる人の、頼もしげなけれど、見譲る人もなければ、頭もさし出でず、松の葉ばかりに思ひなりにたる身の同じ様にて食はせたれば、えも食ひやらぬを見る度にぞ、涙はこぼれまさる」と、わが山籠りに相伴する道綱への憐憫の情を告白していた。彼女は、「いもひ」をわが子に強いるにしのびず、京に出してやったのだが、それは久しぶりに里の食事をとらせたいという母のいたわりであると同時に、兼家との架橋をたのむ思いが、これに絡むことになるのも自然であるといわねばならぬ。ところで、兼家への手紙を持つ使者として道綱を下山させた、さきの「鳴滝籠り㈢」の場面にも、「曙を見れば、霧か雲かと見ゆる物立ち渡りて、あはれに心すごし」と印象的な景情が記されていたことを想起するが、ここも「空暗がりて、松風おと高くて神ごほごほと鳴る……」と、彼女をとりめぐる天象が生彩に写されているのは決して偶然ではないだろう。道綱を山から下ろすときの彼女の堪えがたい空虚さ、その帰還をひたすらに待つ異常なもどかしさ、そのような心中を染めあげ満たすのが、この風景である。いわば、それは道綱母の心的基調の上に必然的にひきすえかたどられた天象にほかならなかったのだといえよう。（下略）

問題は、右に傍点を付した「作者」「彼女」「道綱母」などの語が、ほとんど無差別曖昧に用いられているのではないかということである。この「作者」「彼女」「道綱母」などは、いったい「人間として」の、すなわち伝記研究の対象としての道綱母であるのか、「創造者として」の「作家として」

の道綱母であるのか。明らかに「創造者として」の道綱母によって、かきかたどられた経験であることはいうまでもないが、同時にまた、それ以前の、「人間として」の道綱母の実生活の経験なくしては、この条はかかれるはずもなかったといえよう。道綱母本人にとっても、蜻蛉日記のなかにかかれる彼女の経験と、それ以前の素材たるべき実際の経験とが、どう別物として弁別できたであろうか。さきに引用したG・ミショーの文章を改めて読みかえしたい。そして、「それにしても、どこで『人間』が終り、どこで『作家』が始まるのであろうか。この問いに対しては、だれも確たる答えを与えることはできないだろう」という言葉が反芻されるのである。

要するに作品論と作家の伝記研究とが切りはなしがたく、また切りはなすことが正しくないことは自明であるけれども、この両者の統一は、決して無媒介無自覚になされてはならぬということである。ことに日記文学研究の場合、そこにはつねにほとんど避けがたいほどの陥穽が待ちかまえているといってよいだろう。作品の世界を造成する方法なり構造なりを分析する方法意識につらぬかれた作品論がまず要請されるということを私たちは確認しておきたいのである。

二

日記文学を文学たらしめるものは、その作者の実人生の経験的事実がどうであったのかによるのではない。その点、事実の記録を建前とする日記とは本質的にことなるのである。いわば日記の事実記録性を否定ないし止揚する過程なり構造なりにおいて日記文学の文学的性格は証されるであろう。が、この問題につきさしあたり詳論しようとは思わない。というのは、すでに最近、岡崎義恵氏が「総論―日記文学における事実と虚構―」(『文学・語学』昭43・9)において、氏の立場から包括的に周到な論述を展開しておられるし、木村正中氏もまた「日記文学の本質と創作心理」(『講座日本文学の争点』2、昭43)なる論文において、その岡崎論文にふれつつ、玉井幸助氏や池田亀鑑氏ら日記文学研究史の上に嶄然たる役割を果たされた先学の業績への過不足ない評価と批判とを媒介させながら、的確な整理を行なっておられるからである。この木村論文は、後半が日記文学諸作品についての問題点の提起であるに対して、前半が「事実と虚構」の問題を中心課題とする日記文学本質論をなしているのであるから、きわめて有益であるといわねばならない。氏が「……日記文学が日記と本質的に異なる相違点はどこにあるのか。作者の感情が生々しく表出されているとか、精彩に富んだ場面描写がなされているとかいうようなことがらは、必ずしもその決定的な相違点とはなりえない。」「偶然的な筆者の感懐の吐露や表現の躍動が、日記文学を形造るのではなく、書き進められていく表現の根底にあって作品全体を統括するものが問題なのである。」といわれた言葉のなかには、従来の伝統的な日記文学観への批判がおのずからこめられているといえよう。そして、氏はさらに次のごとく述べておられる。「歴史的な観点に立って見た場合、日記文学が長い日記の伝統の上に成立したことは否定しがたい。しかしそれは、玉井氏が総括的に意義づけられたような、事実の表現として連続しているものではない。日記文学の作者たちは、それぞれの歴史的、社会的背景のもとにおける経験的事実の中で、彼らがいかに受身な不安定な立場に置かれているかを実感した。そのような立場から脱出し、彼ら自身の存在意義を積極的に確立する道はどこにあるのか。彼らがその不安定な歴史的位相からのがれられない以上、その道は、書くことによって体験の内容をもう一度たどり、そこに現実から解放された新しい世界、自立的な構造をもった新しい世界を創造するよりほかにないではないか。かくしてはじめて、事実を書くという日記の伝統を受け継ぎながら、しかも事実を乗り越えて、記録的日記とはまったく質を異にする日記文学を生成せしめたのである。」この木村氏の視座に対して、私は全面的に賛成したいのである。

が、それにしても、日記と日記文学との連続性非連続性の関係は、やはりなお問いかけられるに値する問題であると思われる。そもそも日記の事実記録性ということも、そのこと自体無限定的な概念として用いられてはならないだろう。私はたまたま梅棹忠夫氏の、「日記」についての次のような意見をも思い起こすのである。「日記は、人に見せるものでなく、自分のために書くものだ。自分のためのものに技法も形式もあるものか。こういう考え方もあろうが、その考えは二つの点でまちがっていると思う。第一に、技法や形式の研究なしに、意味のある日記が書きつづけられるほどには、『自分』というものはえらくないのがふつうである。いろんなくふうをかさねて、『自分』をなだめすかしつつ、あるいははげましつつ、日記というものは書きつづけられるのである。第二に『自分』というものは、時間とともにたちまち『他人』になってしまうものである。形式や技法を無視していたのでは、すぐ何のことかわからなくなってしまう。日記というものは、時間を異にした『自分』という『他人』との文通である、と考えておいたほうがいい。手紙に形式があるように、日記にも形式が必要である。」(「続・知的生産の技術について―第四回・日記―」『図書』昭44・1)。ここに梅棹氏のいう「日記」とは、当面私どもが問題にしている古代の日記なのではない。古代の日記は、必ずしももちろん「人に見せるものでなく、自分のために書く」という性質のものではなかった。逆に人に見られ利用されることを期待するものであり、原則として私生活より公的な事実の記録が主眼である。私人としてではなく公人としての立場から日記はかかれたのである。したがって右の文章を引用するのは、やや適切とはいえないかもしれない。にもかかわらず記録性が「技法」や「形式」を必須とするということの視点はやはり重視されねばならないであろう。

たとえば藤原道長の日記、『御堂関白記』の自筆原本が十四巻、京都の陽明文庫に保存されているが、私たちはこれが具注暦の余白と裏面に書かれている有様をつぶさに見ることができる。自筆原本を残さぬ他の貴族たちの日記類も、もとはすべてこのように具注暦にかきこまれていたことはいうまでもないが、そうした事実自体が、これら古代の日記の営為を規定する「技法」や「形式」を示すものであるといってよいであろう。そしてそこにはさらに筆者個々の筆録の姿勢が、意識するとしないとを問わず、やはりある「技法」や「形式」として作用し規定しているのである。詳細は避ける。土田直鎮氏の「日記を書く人々」(『日本の歴史』5、昭40)などを参照されたい。要するに、実用的な事実記録性をたてまえとする公的な日記といえども、その事実なるものは必然的に、筆者の記録の姿勢、記録するという行為によって選別され文字に定着するところのそれであるにほかならない。梅棹氏はまた同じ論文で「ほんとうになんでもかんでも書きつけられるわけがない。そこにはおのずから選択眼がはたらいて、対象をよりわけているのである。何と何を記録し、何を見のがすかによって、そのメモの利用価値はおおいにことなるわけである。」とも述べておられるが、そのことは『大日本史料』の標出の次に蒐集されている諸条文、同一事実に関する記録がいかに千差を呈しているかを見ることからもはっきり諒解されるところであろう。

三

日記の事実記録性という本性に、「技法」と「形式」という契機を導入し、日記といえども事実への一定の対応の方法であるとする視点をすえるとき、ここに日記と日記文学との連続性の問題がはっきりするのであり、さればこそまた同時にその非連続性の問題も明確に視野に入ってくるのではないか。日記文学の作者が、木村氏の言葉を借りるなら「事実を書くという日記の伝統を受け継ぎながら、しかも事実を乗り越えて、記録的日記とはまったく質を異にする日記文学を生成せしめた」という事実、すなわちこの「受け継ぎ」と「乗り越え」とは、まさに日記の事実記録性に起点をもつのであるといえよう。いいかえれば、日記の事実記録性を「受け継ぐ」ことが、それの「乗り越え」の方法となっているのであるというべきであるが、この問題を、日記文学の祖である土佐日記に即してしばらく考えてみることにしたい。

まず土佐日記の冒頭の一文がどう理解されてき、またどう理解されるべきであるかについては、論点を簡要に整理された木村正中氏の前記「日記文学の本質と創作心理」によられたい。が、その追求は女性仮託の意図・理由・意義・効果に重点がおかれておる。もちろんそのことについては私にも異存はないのだが、女性仮託の問題と同時に、女性に仮託された筆者によって、ここにほかならぬ日記がかかれようとするのだという宣言が示されているということも重視されねばならない。すなわち土佐日記が伝統的な日記から離脱して、日記文学形成の方向をうち出したということは、ほかならぬ日記を志向するというその姿勢によって保証されるものであったといえよう。

いまは土佐日記の作品構造を全的に論ずる場ではない。萩谷朴氏の『土佐日記全注釈』(昭42)のごとき大著があり、そこには、歌論展開、社会諷刺、自己反照、戯曲構成、等々二十四項の徴標が立てられて、これが精到に究明されているし、また注意すべき論考としては大橋清秀「土佐日記論」(『論究日本文学』第二三、昭39・4 二四号、昭40・4)、木村正中「土佐日記の構造」(明治大学『文芸研究』第十号、昭38・3)などのほか、なお長谷川政春「紀貫之論(二)——その虚構性について」(『古典評論』第二号、昭42)、福井貞助「土佐日記と在原業平」(弘前大学『文経論叢』第三巻第三号、昭43)、菊地靖彦「『土佐日記』一月二十日の条について」(『解釈』昭42・12)、同「土佐日記二月九日の条について――土佐日記論序説」(『文学・語学』昭43・6)等々どが有益なものとして管見に触れた。これら諸家の論に一様に指摘されるのは、歌人ないし歌物語作者としての紀貫之の姿勢であり、土佐日記の、事実記録性から離脱し背反するその特異な性格であり、その方法と世界構造が追求されるとともに、古今集時代歌壇の指導者である貫之の文学活動の全体像の造成に寄与せしめられるものとなっている。

いったい貫之がこの作品において中心的に語ろうとしたものが何であったかは、古来諸家によって多様に論ぜられているように、そう簡単に論断することはむずかしい。萩谷朴氏によれば、第一に和歌入門の個人的教科書としての歌論展開、第二に意見封事的な社会諷刺、第三に女筆に偽装しての自己反照ということになるのだが(久松潜一編『新版日本文学史』中古、昭46)、とにかくそれらは、伝統的な記録としての日記の性質とはほぼ無縁のことがらであるというほかないのである。そもそも土佐日記執筆のころの貫之の心境がいかに暗澹と絶望的なものであったかは、目崎徳衛氏の『紀貫之』(昭36)によって克明に彫りあげられているところである。延長八年春に赴任、承平四年十二月に帰京の途につくまで、土佐在住期間は、貫之の精神史の上に大転換があった。延長八年九月の醍醐天皇の死は、かれのそこに生きたひとつの時代との訣別であっただろう。土佐から帰任する貫之の懐中には、赴任にさきだっての勅命によって撰した『新撰和歌』がいだきしめられていたが、これが献上を嘉したまうべき帝はすでにおわさぬのである。のみならず、この『新撰和歌』編纂の勅命を拝するなかだちであった堤中納言兼輔、この人は歌人貫之にとってほとんど支柱ともいうべき庇護者であったが、かれも貫之帰任の前年三月に他界している。兼輔の従兄で、兼輔とともに、貫之の出入する文学サロンの領導者であった三条右大臣定方が死んだのも前々年の八月のことであった。貫之の絶望を思うべきである。この絶望は、都に近づくに従って深く大きく実感されたし、都に行き着いてはますます紛れやらぬものとなってかれの心をしめつけ圧し歪めるのである。目崎氏はいわれる、「私は彼が『土佐日記』を仕上げた時期がいわゆる『世の中歎きて歩きもせずして』あった失意と孤独のどん底だったことを忘れるわけに行かない。それは彼の輝かしい半生では想像もつかなかった逆境だから、当時の貴族がひとしなみに持っていたアンニュイよりも、もう少し深刻な苦痛に彼は堪えていたとしなければならない。そういう中で彼が、一つ女に仮託して物を書いてみようかなどという悪戯心《いたずらごころ》を起したのは、機智に秀でた貫之らしい天晴《あっぱれ》な脱出法だったといえる」と。ついでにこれは単なる推測にすぎないのでもあるが、私は土佐日記のなかの、しばしば哀切な情調をたたえている亡児追憶の条々も、果して実際に貫之の娘が土佐で死亡したという事実に基づいているのかどうかと疑っている。せいぜいのところ同行の者のなかにそうした経験はあったのかもしれないが、という疑念を禁じえないのである。むしろ前記のような絶望、切実な喪失感を亡児追懐の情に仮託したのではなかったのだろうか。それはともあれ、問題は、貫之が自己の抱懐する欝然たる内面のかたどりを、ほかならぬ日記の方法によって客観化したことにあるであろう。

土佐日記にいくつかの主題が読みとれるということは、いいかえればそういう解釈を容れるごとき構造でこの作品がかかれているということなのであるが、それはほかならぬ日記の方法に依拠するからであったといえよう。もちろん、土佐離任から着京までというひとつの首尾ある経験がたしかにここに完結しているというかぎりでは、外的な事情によって偶然的にかきはじめられ偶然的にその記事を終える日次的記録とは異質であるにしても、日付によってあるいは一日のなかでも時間の移行によって分断される大小の記述が、相互に独立しつつ継次していくのであるから、全体的には統一的構成的な世界像の結成を妨げるものとなることは否定できないのである。が、同時にまたそのことが多岐にわたる主題をそこに自由奔放にうちこめる屈竟の方法であることを、貫之は発見したのであった。

土佐日記の諸場面に登場してくる貫之の分身と目さるべき諸人物がいかに立ちはたらいているかにつき適切な分析をこころみられた前記木村論文「土佐日記の構造」には、「作者が場面のなかに自己を解体することによって感動を実体化」すると「同時に登場人物をも場面のなかに解体し強靱な形象性を失っている」様相が明らかにされているが、それは日記の方法に依拠するかぎり必然的なことであった。むしろ諸人物の形象性が十分であるかないかを問わず、貫之の内面をそこに仮託し転移するかれらが、事実記録性のよそおいのもとに、そこに登場せしめられていることの意義を重視しなければならない。貫之は日記の方法の主体的選択による日記の否定、すなわち虚構としての日記文学を創造したのである。

四

貫之が土佐日記の冒頭で女筆を仮装したことは、かれが日記の方法を選択したことと不可分の関係でとらえられねばならないであろう。もちろん筆者の女装が必ずしも土佐日記の世界に貫徹しているものではなかったが、そのことが日記の方法によりつつ日記から日記文学を脱却させる基盤の確保であったことはいうまでもないことである。いわば日記ならぬ日記としてその世界をうち出すための、それは偽装であった。そしてその偽装は、「とまれかくまれとくやりてむ」の最後の一文にも照応するであろう。かきすすめられてきた土佐日記が、しょせん無用の戯文であることを語るこの一文は、実用的記録としての日記という見地からする自己否定の言であるが、それがまた同時に日記文学の自立性の反語的宣言であるという意味をもっている。ここに後の女流日記文学形成への先導的役割が見いだされることになる。

このように考えすすめてくるとき、私は一方で物語文学生誕の意義を必然的に思いあわせる。物語の本性を虚構に求めることは誰しも異存はないであろうが、その虚構は口頭で語られてきた古伝承の型に随順し、それを継受するところにその方向性があった。が、仮名文字でかかれる散文文学としてこれが成立したということは、そこに新しい人間発掘を可能ならしめることになったにちがいないとしても、そのこととさしちがえに、歴史を負い、共同体的信仰と不可分の世俗的権威の故に定型を保持してきた古伝承とは実質的に絶縁する運命であったことになる。こうして物語作家は、世俗的無用の精神の抱懐者として誕生してくるのであるが、だからこそどこまでも伝承の語り手に扮するほか自己を主張しえないのであったということにもなる。これは、土佐日記の作者が日記の方法を逆手にとって、新しい人間発見の文学を成就したことと対応すると考えられそうである。それは世俗的実用記録という見地からすれば猥雑であり無用であろう。が、精神の、想像力の世界の開発としての文学の一始発とはなったのである。

ところで蜻蛉日記に代表されるような女流日記文学を土佐日記から区別するものは何であろうか。土佐が男子貫之の筆であるのに対して、女性みずからが作者であり、そこにかかれるのがわが人生であり、そこにおのずから女性の眼で心でその生活が語られた、というだけではもちろん十分な説明にならないのである。和泉式部日記が自作か他作かの決着を待ってはじめて女流日記文学なのでないことは明らかである。その記述が経験された事実に基づくものでありつつ、あるいはそうであるように語られつつも、その世界が、ある特定の主題につらぬかれる一個の人生の自立的に展開する世界を構成しようとしているがゆえに、それはすぐれて日記文学といえるのである。その点では、たとえば伊勢日記に蜻蛉日記を生み出す主体の先駆を見いだざるをえないとした私見（「伊勢日記解」『王朝女流文学の形成』昭32）に対して、これが伊勢みずからの記でないから必ずしも賛同できないとされた犬養廉氏の意見（「平安朝の日記文学」『文学・語学』昭43・9）にはやはり服しがたいのである。いまその伊勢日記については深く立ち入らないが、中宮温子付の若い女房伊勢が中宮の異母弟藤原仲平との愛に傷ついた絶望的な経験を撥条として、ふたたび宮仕に復帰し、幾人かの男たちとの交渉に立ちなおり、やがて宇多天皇の情を受けて皇子に恵まれたものの、その皇子に先立たれ、ついにはいたわり交わした中宮にも死別する、こうした経過を歌の贈答の人生史として語るこの伊勢日記は、おのずから延喜歌壇の花であった多彩な伊勢御の全生活とは別に、歌によっていのちを振起し、つかみなおしながら生きるひとりの女の哀切な生きかたをひとすじに構成するのである。ここにかたどられる伊勢の人間像は、もちろん伊勢の実人生経験を基底としている。にもかかわらず、それから離脱してひとつの典型的な女の運命の形姿を客観化しているといえる。私たちが調査しうる、あるいは推定される史実そのものの時間的な序列とこの伊勢日記進行の時間的序列は必ずしも符合しないばかりか矛盾する場合が見いだされるのであるが、そのことが、かえってこの作品の世界構成の自立する論理を逆に証し立てさえするものとなるのである。

実人生の経験とは別個にそれ自体が自立的に展開する論理を内包する世界。そのような世界を造り成す営為がやはり実人生経験と不可分の関係にあることはいうまでもないのであるが、それはその実人生の事実に立脚し、その事実を素材としてあれこれと取捨し脚色するという単純な意味では必ずしもない。そうでなくて、実人生経験からの切実な要請として、実人生と異次元に、そこに当人が生きる場としての言葉の秩序の世界＝作品を造立するということである。だから、さきに触れた伊勢日記の場合でいえば、作者が伊勢その人でない誰であるかは不明としても、作者は実在の伊勢の人生をみずから生き、そのことの証しの場として伊勢日記の世界の構成へと迫られ、そのようにすすみ出たのだというわけであろう。

日記文学の作者たちの創造行為と実人生との連関の問題はいかにも複雑である。たとえば蜻蛉日記の場合この日記の世界の道綱母と藤原兼家との関係を見つめるとき、日記作者道綱母と現実体験者道綱母とをどう区別すべきかに、かなり難渋をおぼえぬわけにはゆかないということは一端をすでに前記したごとくである。兼家とつながるわが身の上を、不安定ではかないものと観じ、そのような視座の上に排列される、かれとの交渉の一齣一齣は、もしもその主題から剥離して、それぞれ単独の現実経験として見て行くなら、それ自体としては不幸でもなく、はかないものでもなく、かえって余人のなかなか及ばぬさいわいごととさえ観取される場合もあろう。ことに上巻において、その印象は顕著である。が、さればとて現実の経験と日記創造者の行為とをきっぱりと腑分けすることはできない。蜻蛉日記の世界を右記のような主題の下に創造しようとする姿勢を生み出させたものは、現実経験のなか以外には見いだせないからである。

いうまでもなく蜻蛉日記を第一次資料として道綱母の伝を構成することはいかにも素朴すぎるであろう。よくいわれるように作者の主観をまにうけてはならないのかもしれない。が、主観的という言葉を用いてこれを排するとき、しからば当然代えられるであろう客観的というものも案外にははっきりしはしないのである。作者の主観を温醸させるものとして以外の客観的な現実体験などとらえうるものではないだろう。蜻蛉日記の作品分析より出発するほかはないのであるが、そうした場合、これかれの経験は本来しあわせであったはずだ、にもかかわらずそれを主観的に不幸なものとして潤色しているという、それだけの処理ではあまり意味をなさない。しあわせであったはずの経験をもはかなく不幸なわが人生史の一齣一齣として織りこめてゆく文脈のなかに、蜻蛉日記の創造の意義があることを確認しなければならないのであり、その創造とは、とりもなおさず現実の経験を、より深い統一的次元でその意味を更新しながら経験しなおすという、創作活動にほかならない。

「人間として」生きるということと、「作者として」生きるということと、二重の生活の体験、それは何も日記文学作者のみにかぎられる問題ではなく、芸術の創造において一般のことであるが、日記文学においては、これが作品というひとつのかたちにおいて出会わせられているだけに、その扱いの上で往々困惑させられるのである。

五

その点、なおたとえば和泉式部日記とその作者と考えられる和泉式部という人間との関係についても同断である。不世出の歌人としての和泉式部の事跡につきここで先学の研究をなぞることはさしひかえたいが、じつは彼女の履歴と、歌人としての儁抜をいかに明証してみても、和泉式部日記にかたどられる人生を説明することは困難である。彼女の多彩な愛情の生活史のうち、敦道親王との交渉こそ、何ものにも代えがたい最高のものであったがゆえに、それを記念し追想してこの一篇がかかれたといわれるが、そしてそうであることはまったく疑いないとしても、和泉式部日記の成立ということはそうした説明ではほとんど何も語られはしないのである。和泉式部日記にかたどられる和泉式部の人生は、この日記の世界においてのみ独自である。もちろんそこに語られているものは長保五年四月から十カ月、その間の式部の実際経験に基づく。しかしながら、作品の中の経験と素材となった史実とのくいちがい、すなわち史実から見ると決定的な誤謬がおかされているわけでもあり（すでに吉田幸一『和泉式部研究一』昭39、鈴木一雄『全講和泉式部日記』昭40などによって諸家の説を拾収しつつ、これの処理がこころみられている）、それはとりもなおさず日記の世界の、いかに現実経験とは別個の秩序を形成するものであるかを、明白に語り示すものとなっている。当面なお大切なのは、そのような日記世界の論理にあみこまれて生きる主人公和泉式部あるいは敦道親王の単に秀抜な歌びとという規定からは割り出すことのできない生きかたにほかならないのである。逆にいえば、そこにおいて独自の生きかたをもつ和泉式部を造型する日記世界の論理がある。

私はいま式部の宮邸入りまでの心理的経過について究明された木村正中氏の「和泉式部日記の特質」（『日本文学』昭38・2）を思い起こす。氏の論の要点ともいうべきは、敦道親王の和泉を自邸へと勧誘する言葉の分析にあるが、その言葉には、宮と式部との関係がそれぞれの立場にふたりが立ちながら一方の心が他をおしはかるとかあるいは弱者をいたわるとかいうような域をこえた、深い共感を基軸にし、彼女の心をわが心に重ねあわせるというきわめて特殊な宮の気づかいがここに存するという。それはよりおしひろげてじつは和泉式部日記全体の特色としてとらえるべきであると氏はいわれるが、問題は「現実の二人の恋愛交渉のなかで、そのような共感性が可能であったのか、それともそれは和泉式部日記という作品の世界においてのみ昇化《ママ》されたのであったのか、という点である。」いったい客観的にいえば、敦道と和泉との関係は、ふたりの結合がありうるとするならば、和泉は召人として仕えることにおいてしか宮と生活をともにすることはありえない。これは阿部秋生氏の明細に論証されるところであった（『源氏物語研究序説』昭34第一篇第二章）。そのような決定的な状況以外のところにかれらは住んではいないのであるにもかかわらず、和泉式部日記において右のようなかれらの文字通り人間的な交流が語られているということは、たしかに作品の世界で仮構された人間関係であるにちがいないという点で、すなわちそこに作者和泉式部の日記創造者としての営為を見ることができるのである。が、しからばそこで現実の「人間として」の和泉が姿を消しているのであるかというと、そう断定することはできない。日記は現実の人生とまったく無縁に、架空の人生を構築するものではなく、現実の「人間として」の経験なしには、これはつくられ得ぬからである。

早いはなしが、この日記にちりばめられる和歌だけについていっても、これの詠出は、作品形成以前の、現実経験に属することは自明であるにちがいない。和泉が宮に対して詠みかけ、宮から返される歌、あるいは宮が和泉に対して詠みかけ、これに返す歌によって、かれらは稀有な魂の交会を深く経験していたはずである。しかしながら、どの贈答の場合でもよい、任意に和泉式部日記から一対を抽出して観察してみるがよい。それは、男女の間のきわめて秀でた歌いかわしであるにつきるのではないか。それ以上のものでありうるはずはないのである。しかるに、それが日記の文脈の中にすえられるとき、贈答は、そこにおいてこそふたりの深い共感の成り立つよすがとなって、かけがえない意味を実質的にはらんでくるのであり、ここに和泉式部日記の創造的意義が見いだされるはずである。木村氏の指摘されたこの日記の独自の論理は、じつはこの日記にあみこまれた歌によるふたりの交会と媒介しあいつつつちかわれたものであることを指摘しておきたいのである。

ひるがえって考えると、日記の中の歌の詠作のいとなみをとりめぐる状況は、きわめて不安である。親王は親王で、和泉は和泉で、その生活にのしかかる桎梏はかれらをはがいじめに縄縛している。この身分の懸隔するかれらのつながりが安穏であることはゆるされなかった。そうした状況と、まさに分かちがたい関係において、それと拮抗する生きかたとして、かれらの共感がかちとられてゆくのである。これは日記世界の状況設定であると同時に、じつは日記以前の現実人生の状況でもあることはいうまでもない。さきのミショーの言葉のように「どこで人間が終り、どこで作家が始まるのであろうか。この問いに対しては、だれも確たる答えを与えることができないだろう。」

紫式部日記につきやはり同様の視点を提出しておこう。私はその日記に接するときも、「人間として」「作家として」という問題につき考えさせられる点がはなはだ多い。この日記の執筆動機は必ずしも内発的なものではないであろう。道長家の慶事である中宮御産の記としての性格が強いのであるが、しかし記録としての日記の仮名版というものでもない。そこには記録さるべき対象とともに、それに立ちむかい積極的に介入してゆく紫式部の独自の姿勢もが同時に客観化されているのであり、さらには、自己の姿勢がその構造を明らかにしながらうねりのびてゆく形姿をも示すに至るのである。そのような、作者の思念の展開を見るとき、私はそうした記述が何年何月何日のしかじかの時に何処で、という場所的時間的限定が明確であるにかかわらず、それはその時の紫式部の思念を写し取っているのではなく、それをかきつづる作者の精神の軌跡をしるす営為であるというべきではないかと思う。たとえば寛弘五年十一月中旬に紫式部は土御門第から私邸に下っている。その私邸から大納言の君という同輩女房に対して「浮寝せし水の上のみ恋しくて鴨の上毛にさえぞ劣らぬ」という歌を贈り、「うちはらふ友なきころの寝ざめにはつがひし鴛鴦ぞ夜半に恋しき」と返されている。もちろんこの贈答はその時の事実であるにちがいない。しかし、この贈答にさきだつ長文――里邸において過往に思いをはせ、いまのわが身をそれにひきくらべて悩みをうったえ、こころみに物語に擬しても、むかしのような感動もなく、またむかしの交友を回復しようにもすべなく、孤絶の世界に追いこめられているわが身をなげき、転じてわずかに宮仕えの世界の同輩たちがなつかしまれることを語って、やがて大納言の君との右の贈答へと落着してゆく、その長文は、けっしてその時の心理を描写しているというものではない。もちろん、その時の心境がまるで別性質のものであったというのではないが、私のいいたいのは、ここに語られてゆく心理内容は、この一条にかきつづる筆を媒介としてのみはじめて掘り起こされたものだということである。いいかえれば、ここでは文章が、それ自体の内発的な力を発揮しながら、言々句々緊張的にかかわりあいつつ前進し、作者の内的世界を開拓し確認してゆくという体なのである。作者が日記作者であることにおいて創造的に生きていることを証するものとしてこの条が存在しているのであるといわねばならない。

六

日記文学を一つの文学ジャンルとしてとらえるとき、このジャンルがいかに形成し発展し成熟し衰退したかという、いわゆる歴史的経過をたどることは無理のようである。素材としての実人生が、作者によってさまざまであるから、したがって日記の世界とこれにつながる作者の姿勢もさまざまなものとなる。にもかかわらず、これらを日記文学として統一的にとらえうるのは、一に日記が記録でなく、作者が、それをかけがえないいのちの証しとして、その世界をつむぎ出す持続的行為であること、生活であること、という点においてである。

その意味で、かつて益田勝実氏がその位置を的確に標定した四条宮下野集のごとき（「四条宮下野の集」『日本文学』昭31・5）、これは日記文学としては正当に扱いえぬものと考えられる。なるほど、その序には、かつてめでたくおかしき事どもをかきとどめておいたけれども、たびたびの火災に焼失し、のちにはものうくなって、やめてしまったが、後の形見にとすすめられてかきつけてみると、「人の御をかしかりし事どもは忘れ果てて、わがあやしき事どものみおぼえて、ほのぼの、それも片はしばかり、ひがごと多くや」としるし、以下二百首余の歌を年月を追うて排列し、しかも概して歌の前後に長大な詞書というよりもはや家集の詞書を脱し、それ自体彼女が息づいた宮廷生活の細部の描写につきすすんでゆくという点があり、たしかに、皇后宮寛子の女房としての過ぎし日の記憶を文章によって反芻する趣である。このような下野の集は、たしかに私家集の形態と伝統からは逸脱する。その意味で日記文学としての性格に接近しているといえるのであろう。しかしながら、ここには自己が生きた日々を生活史の流れとして構成する主題は稀薄である。「内在していた『日記する心』＝「ことがら」の散文的叙述への志向性はまず、かの女を縛りつけている、伝統的な家の集の形式にぶつかって、その展開をさまたげられている。」とし、「かの女の散文への志向は自然発生的」と規定する益田氏の見解がこの作品の特性を心にくく語っているのであろう。

一方私はこれよりやや早くかかれた菅原孝標女の更級日記の執筆が、作者にとって何であったのかを考えるとき、いちだんと日記文学の意味を理解しうるように思う。ここに語られているのは、草深い東の国で少女時代を過ぐした彼女が、上京ののち物語にあこがれ、物語の世界への耽溺を通じて人生を所有したが、そのような彼女の内部に固成した人生像は、現実人生の経験によってそむかれ、うちこわされてゆき、その虚しさを信仰生活で埋めて行こうとする道すじである。十歳から五十歳余までを語るこの日記がかかれるについては、先行する家集あるいは歌反古、メモの類が存したであろうことは疑いないが、それらをとりこみ、四十年の人生をこのような一つの生として見すえる作者の姿勢がここにはある。というよりは更級日記の進行こそ、作者にとっては自己の生をそのようなものとして、いとほしみ拾収する方法にほかならなかったのである。

このような観点は、もろこしに使する吾子をおくる老母のなげきをつづる成尋母の日記や、堀川天皇の死をみとり嘆く讃岐典侍の日記についても有効性を発揮しうるのである。その実人生の経験のちがいをこえて同質なのは、それぞれの人生がいだかせられた痛恨の浄化として、日記のいとなみがあったという点にあるのであろう。いいかえれば、作者の内にどろどろとうずまきわだかまるもの、それはそのもの自体としてはどうにも処理しがたいのであり、ことばの秩序の世界に移転すること、すなわち日記することによってのみ、これを克服しうるのである。

けだし日記文学が記録でないことはもちろんであるし、自己告白録とか私小説とかの類でないこともいうまでもない。それは根元的には虚構というべき性質のものである。実人生に拠りつつも、その実人生からの要請として、そこに自己自身の転身する場を造営する作業なのであるが、そのような作業の場が、自立する論理を内蔵すればするほどに、そこに自身を有効に移転させうるのである。そのような文学の方法とその達成の流れを、古代における日記文学の歴史は呈示している。

摂関時代の後宮文壇

——紫式部の視座から——

拾遺集に見える摂関期の女歌人はそう多くはない。円融院中宮媓子女房であった小馬命婦、大斎院女房から中宮定子女房となった馬内侍、中宮彰子に仕えた赤染衛門や和泉式部などが目立つが、それぞれ一首の撰入である。馬内侍と赤染衛門と和泉式部は、寛弘四、五年の撰、後十五番歌合にも清少納言とも併せて加えられた。下って能因の玄々集に、道綱母の七首に次いで和泉・赤染が公任と肩を比べて六首撰入されている。馬内侍（三首）、清少納言（一首）も逸せられることはなかった。不思議に紫式部の名を見出すことができないのであるが、そのことと紫式部の詠作とをにらみあわせることから、歌人評価の規準が何ほどか割り出されもするように思う。やがて後拾遺集によって和泉式部（六七首）、相摸（四〇首）、赤染衛門（三二首）、伊勢大輔（二七首）、と女歌人に対する眼が大きくひらかれてくるのも注目され、またその歌人評価の軽重も多くの問題を投げかけるが、いまこれら歌人群像の一々を、またこれらがその生存の時期から後世へとその評価をどうかちとっていったかの経過を論及しようとするのではない。以下、散漫ながら覚え書き的に紫式部の視座による、スポットをあてるにとどめたい。

やはりまず手がかりになるのは、寛弘七（一〇一〇）年にかかれた紫式部日記のいわゆる消息文にある和泉式部・赤染衛門・清少納言に対する評文である。いまさらめくが引用しておく。

A和泉式部といふ人こそ、おもしろう書きかはしける。されど、和泉はけしからぬかたこそあれ。うちとけて文はしり書きたるに、そのかたの才ある人、はかない言葉の、にほひも見えはべるめり。歌は、いとをかしきこと、ものおぼえ、うたのことわり、まことの歌よみざまにこそはべらざめれ、口にまかせたることどもに、かならずをかしき一ふしの、目にとまるよみそへはべり。それだに、人の詠みたらむ歌、難じことわりゐたらむは、いでやさまで心は得じ、口にいと歌の詠まるるなめりとぞ、見えたるすぢにはべるかし。はづかしげの歌よみとはおぼえはべらず。

B丹波の守の北の方をば、宮殿などのわたりには、匡衡衛門とぞいひはべる。ことにやんごとなきほどならねど、まことにゆゑゆゑしく、歌よみとて、よろづのことにつけて詠みちらさねど、聞こえたるかぎりは、はかなきをりふしのことも、それこそはづかしき口つきにはべれ。ややもせば、腰はなれぬばかり折れかかりたる歌を詠みいで、えもいはぬよしばみごとしても、われかしこに思ひたる人、にくくもいとほしくもおぼえはべるわざなり。

C清少納言こそ、したり顔にいみじうはべりける人。さばかりさかしだち、真字書きちらしてはべるほども、よく見れば、まだいとたへぬこと多かり。かく、人にことならむと思ひこのめる人は、かならず見劣りし、行くすゑうたてのみはべれば、艶になりぬる人は、いとすごうすずろなるをりも、もののあはれにすすみ、をかしきことも見すぐさぬほどに、おのづからさるまじくあだなるさまにもなるにはべるべし。そのあだになりぬる人のはて、いかでかはよくはべらむ。

これら評文がかなり難解であるのは、紫式部の独特な精神の姿勢の上に座標がすえられているからであるが、それだけに女流作家たちの生活と文学という問題を考えすすめる貴重な資料ともなるのだといえよう。

Aの和泉式部評にしても、まず「和泉式部といふ人こそ、おもしろう書きかはしける」の一文からして微妙である。「……といふ人」といういいかたは、いかにも一歩距離を構える体である。「おもしろう」のことば、これを次の「けしからぬ」とともに適切にかみくだかれた神田秀夫、石川春江両氏の把握を想起する。「和泉式部の浮名は、それこそ名高いものだった。あまねく知れ渡っていた。笑いながらの話題にされていた。面白がられていた。だから紫式部も遠慮なく『面白う』ということができたのである。又『だけどけしからんですわ、ほほ』と笑いながら書くこともできたのである。『けしからず』ということばも（中略）不都合であると批難しながら許容している意である。（中略）紫式部は和泉式部を許している」と（『紫式部』昭31）。さて「うちとけて……」以下、詳解するゆとりはないが、紫式部は神田氏らのいわれるように和泉にするどく体当りしているわけではない。和泉式部の経歴をここにたどる必要はあるまいが、紫式部からすると、和泉を脱帽すべき正統派歌人と目することができないのは、浮かれ女として誰が目にも明らかな実生活に由来するのであるといえよう。和泉は浮かれ女であることを歌に証して生きた。歌にわが業をうちこめ、そのことに生きる、それが和泉式部のもっとも和泉式部的本領であるといえよう。それは紫式部の生きかたとはほぼ無縁の、倫常をふみはずし、その意味で天衣無縫の、処置のない稚純な女である。紫式部の座標に大きく乗って来ようがないのである。それだけに、歌にこめられた無垢の美しさがすなおに見えて来、おのずから讃美される。紫式部が源氏物語の世界を織りすすめるとき、そこに和泉式部の歌文の吸収されていくところのあったのも（吉田幸一氏『和泉式部研究一』昭39第九章参照）自然であったといえよう。

この紫式部の視座は赤染衛門評に眼を向けるとき、なおはっきりしてくる一面をもつようである。なぜ紫式部は「……匡衡衛門とぞいひはべる」とかかねばならぬのか。赤染が、その夫大江匡衡の名を冠して呼ばれたということは、当代の学儒として名高き匡衡の良妻として、夫を助ける賢夫人というにおいをもつ綽名であろう。紫式部はことさらに意識してこの呼称を書きとめているようである。次いで「ことにやんごとなきほどならねど」と限定をつけ、さらに「聞こえたるかぎりは」となお進んで限定しながら赤染の歌いくちを賞揚するのは、なかなか微妙な筆づかいであるといわねばならない。赤染衛門の歌人としての声価は定まっていたし、またいっそう高まりつつある。そのような彼女の歌に対しての右のごとき限定を加えるということは、世間的な評価とは別次元に、赤染をそのまま単純には許容しえぬ気持がおりのように紫のなかに沈降しているからではなかろうか。彼女はどういう赤染の歌をおさえてこうした言辞を操るのか明らかでないが、それはただ歌そのものに関するのではないだろう。良妻賢母として踏みはずしのない、思慮分別のある女房としてくせのない、赤染の温順雅正な世才、これは申し分がなかったのである。が、それだけに、紫式部は、赤染との間に横たわる深淵をいらだたしく見つめさせられる。精神の修羅を内にかかえこんでいながらも、否かかえこんでいるがゆえに却って凡庸中正穏健の徳を標榜するほかない生きかたを苦しく構え主張する紫式部日記の文章を思いあわせると、表層的には赤染の態度と吻合するだけに紫式部は堪えられないのではないだろうか。「それこそはづかしき口つきにはべれ」という讃辞が、転じて「ややもせば……」以下、赤染と反対の歌よみについてエキセントリックなまでに毒づいていく語調は、案外に複雑な表情をたたえている。赤染への欝憤の、いわば逆説的な表現であるとしか私には感じとれないのである。

紫式部のこれら批評は、その中核に彼女の独自な精神の姿勢を把握することによってしか理解できぬもののようである。その精神の姿勢は紫式部日記の世界全体から帰納されねばならないのだが、なかんずく彼女自身それをはっきりとうち示す条がある。例の斎院中将のものいいにからむ議論などがその最たるものであると考えられよう。大斎院選子内親王に仕える女房の中将という人の、某人にあてた書翰に、わが奉仕する大斎院御所こそ、そこに生活と風流（文芸）との一致、いいかえれば生活の芸術化があり、歌人育成の唯一の温床ともなっている。他所はまったく問題外である

（彰子後宮といえども無視されている）というような自讃がかかれていたらしい。この書翰を寓目するところあった紫式部の、これに対する長文の反論であるが、これによって私どもは、紫式部の仕える彰子後宮の気風、そこに生きる紫式部の姿勢を、比較対照される大斎院御所のそれとともに一挙に把握することができる。

大斎院は村上第十皇女、母は師輔のむすめで村上後宮に重きをなした中宮安子であった。彼女が天延三（九七五）年、十二歳で斎院に卜定され、翌々年紫野の斎院御所に入ってから長元四（一〇三一）年九月、老病のため退任するまでに半世紀余の年月が経過した。円融・花山・一条・三条・後一条と治世はめぐったが、この間改替なく彼女が斎院の位地に安定していたことは、一に摂関権力の荷い手と親縁の立場にあったからであろう。彼女は円融天皇の同母妹であり、伯父兼通の摂関時代に卜定、のち十年間小野宮流の頼忠時代があったけれども、やがてふたたび九条流の時代にもどり、叔父の兼家からその子道隆、道長、さらに頼通へと継がれていく政権は、彼女をあるじとする大斎院風の醸成に、ふんだんな時間を借したのである。先頃、秋葉安太郎・鈴木知太郎・岸上慎二の諸氏の至らざるなき研究を付して学界に紹介された『大斎院前の御集』と宮内庁書陵部蔵の孤本『大斎院御集』によって、それぞれ永観二（九八四）年—寛和二（九八六）年頃、長和三（一〇一四）年—寛仁二（一〇一八）年頃の動静が分かるが、いわば世俗から離脱し、それ一本の風流韻事に徹しているという紫式部の把握とそれは吻合すると見てよい。『古本説話集』「大斎院の事」などが語るところも同様であるといえよう。そこには生活と風流の一元性がきわめて顕著である。『前の御集』によれば、「物語のかみ」「物語のすけ」「歌のかみ」「歌のすけ」などという職掌が定められてあったことも、いたく興味をそそるではないか。この御所こそ、文学芸術のセンターであるという誇りかな意識が選子を囲繞する女房たちにはあったらしい。そのような、歌に物語に生きて世俗を超越する洗錬されたサロンに、風流を好む上達部殿上人も心ときめかしておもむいたのであった。ことに彰子後宮が道長権力によって盛りあがるとき、こうした大斎院サロンではそれに対するライバル意識のたかぶるのも自然であろう。紫式部がこれに頂門の一針をうちこんだのも、彼女にとって、歌が、物語が何であったのかを語る好材料となるのである。

紫式部の仕える彰子後宮は、生活即風流などという一元的完結の世界とはまさに異質であった。紫式部日記の叙述を引用することは省くが、これは複雑である。そこでは風流に価値の規準を求めうべくもなく、より世俗的生活的、あるいは倫理的な姿勢が優先するといってよい中宮彰子の生活感覚を核とする。その雰囲気、それは大きくいえば、摂関政治の動きを領導し、つねに新事態に対応し、新事態をきりひらき行く道長的世界の流動性がこれを規制すると見るべきであろう。たとえば、

されど、内わたりにて、明け暮れ見ならし、きしろひたまふ女御后おはせず、その御かた、かの細殿と、いひならぶる御あたりもなく、をとこも女も、いどましきこともなきにうちとけ、宮のやうとして、色め

かしきをば、いとあはあはしとおぼしめいたれば、すこしよろしからむと思ふ人は、おぼろけにて出でゐはべらず。心やすく、もの恥ぢせず、とあらむかからむの名をも惜しまぬ人、はたことなる心ばせのぶるもなくやは。たださやうの人のやすきままに、たちよりてうち語らへば、中宮の人うもれたり、もしは用意なしなどもいひはべるなるべし。上﨟中﨟のほどぞ、あまりひき入りざうずめきてのみはべるめる。さのみして、宮の御ため、もののかざりにはあらず、見ぐるしとも見はべり。(中略) 宮の御心あかぬところなく、らうらうしく心にくくおはしますものを、あまり物づつみさせたまへる御心に、何ともいひ出でじ、いひ出でたらむも、後やすく恥なき人は、世にかたいものとおぼしならひたり。(下略)

というような筆のはこびには、かつて阿部秋生氏が分析されたごとき、道長権力の集中的固成に併行する「女房史の転換期」の様相がにじみ出ているともいえよう(『源氏物語研究序説』昭34第一篇第二章第二節参照)。まぢかな過去、受領諸大夫を越えぬ家の子女であった女房が、その出自をより上層に移動してくる。それは道長家の家格の同族他家を圧する超越に比例する現象であった。そうした事象が多く史乗に顕在化するのは、紫式部日記のかかれる時点以後に属するとはいえ、この時紫式部の眼に見えてくる動向であった。中宮を囲繞するのは、ただ中宮をかざりよそおいたてる単に美しい花々ではありえない。その心々にその出自とする家の歴史を複雑にたたみ秘しながら、道長家への奉仕の運命を甘受しなければならぬ名門の子女たち、これらを包みこむ彰子後宮、それはあるまとまった当世風の優雅をかもし出すには重厚複雑でありすぎたようである。そしてそれは道長のはかり知れぬ遠謀深慮をもって築かれていく、ぶきみにきびしい権勢によって統合されているといってよいのであろう。斎院中将の言辞に対応する紫式部の、しうねくうねる論理は、そうした彰子後宮の風儀を剖解することでこれに対決しているのであるといえよう。大斎院世界の名だたる風流何するものぞ、大斎院がたの一元的明快な規準は流動的混沌たるわが生活圏、そこに深く根をおろす自分のかけがえない生の論理にとっては浅薄なものである。紫式部は源氏物語の虚構世界に精魂を傾注しつづけたわけであるが、そうすることにしかわがいのちをよみがえらせえなかったような沈欝さに、中将の物さしは通用しないということなのであろう。

さきのA和泉式部評、B赤染衛門評の筆づかいもあらためて反芻されるのである。それは一に紫式部の、彼女らの生きかたへの洞察を媒介とするわが生きかたの確認であるといえよう。してみると、C清少納言評の機構もおのずから明らかである。

清少納言が、長保二(一〇〇〇)年皇后定子の死後、宮仕を辞した過去の人であるというのが通説であるが、これに対して角田文衛氏は臆説とことわりつつもっとも真実に近いだろうとして次のような新説を出された。定子死後、清少納言は、定子の遺子媄子内親王に仕え、媄子の所在に従って東三条院、伊周の室町第、一条院、枇杷殿と転々し、寛弘五年五月媄子の死後、あらためて定子腹第一皇女修子内親王に仕え、そこで紫式部と接触し、また和泉式部らとの交情をもった。寛弘八年、修子はそれまでともに住んだ敦康親王と別れて隆家の郁芳門第に、次いで三条宮に移り、清少納言もこれに従った。その頃修子の使者としてしばしば敦康の御殿に参上、晩年は月輪山荘に住み随意修子内親王家に出仕、経済的にもゆとりのある生活を送った。晩年の落魄説は根拠がない(『古代学』第十二巻第四号、後に『王朝の映像』昭45所収)。以上のごとき角田説は権記(寛弘六・九・十二、同七・三・十)に見えるところの、内裏で行成が相逢った少納言命婦なる人を清少納言とするという大きな前提がある。しかるに枕草子のなかに、素姓未詳の「少納言命婦」という人物がでてくるから、これとそれとはまったく別人である証拠があればともかく、なお角田説は検討の要がありそうである。が、それはそれとして従来は清少納言の述作枕草子の特異性、あるいは枕草子における若干の筆づかいの、紫式部の縁者に触れるところに対する反撥がこの評の動機と考えられてもいたが、このひたむきな批評は過去の女房に対するものでなく、いま眼前にちらつく、そしてその才幹への評判がなお耳に入ってくる現役の女房であることを前提として理解できるとする角田氏の見解にはそれ自体は無視しえぬものがあろう。しかも枕草子は、長保初年にその述作が世に知られてのち、紫式部日記のかかれる頃まで、何次かにわたって加筆された痕跡がある。いうまでもなく世評に応じてのことであろう。依然として清少納言は、中関白家の風儀をいまに明確に生きているのであった。紫式部の源氏物語執筆が、そのことからいかに刺戟を受けたことであるか。しかしいまこの両者の関係に深入りしない。ただ前記のような彰子後宮の女房としてその生きかたを形成する紫式部の、枕草子の述作にかたどられるような清少納言の日常活動をつらぬくものへの体当りがここにあるのだといえよう。いわれているように枕草子をかいた清少納言の個性は中宮定子につちかわれた、というより定子の家、漢才と猿楽精神の横溢する中関白家を土壌としてつちかわれた。いわば彼女はその風儀、趣味教養のこよなきスポークスマンとして育成されたのである。ために清原家の伝統を受けつつ歌人として生いたつはずの自己の才能を抑圧し、きりかえていわゆる随筆作家になった。中宮彰子に仕えた伊勢大輔が、大中臣家の歌の伝統を自然に継ぎ歌人として名を成したのと興味ふかく比較されるところでもあろう。紫式部が清少納言を論難するのは、前記斎院文明を批判するのと一面あい通うものがある。その才華は、中関白家のしょせんは没落する権勢の上に開いた驕慢な、しかしはかない仇花ではないか。もちろん紫式部はこれを酷薄に追いうつのではない。自己のそれ以外にない生きかたの確認として、清少納言に体当りするのである。

紫式部は、和泉式部のようにも、赤染衛門のようにも、清少納言のようにも、また斎院の女房のようにも、わが生きかたを特徴づける方向に歩み出すことができない。自己を特色づけることを警戒し、しょせん狂瀾をおしかくして常凡を構えるほかいたしかたないのは、彰子後宮と深くあいかかわり、これに規定されながらこれを主体的に所有しようとする紫式部の、これはこれできわめて独自な生きかたであった。このような彼女が源氏物語の虚構によって、物語史に革命をもたらすことになったのは興味をそそられる。

源氏物語に織りこめられる厖大な歌数、紫式部日記・紫式部家集に見られるその作歌の非凡さを私は高く評価する。かの引歌として物語の文章をあやなした古今の名歌は彼女の和歌遺産の稀有な内蔵をものがたるであろう。さればこそ世評定まる前記の才女らへのひるまぬ論評もありえた。が、彼女は歌人そのものであるより、わが生きかたを無限に模索し検証する精神運動を自己に課する人であった。歌がどうあるべきか、どう作られるものかを知悉しながら、彼女は歌人として評価されるような歌才を純粋につちかうことができない。彼女の和歌は当時の歌人と異質に、歌の歴史と深く独自に触れあいかかわりあった。源氏物語の和歌や引歌がこのことを雄弁にものがたるのである。

紫式部の生きかたを軸にして、数人の才女にふれたが、これらそれぞれの生きかたを照射する紫式部の視座は、きしみつつ上昇し、完結するところの、道長の創造的時代に根をおろしている。源氏物語にわがいのちを托す紫式部の創造も、この一回的な昂潮の時代ときびしく作用しあうものであることはいうまでもない。が、そうした時代が過去となっていくときに、別様の様相が発顕してくるのである。

一条朝は寛弘八（一〇一一）年、天皇の死によって三条朝に受け継がれる。翌長和元年、彰子腹の敦成親王は東宮に擁立され、やがて同五（一〇一六）年、三条に代って後一条天皇となった。その東宮としては、三条皇子敦明が辞退せしめられ、後一条の弟、やはり彰子腹の敦良（後朱雀天皇）が代りに立てられた。翌寛仁元（一〇一七）年のことである。その翌年、後一条の女御として道長の娘威子が入内、やがて中宮となる。また三年後の治安元（一〇二一）年東宮敦良に同じ道長の娘の嫄子が入内した。万寿二（一〇二五）年敦良と嬉子との間に皇子親仁（後冷泉天皇）が生まれ、その時嬉子落命の悲しみにあったけれども、道長の無類の権謀によって皇室と重畳する身内関係が結ばれ、ここに一統の繁栄は末長く約束されたかのようである。その道長の術策を集大成的に拾束する頼通時代、後冷泉朝の後宮について、いま要を得た犬養廉氏の俯瞰を借用する。「頼通にとって当帝後冷泉は甥、中宮章子・女御歓子は共に姪、皇后寛子は実子である。当帝を中心に皇后・中宮・女御はいずれも従兄姉妹、後宮の外側に位置する祐子・禖子内親王（嫄子腹）は当代の妹、頼通には孫女に当る。而して、この宮廷の事実上の主宰者は当帝よりもむしろ頼通であった。当帝在位二十三年、再三の皇居炎上に当り頼通邸を里内裏とし、孤児たる祐子・禖子も頼通に養われている。当帝は頼通生母倫子の忌により歌合を中止し、官吏の任免もすべて頼通の方寸に委ねられている。即ち、後冷泉朝宮廷には嘗ての一条朝に見られた如き表だった対立はない。中宮章子が皇后寛子に一籌を輸す形において、後宮・内親王家は四条宮寛子を中心とする一個の同心円的な拡がりを持つ。（中略）だが、それは何等向上的意欲的な文壇結合ではない。事実、この期は殿上・後宮・内親王家・斎院等に頻繁な歌合が催され、それらを通じて各所属女房の交流出席が見られる。併しながらこれも所詮、頼通的家族集団内で繰り返される日常遊事でしかない。」（「摂関時代後期の文学潮流」『解釈と鑑賞』昭38・1）このような大局的俯瞰の正当性はそれとして、女房らの前期とことなる歌へのつながりかたの形成される事情は興味をそそるものがある。そのことは、かつて寛和二（九八六）年花山院内裏歌合以来、宮廷晴儀としての歌合が長い空白期ののち、やがて長元六（一〇三三）年上東門院菊合、長元八（一〇三五）年関白左大臣頼通歌合を経て、永承四（一〇四九）年内裏歌合に復活してくる過程――そしてそれはやがて六条斎院の歌合に見られるほとんど狂燥的な歌合時代へと移っていくのだが、――その間における女房たちの動静から一端をうかがわれよう。男性に伍して才華をそこにきそう女房たちが枚挙にいとまなく簇出してくるのである。それは女にとって生活のなかの独特のことばであった歌が、より文芸としてつくられるものとなり、いいかえれば歌人としての姿勢をあらためていくことであった。寛弘期、紫式部とともに彰子に仕えていた女房赤染衛門・伊勢大輔が女流歌人として重鎮となる。伊勢大輔は後冷泉期まで生きとどまって、頼基・能宣・輔親の大中臣家統を継ぐ歌人としての栄誉を担った。娘康資王母をも育成した。その伊勢大輔に少しおくれて相摸、紀伊、江侍従、小弁、出羽弁、美作、武蔵、小馬、小式部、下野、筑前、美濃、遠江、甲斐、主殿等その他多くの女房名を見る。いうまでもなくこれらについて、こまかくその生活と文学を追求することはここでは不可能である。百首歌に思いを託す特異の歌人相摸、この人には相摸集のほかに自撰思女集がある。四条宮寛子の女房としての生活を晩年刻明に回想する下野集、同じく四条宮の女房であった主殿の家集、その他注目すべき自撰他撰の家集の世界は、歌人として生きる女房群の生活を多彩に語る。ここに明らかに統一的な女流歌壇の形成を見るのである。紫式部の時代と明白にことなる女歌人の意識がつちかわれ、その歌才そのものがきそわれ評価されるようになった。そうした世界が頼通中心の血族集団の枠の中の情趣化された小世界のこと、歌の才も評価も大勢としてそうした世界の直接的反映として手工芸品的な趣向化と併行するものであって、その生産性を認めることができないという把握は、それはそれとしてきわめて当然である。そこには人間個性が生き競うものとしての基盤がないのである。女房はしょせん仕えて生きる環境に馴致することでその機能を発揮するからである。かの祐子内親王家に出在した菅原孝標女が、そこに根をおろし同化しえなかったこと、そしてむしろそうした世界から他者であるほかなかった精神によってこそ、かよわいけれども清純の魅力をたたえるかの『更級日記』を産みえたことは何を語るであろうか。が、しかしながらこのような後冷泉朝後宮歌壇の形成なくしては、和歌史の新事態をうちひらく次期の専門歌人たちの誕生も約束されなかったはずである。

古典と現代

一　古典文学鑑賞の問題

私のまずしい書斎にも、ごく少数ながら近代作家の個人全集がある。A全集、B全集、C全集など……。これらを買い求めて備えた基準は何であったか。これはまったく私の内部に主観的にあるもので、だからそれら全集をならべてみたところで、現在かかれ構想されている近代文学史の流れなどとはまるきりかかわりがない。近代文学の研究に何ら責任をもつ資格もなかった鑑賞者にすぎない私だから、すきな作家や作品と対面していればそれでよいのであり、いわば作品とのかかわりは私の個人の精神的ないし心理的な反省、いってしまえば私の自己確認のよすが以外ではなかったといえよう。ごくふつうの文学の読者大衆というものは、多かれ少かれそういう文学とのつながりかたをしているのであろう。

しかしながら文学研究者にとってはそうではない。ここにいう「鑑賞」とは、単なる一般鑑賞者のそれではなく、研究者の態度の問題としてのそれなのである。長谷川泉氏に「鑑賞から研究への指標」(『近代日本文学』昭33所収)という論文があり、ここでは文学作品への対しかたが鑑賞・批評・研究の三契機として論じられている。参考のために引いておく。「鑑賞には観照・享受・美的判断の各契機が包括され、渾融しているとはいえ、受動的な享受の意味が強いであろう。（中略）これに対して、批評は、鑑賞内容の大部分を前提とする。観照し、享受したものに基いて、対象の内容や性格についての価値判断を知的・分析的に進め、その結果を積極的に発表するに至る。要するに受動的な鑑賞から、もっと能動的・積極的になるのであり、その根柢には知的な判断力がとぎすまされていなければならない。（中略）批評の機能における知的な操作が、最もドライに極点に達した場合、それは研究の領域に入ることになる。」次いで長谷川氏は、右の三者が段階的に他を包摂し、また可逆的に関連するものであることを、具体的に『暗夜行路』のあつかいに即して論じられた。鑑賞が基点になって、作品の研究が出発するといいながら、その鑑賞の前提としては、文学のメカニズム——創作過程や発表され受容されるまでの過程の考察がいかに必須であるかが論ぜられているのであるが、けだし文学作品に関する鑑賞という行為は、実際的にいって、純粋にそれだけ単独にそれ自体の領域を保有するというものではないであろう。

そのことは古典文学の場合、よりいっそういいうることのようである。なぜならば、いまたとえば小説文学の系譜についていえば、それは我々の生活の中から要請される文学として、近代ないし現代文学の主軸をなすであろうことは疑うべくもないのであるが、過去においてはけっしてそうではなかった。かりに平安時代の文学についていえば、日本文学史の叙述において「物語文学の時代」という区分の名称まであるくらいであるから、物語はこの時代の代表的文学形態であるといえそうだが、——そしてそのことは窮極において正しいにちがいないのだが、それはじつは現代のわれわれの見解にほかならないのであって、当時の人々にとってはまったくそうではなかった。むしろ物語は婦女子の玩具であると観念されていたにすぎなかったのであり、じつはそうであることが、論証を抜きにしていえば、今日われわれに文学として訴えてくるものの保証ともなりえたのだともいえよう。それはともかくとして、そのような物語は、あくまで物語なのであって、小説ではない。小説文学としてこれを読むと、いかにも処置に困ずる問題が続出してくるようである。すなわち平安時代なら平安時代の文学は、当然のことながら、それが現代のわれわれの生活や思考の基盤をことにする人々の心に荷担されていたものであるだけに、われわれの素朴な経験主義的合理主義的な思考に共振しないものをもっている。かれらの生活と思考の体系へと移転する構えが、われわれに要請されることになるのである。近代文学の場合の比ではない困難がここには輻輳しているといえるだろう。

いま私は最近『解釈と鑑賞』誌の「源氏物語研究図書館」という特集（昭40・7）において「これからの源氏物語研究」という題目の下に諸家の論のおさめられているのを思い起こした。それぞれ有益な問題提起の中に、益田勝実氏が「絶望と絶望のその先と」という論をかいておられる。氏は今後どう源氏研究をおしすすめるべきかという問いに対して、それは絶望的であるとまずいい切っておられる。なぜか。以下その論旨を紹介しておく。氏によると、文芸の研究として軌道に乗っているような萌芽が見られないからである。そのもっとも悪い条件は、人間の心の近代化が進みすぎることである。〈古代の心〉が刻々と我々から遠ざかっていることである。その一例として、「……たゞ五六日の程に、いと弱うなれば、母君泣く〳〵奏して、まかでさせたてまつりたまふ。かゝる折にも、あるまじき恥もこそと心づかひして、御子をばとゞめたてまつりて、忍びてぞ出でたまふ。限りあれば、さのみもえとどめさせたまはず、……」という「桐壺」巻の一文章が示される。問題は右の傍線部であるが、現代の権威あると見なされている注釈書は、ただ、これを素通りするか字面の上で口語にいいかえるだけ、あるいはこれを敷衍してかえって誤釈をおかすという体である。同様な例は数えれば多々あろう。おそろしいのは自分でもそれの気づかない場合がどれほどあるかということである。益田氏はいう、「失われ行く〈古代の心〉をどうとりとめることができるか。わたしは、その点がたまらなく気がかりです。原典が読めないとなると、それ以上の研究だの、批評だのとは言っておれないのですが、わたしの場合、一度個人としては自分の古代的心情、古代的感覚の残留に絶望しきることから少しでも逆に浮び上る道はないか、と懸命です。」氏は、もろもろの領域の学問と協力して、〈古代精神史〉を建設するほかない、そして新しい諸社会科学の入会地としての〈古代学〉という境界科学を建て、その中で芸術、とくに文学の地域を設定し、〈物語る心〉の発展のあとをさぐり出せるようにしたいという切望をのべておられる。

私は益田氏の感想――というより現在の古典の文芸の研究へのこのきびしい批判を読むと、やはり絶望に誘い立てられるほかない。考えてみれば、ことに私などは、まがりなりに古典研究者の末席を汚すとはいえ、その出発の基点は、素手裸身でこれに立ち対う以外ではなかった。もちあわせていた有朋堂文庫の源氏物語に感動することからはじまって源氏の世界へ分け入ろうと志した。このような私は紫式部日記には全身的に傾倒できても枕草子にはなかなか共感できない。蜻蛉日記は心にしみ入る。宇津保物語などになると、読破しようにも中途でどうしても放り出さざるをえない状態であり、いろいろな論文にみちびかれて、あちこち虫食い的にめくっただけであるから、その全体像についてはきわめて不確かなのである……etc。まさに好事的な鑑賞家のしわざを脱していない。自分の中のありあわせもちあわせを、古典作品によって確認するだけのことといわれてもしかたがないような出発であったし、この出発に規定される長い期間を保有してきたのであった。まさに〈古代の心〉の対極にある近代化の中に閉じこめられた自己に対応するものを古典文学から抽き出し、これについて何くれと理くつをつけていたということになるであろうか。思えばはかないことである。

たとえば私はかつて源氏物語論の一齣として「若菜」巻を中心とする一連の分析をこころみたことがある。物語のいわゆる第二部の始発に当るこの巻がきわめて重要な巻であることは早くからしばしば指摘されてきたことであり、私もその驥尾に付して私見を展開したのであるが、この巻の世界の進行の方法を微視的に追求したその試論に対してはかなり批判があり、なおさまざまの論が相継ぐ現状である。私はそれら多くの論に接しながら、この議論の乱立を誘い立てるものが何であるか沈思せざるをえなかった。やはりそれは〈古代の心〉からはるかに降れる世のわれわれであるがゆえに、おのがじしの心に根ざして多様な論がかぎりなく生まれてくるのであろうか。いうまでもなく作品のかたちは複雑ながらあくまで一である。が、その一である作品のかたちは、それに立ちむかう人々の姿勢に応じて多様である。これはしかたがないといってしまえば、しかたがないのであるが、批評や研究が、いわば個人の鑑賞からふっ切れることのないがゆえの混乱というべきなのであろうか。

しかしながら、近代化に追いこめられた研究者個々が〈古代の心〉を獲得する方法は、かりに前記のごとき益田氏の願望が実って諸社会科学の入会地としての古代学が建設されたと仮定しても、それぞれの個人的な感受をまったく抑圧し、放擲し去ることによって編み出されるのではないのであろう。むしろ素朴なナルシシズムを基点とすることが、じつは一橋頭堡の敷設になるとやはり思わないわけには行かない。これを媒介としないで〈古代の心〉がどう客観的にあるというのであろうか。むしろ研究者が身勝手であっても真摯にとりついてゆけば、古典はそれに応じた形姿を開顕すると同時に、どうにも馴染まない、ということは、つまりわれわれの経験主義的合理主義的な認識や思考・感動の座標に位置づけられることを拒否するところの何ものかを感じとることができるはずである。それをわれわれの感受性や認識の埒外に追いはらってそれですまされるものではない。かえって、それに立ちむかい、索求する意欲をそそり立てるものに執着して行くとき、素朴一次的な作品とのつながりを修正して行くことができるのであると思う。

ふたたび前記の源氏物語「若菜」巻に戻ろう。私は最近武者小路辰子氏によってかかれた「若菜巻の賀宴」（『日本文学』昭40・6）という論文を読んだ。この論文が私にとって印象深いのは、私もかつてこの巻の光源氏四十賀を中心に論じたことがあるからである。源氏の作者は、四度にわたる絢爛豪勢な賀宴を、刻明にデテールを追いつつ描き語った。そのことの意義は何か。ただ単に光源氏の外的生活の繁栄を粉飾するものではない。私は「若菜」巻始発以来の方向である、光源氏的世界の内的な崩壊過程の一齣、しかもそれを促進する有効な一齣として理解し、主としてこうした盛事に際してひたすら受け身に終始する不安な光源氏の内面的姿勢の彫り出しによって、これの意義を見出そうとした。ところが武者小路氏の接近はそうではない。賀宴に関する人間の言葉や心理、つまりわれわれに直接的に感受される要素ではなく客観的な行事そのものの形式的性格の中にふくまれるのっぴきならない多くの内容を読みとられる。すなわち賀宴の経過と結構それ自体の中に六条院体制の崩落が、明確にかたちどられているのである。そのことは従来の論者の必ずしも指摘することのなかった問題であるが、行事が作品の文脈の中にぬきさしならぬ意味内容をもって描きこまれているということを気づかなかったのは、それが作品の中で、そういう意味をもっているのだと直接にはいささかも説明されていないからであるにちがいないが、同時に、やはりそれはわれわれの側の〈古代の心〉の喪失に対応するのであるのだろう。しからば武者小路氏の眼光がこれを見いだしたということは、氏が古代的な感受性を保有する人種であるからでないことは、いうまでもない。源氏物語という世界を場として、源氏の作者と格闘する、現代の一個の研究者が、その格闘の過程において発見したのが、「若菜」巻の賀宴の世界の古代的論理であったといえよう。私は氏の論考によって、まことに複雑な「若菜」巻を見る眼のうろこが一枚落ちた思いでもあるが、それだけにいよいよ、ありあわせの尺度をいくらおしあてても、埒のあきそうもない源氏物語の屹立を痛感することになる。

思えば有朋堂文庫しかもたなかった学生時代の源氏物語は私にとってはくみしやすかったのである。何のことはない、それは私の自画像を源氏物語の中にさぐりたのしむだけのことだったからである。その後、多くの研究によってみちびかれて、いろいろの知見を得れば得るほどいっそう歯の立たぬ偉容を示す。これは源氏物語にかぎるのではないはずである。一般的に古典文学というものの性質なのであろう。

けだし研究者といわれる者にとっても、古典文学の形姿を領略することは、直接無媒介、簡単にはゆかないのである。これを自己に迎え取り、あるいは拒みしりぞける一次的な尺度をはねかえし、逆にわれわれの人間観念や文学観念を根からゆさぶるもの、そのものが改めて古典の形姿のより深く新しい側面への開眼を誘い立てていく。こうしてわれわれの眼が複眼的な眼光をたたえ、その複眼が対象との格闘の関係でなお自乗、三乗されて行くならば、それはおのずから個人の趣向、好悪を超越して、視座の普遍性への高まりを期待させるのである。その過程においておのずからの内的要請として先人の業績や研究史の歩みへの敬虔な随順摂取があるはずである。

二　古典の現代的評価についての断想
――源氏物語に関して――

この三月（昭和三十九年）、歌舞伎座で上演された源氏物語は大入満員で大成功であったという。その歌舞伎上演を後援した紫式部学会で、年に二度講演会を催しているが、集る聴衆は五百人を前後するよしで、若い男女学生ばかりでなく、老人や中年の主婦も多いのだそうだ。源氏物語は、その名を聞いただけで、人々の気持をそそり立てるものがあるらしいが、じっさい源氏物語そのものにそれだけの魅力がひそんでいるといってもよいのだと私は思う。すでに二回の現代語訳を世に問うた谷崎潤一郎氏が現在三回目の訳業を、それ一本の仕事として情熱的にすすめているという。それも源氏がこの文豪といわれる作家の魂をしっかりととらえてしまっているからだろう。

舟橋聖一、中村真一郎、亀井勝一郎、山本健吉その他、作家や評論家によって源氏に関するいろいろな発言がなされているし、また私の知る限りでも村山りう氏のような社会評論家や武者小路辰子氏のような一主婦の源氏物語連続講座が長年好評裡に進行していることなども、源氏物語が日本の古典文学の中で、さまざまの観点から現在の評価にたえるような、抜きんでた文学であることの証しなのだろう。

それにつけても、改めて私は戦前戦中の源氏物語が蒙った理不尽な抑圧を思い出さないではいられない。改造文庫版の藤岡作太郎『国文学全史　平安朝篇』の源氏の章に見る数箇所の削除、第一回の谷崎訳における藤壺関係記事の剪除、番匠谷英一脚色の源氏物語の上演禁止等々。それにこれはある先輩からうかがったのだが、権力と結びついたさる高名の国文学者が自分の全財産を抛っても源氏物語を日本の古典から抹殺して見せると公の席上で揚言したことがあるそうだ。が、そうした事実もいまは遠い昔の語りぐさとなった。戦後の谷崎新訳はベストセラーズに入ったし、何度も版を変えて出版された与謝野晶子訳もつねにベストセラーズに属した。この秋の刊行を予定されているという今度の谷崎新訳も多分そうなるだろう。いまや源氏物語は確実に大衆化しているといえる。よろこぶべきことであるにちがいない。が、研究者の立場からすると必ずしもそうはいかないという、多分にへそまがりな気持を誘い立てられるのである。なぜか。

あの三月の歌舞伎源氏を観て、私はいかにも索漠たる思いであった。私のすぐ横にはA教授——この方は現在の第一級の源氏学者の一人である——がおられたが、「どうもいけない。どうしてこうもおもしろくなくなるのですかね」といわれた。源氏物語が歌舞伎で劇化されるとき源氏物語の生命は断たれるのであった。それは人目をある程度はたのしませる見せ物ではあっても、源氏の達成がどう評価され、そこにどう生かされているか、などという観点をもちこんでこれを観るとき、そこには源氏物語はほぼ不在なのである。が、歌舞伎のような場合はきわめて特殊なのであり、これを例としてものをいうのは最初から的はずれになろう。私は現代の作家や評論家の源氏物語観、源氏受容について論ずべきであろう。じつはそうした人々の議論が、ある程度マスコミを媒介しながら大衆の知見を誘導する役割をもっているだけに、研究者としては注意をはらってしかるべきかと思うのである。

私は、最近もっとも積極的に、源氏物語をはじめとする王朝文学に対して発言しつづけている中村真一郎氏の場合を代表させ検討を加えてみたい。中村氏の一連の関係論文は、戦後早い時期のものから最近のものまでが『王朝の文学』や『王朝文学の世界』に収められているが、ことに後者ではっきりのべられているように、それは氏の中の現代文学の展望の場でかかれている。その展望とはどういうものか。それは日本の近代文学の主軸と目される自然主義的な、あるいは私小説的な文学観を排し、そうした文学潮流にあっては切りすてられるところの、氏の言葉を借りれば「小説的な世界そのもののもつべき多様なおもしろさたのしさの復活」への志向と実践にささえられている。源氏を頂点とする王朝女流文学は、そうした氏の展望にこよなく適合する豊饒な遺産にほかならず、そうした線でかかれる源氏物語論ははなはだユニクであり新鮮な風貌を呈することになるのは当然であろう。これによって源氏への関心が新たに呼び起こされるとすれば結構なことだというべきかもしれないが、しかしそうとばかりはすまされないのである。

早い話が、まずもって氏の文学的展望の場というのがそれ自体問題であろう。氏は日本の近代文学——自然主義的ないし私小説的としてとらえられる——の、いわば隠者文学性というものを批判し、対して市民文学性への復帰を提唱する。しかしながらいわれる隠者文学性が、高飛車に氏のとらえる西欧二十世紀小説の尺度で裁断されるかぎり、そしてまた市民文学性が同様の尺度で標榜されるかぎり、それがどれほどの実効性をもつものであるか。日本の近代文学の克服さるべき隠者文学性なるものが指摘されるとすれば、その歴史的必然性に立ち入りそれをひっかぶること、それに堪えること、あるいはそれとたたかいながら、しかもそうでしかなかった文学の伝統の重みを、文学者の実践として処理してもらいたいと思う。いきなり外国の文学の尺度をもちこんでみたところで、新しい日本文学の創造の道のひらかれてくるものであるのだろうか。

が、それはさしあたっての問題ではないから深入りしない。氏によると、そうした立場から見なおされねばならない王朝文学はまずもって、隠者文学とは対極的な宮廷サロンの唯美的な社交文芸と規定されることになるが、このような規定をうけた源氏物語およびその他の王朝女流文学が、これからの新しい文学創造の立場に受け継がれる遺産であるというのであってみれば、いかにも話は安っぽく見えてくるのであって、そこから生まれてくるような新しい文学に対しても期待の寄せようがないのである。むしろ中村氏のような見かたが私どもに対して大いに役立つのは、そうした見かたではどうにもならない、しかもきわめて難渋なかつ大切な問題があまりにもごろごろところがっているということを改めて自覚させてくれる点にあるといえよう。

さて、やや飛躍するが、ここで思い起こされるのは故風巻景次郎氏が一連の「源氏物語の成立に関する試論」をかきつづけるその中途で語られていた言葉である。これについては最近の別の稿の中で少しばかりふれたのでくりかえすことになるが、氏はその論文が源氏の創作過程の研究でなく、あくまで成立過程の研究であることをことさらにことわっている。なぜであるかというに、作者の創作過程を研究するには、源氏物語はじつにはげしい内部矛盾をはらんでおり、これを紫式部という一作者の純粋に自主的な創作活動の結果であるとするならば、その作者は社会的にも心理的にもけっして正常な人間とは考えられない不自然さがある。作者がふつうの心理の所有者でなかったということが立証されれば別だが、そうでないかぎり、いきなり創作過程などというものを追求することはできない、というのである。ここから、氏の鉾先は源氏のはらむ内部的不自然、いいかえれば現代人としての私どもにとって、いかにものみこめないわけのわからなさの由来へと向けられる。つまり氏の研究は、氏の内部にある源氏物語に対する抵抗あるいは決定的な距離感を、実作業としてどうしたらうち破りうるかということを客観的に論理化して行こうとする方向にすすめられたのである。私どもにとって貴重なのはその結論や成果ではなく、その姿勢にほかならない。けだし、源氏物語——ばかりでなく古典に対して、ある立場、観点から網をうつようにしてこれを迎えとろうとするなら、それはそれとしてすっきりといくらでも理くつはつくものであろうが、ほんとうにそれの独自の達成を遺産としてうけとり、そのエネルギーを汲みあげることにはならないだろう。逆にそうしたやりかたを排し、何がどう現代的に意義があるか、役立つかなどという性急な視点をはなれて、その世界そのものに分け入ることの重要さ、それを風巻氏の姿勢から私は学びたい。

こういうと研究者は現代を生きる主体であることを抛棄し、べったりと古典の世界にひっついていればよいというのか。そうではなく、むしろ逆であるといえよう。また風巻氏のことになるが、あの源氏の成立過程の研究にメスを入れる氏には、じつに強烈な文学観なり人間観なり、あるいは現代の文学に関する展望が、前提となっていたことを見のがしてはならない。それが鋭くはげしければそれだけに、これをはねかえす不可解なもの、わけのわからぬものを発見し執拗にくいさがって行かねばならない姿勢が発動してくる。それを解明しないことには源氏物語を所有しえない姿勢、これはそれを解明して行く過程において、同時に自己の文学観を不断にゆすぶりたて拡充変革する姿勢でもあるといえようが、現在、未来の文学のために古典を栄養とするという論理は、古典そのものへの立ちむかいの姿勢如何を除外したところでは無意味のように思われる。

私は風巻氏の研究の姿勢を例にして足ぶみしたが、これは成立論にかぎる問題ではない。また中村氏に立ちかえるが、氏においては王朝の女性たちの文学の発想が、現実世俗の世界からははなはだ距離あるところにあるということを何度かくりかえし強調される。また女性独特の趣味感覚、想像力というものが評価されるのであるが、これは前記の自然主義的ないし私小説的な文学観に対立する立場からして当然そうあるはずと思われるのだが、また身勝手な議論のように思われる。女流文学が、平安時代の政治や歴史の現実に密着していると一往はいえそうな大鏡や今昔物語集のようなものとくらべて、現実性を切りすてているという議論は、そうたいした意味のあることとは思われない。問題は女の魂の世界につむぎ出される文学世界が、現実から遠いといって片づけられるものでなく、もし遠いといえるのだったら、そうしたありかたでなければけっしてこの時代の人生、現実の真髄にせまることができなかったということ、そのような方法においてのみ新しい人間の発見、したがって文学史の前進がありえたというこの時代の特有の精神史的・文学史的事情に関心を寄せるべきであると思われる。何事でもそうだが、過去の物事を歴史的、内在的にでなく、スタチックに外側からとらえようとする立場からすれば、その視点々々に対応して、かなり野放図にいろいろの特性がひろいあげられるものだ。すぐれた文学を対象とする場合、ことにそういうことがいえようが、研究者としてはこれでは困るのである。女性の文学の時代が花ひらいたということについては、男性においてそれがなぜ不可能であり、女性においてこそなぜそうありえたかという文学史の必然性の実証が切実な問題として望まれるわけだ。女性の独特の趣味感覚、想像力ということがいわれるなら、それがものをいう文学世界の根底に、いいしれぬグルーミイな、泥まみれの女の苦悩の歴史とそれを基底とする女の発想の伝統がたずねあてられて、これと不可分のものとして、とらえなおされる必要があるであろう。

たとえば一つ具体的な問題をあげよう。この時代の女性の生活と歌とのつながりということである。こうした問題については評論家や作家はまともにはとりあげようとしない。思い起こされるのは堀辰雄氏の「かげろふ日記」、これが氏の作品としてすぐれたものとして評価されていることは周知の通りだ。が、そのこととは別に、氏のかげろふ日記との出会いは、かげろふ日記の世界の形成にとって核心的な意味をもったところの歌、それをよみあげるという道綱母の生活の歴史があってこそかげろふ日記の主題が発生したといいうる、それほど大切な意義をもっている歌をいっさい切りすてるところで成り立っている。

これはたいへん興味をそそられる事実である。中村氏の王朝文学論なども、その点では共通のものがあろう。

源氏物語を考える場合も、私どもは女性の生活の中に、何ほどか重大な意味をもって、はぐくみ育てられた歌の伝統を無視したなら、かなり偏った把握しかできないことは確実であろう。研究者が真剣にとりくんでゆかねばならない問題、また研究者の仕事にのみ期待しなければならない問題の一例は、こんなところにも伏在していると思うが、問題はじつに無限であろう。これの追求が進めば進むほどに、いよいよなお明らかにしなければならない、しかもいまはどういう方法で明らかにして行けばよいのか、そのことの必ずしも分明でない、それだけに意欲をそそる問題が連鎖的につむぎ出されてくる、というのが、何も源氏物語にのみいえることでなく、研究ということの本体であるのだろう。私どもは、平安時代という時代にどこまで執拗にへばりついて行っても過ぎることはない。源氏物語を平安時代に固着させ、いろいろ問題をさぐり出す作業に低迷してしかるべきなのであろう。

たとえば、これは最近たまたま学生のF君が照明をあてたところだが、源氏物語の「須磨」巻、この巻を見ると、まず最初に光源氏が身の置き所なく圧迫されているという事態が語られている。いうまでもなく朱雀院の治世であるから、その後見の弘徽殿＝右大臣家の画策によって光源氏は危い地点に追いつめられており、そんなわけで、光はどんなに知らん顔をしていても、おそらくもっと悪い事態に追いこまれるだろうというので須磨に難をのがれようとする、それにつけても永年愛してきた紫上との別れがつらく、紫上とても光との別れは悲しい、というようなことが、かかれてあって、なお花散里とか藤壺とか、光の思いをかわす人のなげきについてふれられるが、やがて「三月廿日あまりの程になむ都はなれたまひける。人にいまとしも知らせたまはず、ただいと近う仕うまつりなれたるかぎり七八人ばかり御供にて、いとかすかにて出で立ちたまふ……」と、光源氏は京を離れて須磨に出で立つことになる。ところがそのあとの記事は、「二三日かねて」と時間的にさかのぼり、大殿（葵上の父の致仕大臣）邸を訪問し、そこに一泊して人々と別れを惜しむ。次いで、自邸二条院に帰ってきて紫上と語りあう。そこへ光の弟宮や頭中将の訪問があり、一日中別れを惜しむ。光はやがてその夜花散里の邸を訪い、夜明けがたは立ち去り、また二条院に帰還していろいろと出発の準備をし、朧月夜と消息を交したりもする。いよいよ出発の前日には、暮れて父帝の御陵に参り、終夜額づいてわが悲運をうったえ、明け果ててから帰って来て、今度は東宮に消息、藤壺付の女房の王命婦と歌を交わす。次いで世の中に光の没落を惜しみ悲しまぬものはいないという叙述がはさまり、最後に紫上との別離の歌が交わされて、ここでようやく改めてまた須磨落ちということになるのであるが、この間、日本古典全書で一八頁にわたる分量、ぎっしりと離京前の光源氏の行動がかきこまれている。ところが須磨への行旅のくだりに移ると、本来ならば二日の行程であるべきが、「日長き頃なれば、追風さへそひて、まだ申の刻ばかりにかの浦につきたまひぬ」という一文にとどまり、そのあと二首の羇旅歌とこれに付随する数行の文章あるのみで「おはしますところは、行平の中納言の……」と、須磨の生活に入って行くのである。このような物語の世界の進行のしかたははなはだしく奇妙であろう。いったい最初に須磨に出発したといっておきながら、さらに、それ以前の、光源氏の大車輪の行動に低迷することを倦まぬ作者の意識というものは、どう説明すべきなのか。じつはこのようなところにも源氏物語の手法の特徴があるのだといってすませてしまったならば何も問題はないが、しかしこの奇妙な構造はいったい何なのであろうかと、疑問をつきつけ、そこにもぐりこんで行かないではすまされぬ姿勢を私はとうとびたい。それはけっして没主体的に埋没することではない。そうであったなら何の疑問もありえぬはずだからだ。私どもはそういうふうにして語って行くよりほかに物語の世界を進行させえなかった源氏物語の作者の精神の軌跡を内在的に追うことによって、源氏の創造性を、達成の秘密をさぐりあてて行くことができるであろう。源氏物語をなにがしかの文学的展望の場に引き入れて、そのかぎりでこれを論ずる一方交通的な見地からは、このような部分は余分の枝葉末節として無視するか変型させてしまうことも勝手であろうが、研究者としてはそうはゆかぬのである。

いったい私どもがまともに立ちむかえば、源氏物語、のみならずどの古典もそうであろうが、必ずそれとのいかんともしがたい距離を痛感しないはずはないであろう。それが何であるのか、それがあるのに私どもの意欲をそそり立てるものがあるとすればそれは何であるのか、それを解明する仕事の意義を重んじたい。そうした姿勢はいうまでもなく、必ずしも古典大衆化とは結びあわぬものだろう。しかしながら古典が、現在あるいは未来において真に国民生活の栄養となりうるとすれば、そのためには、むしろ現代的理解をそうたやすく寄せつけようとせぬ、古典そのものの方法やそれと不可分な達成が正確に解明され評価されるという、かなり難渋な作業を媒介しなければならないと思うのである。研究者の責任は軽くはないということになるのであろう。

三　古典と現代
――源氏物語の映画・演劇化をめぐって――

本誌（『日本文学』）八月号に本間唯一氏が「古典文学と映画」という文章をかいておられる。ここで本間氏はもっぱら岡崎義恵氏の発言（『朝日新聞』昭和二十八年四月十六日朝刊）を批判しておられるのだが、その岡崎氏の見解というのは、本間氏も紹介しておられるように、最近流行の古典の映画化について、第一に思い切った刈りこみがなされているということ、第二に流行思想への追従と大衆化が行なわれているということ、という二点から、古典がその本来の達成において評価され摂取されずに、かえって山師根性によって荒らされ通俗化されている、という趣旨であったと思う。ところがそのような見解に対して本間氏の反論は妙にいきりたったところがあり、少しばかりひとり相撲のような感じをまぬかれなかった。つまりこうなのだ——古典を映画化するのがなぜわるいのか。それをはずしては現代の芸術論がなりたたないであろうような、それほど現代芸術としてだいじな部門をなす映画の意義をしらないのか。映画芸術は何も古典文学の規準に服する必要はなく、映画自体の規準から古典をデフォルメするのは当然である。いつまでも古典に固執する縄張根性は捨てたがよい、という論法だったのだが、しかしそういう論じかたでは大きな問題がにげてしまうのではないか、したがってその発言は建設的ではないのではないか、と私は考える。だいたい岡崎氏は、古典が映画化されるということ自体に対しては、べつに非難したり嘆いたりしてはおられなかったと思う。また映画がよくできていたとしたら、岡崎氏も拍手を惜しまれはしなかったであろう。問題は、古典文学者としての岡崎氏がなぜあのような意見をのべざるをえなかったか、ということにあるのだが、その点岡崎氏は短い文章ながらも、かなり具体的に理由をあげておられたのだから、本間氏もそれに即してさらに具体的に問題をしぼられるべきであったと思う。

もっとも本間氏も、岡崎氏の「根性」にばかり固執されたわけでもなく、たとえば映画源氏物語の評価にも及んでおられる。岡崎氏が「源氏物語の根本精神は物のあはれときまっているが」、映画ではそれを「現代風に人情化してヒューマニズムの調子を帯びさせている」と批判されたのに対して、『物のあはれ』がないからではなく、（中略）今日の現実ときびしく正しく結びついていなかったところにこの映画の敗北がある。今日の芸術の訴えるものは『物のあはれ』の注入ではなく、たくましいヒューマニズムにつらぬかれたものであるべきであろう。」といわれ、また「時代と大衆は『源氏物語』に『もののあはれ』よりも何らかのヒューマニズムを求めて関心をもっていることを忘れてはならない。映画『源氏』がそれを実現しているとは云えないが、『物のあはれ』でしばるより、はるかに現実的であったことはいうまでもない」とものべておられる。しかし私はこの本間氏の見解に対してつよい不安を感じる。

つまり本間氏によれば、源氏物語を今日に生かすには、「物のあはれ」をとりはずしておいて、その代りに現代のヒューマニズムの立場から再構成せよ、といわれるのだが、それならなぜわざわざ「源氏物語」という映画をつくらねばならないのか。現代のヒューマニズムをそこに形象化すべき題材は映画製作者にとってはその辺にごろごろところがっているし、また観客も現代的ヒューマニズムをわざわざ映画「源氏物語」の中に求めはしないであろう。私は本間氏が「こういう考えはソロソロ清算さるべきことではなかろうか」といわれる考えかた、つまり「オリジナルである文芸に重点をおいて考え」る、そのような考えかたをそうかんたんに、無媒介に「清算」することはどうかと思う。オリジナルととりくまないで、それを切りはぎして現代のヒューマニズムを表現する材料にするなど、無意味であるばかりでなく、有害であるからである。

ところでいったい本間氏のいわれる現代のヒューマニズムとはどのようなものなのかは少しも分らないが、それがかりに言葉だけの抽象的な概念でないとしたら、古典の達成とその方法に振りむきもせず、またそれから全然自由に純乎としてそれ自体を定立しうべきものであるかどうか。私は、現代の真に現代的な創造にとっては、あまりにも重い伝統との対決ということが、まず何よりも緊急な問題であるにちがいないと思う。けだし現代はそれ自体として現代でありうるのではなく、かけがえのない歴史を背負いながら、そのことが制約であると同時にまたそれを唯一のステップにすることによってしか未来へ開く道を見いだしえない、まことに具体的な時点であり、実践的な場なのであってみれば、ただ現代のヒューマニズムなどと標榜してみたところで、それほど空疎なものはない。私は古典を尊重すべきであると考える。古典の達成を追求し、克服しようとしないで、何の現代のヒューマニズぞ、といいたいのである。が、その場合いうまでもなく古典の追求ということは、何もありきたりの美学理念で古典を裁断しようとすることでは毛頭ない。たとえば源氏物語の本質を「物のあはれ」だなどと、十八世紀の文学論にならってきめこむことはできない。これは岡崎氏のような文芸学者に対してであるよりも、殊に現代の課題を云々される本間氏に対して申したいことである。本間氏のように、「物のあはれ」か「ヒューマニズム」か、とならべくらべて、後者が現実に近いなどと、やすやす大胆にいってのけられては源氏の作者はかぎりなく悲しむであろう。また私も辟易せざるをえないが、それはそれとしても、岡崎氏が源氏の本質を「物のあはれ」だと主張されたからといって、その岡崎氏に反対の立場を久しくまもりつづけてこられた本間氏が、そっくりそのまま岡崎氏の説を引きつがれて、それを前提として考えすすめておられることほど奇怪なことはないのである。「物のあはれ」とはいったいどんなものなのか、そしてその「物のあはれ」というものがたしかに源氏物語の本質であるのか、あるいはそれが源氏の本質であるといいならわされてきたということはどういうことであり、またなぜだったのか、そしてそのことが正しいことなのか、正しくないことなのか、というようなことを、もし本間氏がじっくりと考えられたとしたならば、そうした過程そのものにおいて、源氏の達成と現代のヒューマニズムのあるべき標榜とが、たがいにその具体的な姿をうつしあうという関係が生まれてくるであろうということに気づかれたにちがいない。

オリジナル源氏の到達を軽蔑する資格が、現代の日本人の誰に与えられているだろうか。源氏は現代における創造にとってやはり規範である。あるいはそれを規範として発見して行かなければならぬだけ現代の私どもは不幸なのかもしれないが、ということはなにも私が古典至上主義者だからではない。あらゆる既成のこわばった観念を払拭したかなたにある高い美しい遺産を無視しうる現代のヒューマニズムがあったとしたなら、そんなものに信用はおけないというだけのはなしである。

古典を現代の私どもの魂の糧として発見するということ、いいかえれば古典の伝統を現代の創造の場に証すということは、T・S・エリオットを問題にしながら深瀬基寛氏がいわれているように、古代と現代との「距離の自覚に基づいて、彼において欠けていると見られるものを我において補充せんとする努力によって、実は彼そのものの価値をも呼び出して来るところに発生するものなのである」（『エリオットの詩学』一七〇頁）。ここにいわれる「距離の自覚」とは、いいかえれば歴史感覚のことであろう。歴史感覚とは何か。歴史の発端が現代にあるという常識を思い出すなら、もういろいろ申す必要もないことなのだ。古典の価値を呼び出し、現代の国民のものとする作業はオリジナルとの対決以外にはない。古典文学を現代化しようとして、映画、演劇がその様式独自の基準を行使してよいのは、そういう姿勢においてでなければならぬ。

さて、それならば現代の創造にとって古典はどう生かされるべきか。生かさるべき古典の伝統とはどのようにして証すことができるのか、という難問におのずからつきあたるわけであるが、ここでおことわりしておきたいことは、そうした理くつをならべるのがじつは私に課せられた問題なのではなく、さる七月に吉右衛門劇団によって上演された北条秀司氏の『浮舟』について批評することがさしあたっての命題だったのである。これまでのべたことは、少しばかり脱線気味のまえがきにほかならなかった。ところで、私は歌舞伎劇についてはめくらにひとしく、それが要求する基準など皆目しるものではない、といってよい。たださきにいったように、それ以前的な問題としてオリジナルの達成のどのような評価がここに生かされようとしているのか、その達成にどう応える現代的創造がなされようとしているのか、という点について一、二の感想をかくことによって責をふさがせていただきたい。

北条氏の『浮舟』が五幕七場に構成されるためには、原作の相当なデフォルメが必要であったことは当然である。そのこと自体は何らさしつかえないことだ。しかしながら問題はどのようにデフォルメされたかである。つまりさきの深瀬氏の言葉を拝借するなら、「彼において欠けていると見られるものを我において」どう「補充」しようとしているか、ということなのだが、そのことは、この芝居のたとえば第五幕の「浮舟の寝所」の場のような男女の交渉のデテールを構えることではけっしてないはずである。私は、あの場面をみせつけられてはなはだ不愉快だったことはたしかである。そのいやらしさこそ岡崎氏のいわれる現代風の人情化というものであろうか。原作者の優雅な潔癖に少し見ならって欲しい、などという気にもなるのだが、それはそれとして、このような要らざるこぶがあったとしても、ほかにすばらしい要素が支配的であったとしたら帳消しになるかもしれない。しかし、じつはそうしたよけいな「補充」は作者の根本的なところでの欠陥の上に必然的にしでかされたものなのであった。つまり北条氏においては、原作との対決をさけて「現代のヒューマニズム」の安易な注入が優位であったために原作の到達に対してはそっぽうをむいておられるとしか思えないのである。そのことがいちばんあらわれているのは浮舟の母親の中将の君という人がどのような人物として扱われているかをみればよくわかるであろう。

私は原作源氏物語において、この中将の君という人ほどリアリティに富んだ人物はそういないのではないかと思うのだが、ここでまずかんたんに原作の彼女を紹介しておこう。彼女は宇治の八宮の正室の姪で、やはり八宮家に仕える女房であったが、やがて八宮の胤を宿して浮舟を産んだ。だがその結果としては八宮から忌避され、放逐同様の運命におちいる。その落ちゆくさきは常陸介の後妻という境涯であったのだが、それだからといって気持の上からはこの粗野で単純で傲慢な成り上り者の妻になり切れるものではなかった。原作者はこの常陸介という人物をかなり念入りに描きあげているが、彼は貴族的伝統的な基準からすれば鵜の真似をする鴉のように情けない滑稽な性格としてとらえられ、また一方ではそうした伝統的価値評価の基準など刃がたたないような、実利主義者、経済力のもちぬしとして造型され、彼をとりまく人間関係のなかに崩壊期の古代の矛盾をするどく表象している。そうした家庭において、かつては上流世界の空気を吸い、高貴の血を承ける浮舟を擁する中将の君の心は、まことにはばひろく動揺しつづけているのである。わが娘だけは、数多い先妻の子どもらとはちがって高貴の人に嫁がせたいと願うかと思うと、すぐにまた、いや高貴の人の不倫、不誠実になやまされる――自分がそれをかつてつぶさに経験したのだ――よりは、夫常陸介のように身分低く教養乏しくとも一本気の男がよい、などとあれこれ思いわずらうのだが、その中将のなやみは、次から次に生じてくるさまざまの状況や局面において、それと必然的な心情のありかたとして的確に追求されている。だからこの人物はすばらしくリアリティをもつ形象であると思うのだが、なおくわしくはかつてかいたことがあるので参照していただきたい（「浮舟をめぐっての試論」『国語と国文学』昭27・3）。彼女の複雑に乱れる心の用いかたは、すべてわが子に幸あれかしと願う母親としての世俗的知慧なのだが、そうした母の悲願に導かれながらも、しかもそれが裏切られて浮舟の運命がぐいぐいと流されて行くところに宇治十帖の悲劇性がある。またその悲劇的世界をあえて仕たてて行くところに原作者の主題の高さが読みとられねばならないのではなかろうか。

したがって原作の浮舟がしばしば分別を欠いた無性格な女性だと感ぜられてもそこには少しも問題はない。むしろ浮舟の転変を必然ならしめる世界の構造をこそ評価すべきであり、そうした世界において筋金のように光っている母中将の君の悲しい献身というものをクローズアップさせる必要があったと思われる。しかるに北条氏の『浮舟』においてはこの大切な中将の君が、はなはだしいデフォルメを蒙っている。もっぱら淫奔な姥桜として単純化されている。第一幕早々、そのような女性として登場してくる彼女の姿をみてわたくしはいいようもない恨めしさのようなものを感じた。そしてやがて第五幕の例の寝所の場に至るや、その恨めしさが忿りにさえ変るのを禁じえなかった。好色奔放な匂宮さえ浮舟をいよいよ襲う段になると、二のあしを踏んでためらいをあらわすのに、この母親はあえて男の慾情に油をそそぐような仕ぐさを演じているのだ。あたかも処女を卑しめて、おのれの老醜への復讐を企てようとする不潔な人間に感ぜられてしかたがなかったのは私だけであろうか。辟易せざるをえない。しかしながら北条氏にとっては、そのような人物としてこの母親を設定することが必要であったのであろう。なぜならば、この母親の血を承けているからこそ、娘の浮舟は薫の精神主義、道徳的潔癖の呪縛にたえられず匂宮の肉慾に身を投げざるをえなかった、ということになるからだ。つじつまはまことに合いすぎるのだが、それではあまりに安直な生物学的人間解釈ではないか。原作者の現実凝視、人間の運命への透徹した観察とくらべれば、なおなお学ばれてしかるべきであった。

原作源氏物語において、浮舟が二人の男の求愛に身のおきどころを失うという筋みちが、むかしむかしから語りはやされていた例の葛飾の真間の手児奈などの妻争説話の型を踏んでいるということはすでに常識であるが、そうした説話は、女性の魂における愛と誠実の表象として哀れふかく伝えられたものであった。原作源氏の作者が浮舟の運命を追求するに際して、それをもってかたどったということに対しては、評価を惜しんではならないであろう。浮舟が薫にも匂宮にもそむいてこの世から消えたことの意味は、そののちの甦りにおける生きかたとも関連させてつぶさに考える必要があるけれども、とにかくそれは貴族社会のコンベンショナルな人間関係、つまり人間性の誠実をどう生かしてよいのか、そのすべも知られない重ぐるしい世界に対しての真実の名におけるせいいっぱいの反抗であったと解釈してよいかもしれない。しかるに北条氏の『浮舟』においては、浮舟の入水は薫への裏切りに対する償い、というよりは薫による「なぜ死をもってわが操を守らなかったのか」というきびしい叱責と非難にうちのめされたのが理由であるようだ。だからやがて薫が浮舟の失踪を知って、「お前を許す」と絶叫しているのだが、もし浮舟がそうした薫の飜意を知りえたとしたら、彼女は死なないですむであろうはどのものだ。これでは、原作の浮舟のために、またその浮舟を追いこんでいった原作者のために、あえて私は抗議したくもなる。だいたい薫が、許すとか許さないとかいえるような資格は原作のどこからも出てこないのだが、それはよいとしても、北条氏によってつくられた「きよらかな恋」の主張が、薫においてどういう必然性をもっているのか。はじめからそういう主張をもった人間として登場させるのではなく、原作者が描きあげたように、どうしても薫がそういう人間でなければならない、と私どもに思わせるような方法で薫を現代に生かしていただきたかったのである。そうでなくては、いかに薫が反俗的な言辞をはいてもその真実性が稀薄なものとして終るであろう。

その他問題はまだあるが、約束の紙数を超えてしまった。なにか不満ばかりつきつけたようだが、この芝居のデテールを検討してゆけば拍手したい個所もないわけではなかった。たとえば第三幕「二条院の庭苑」における好色の匂宮と中君との赤児をはさんでの夫婦の語らいなどは、現代の家庭生活と呼吸の通うリアリティに富んだ場面でもあったし、同時に原作の相当するシーンのリアリティがほのぼのと伝わってくるのを感ずることもできたのである。

さて、具体的な批評はこれでうち切るが、古典の映画化・劇化において、映画や劇が要求する基準を重んじなければどうにもならないことはいうまでもないにしても、そのような基準はけっして固定したものではあるまい、ということも承認していただけるであろう。古典文学とそれらを背反するものと考える必要はないし、またそうであっては古典が真に現代の国民の誇るべき遺産とはなりえないのである。北条氏は『浮舟』を世に問われるに当り、「それは一部の古典愛好家や好古趣味家には相当の不満を与えるものと思ったが、わたしの意図は舞台の上に王朝絵巻をくりのべることに在るのではないので、あえてそのアレンジを強行した」とのべておられたが、たしかに「一部の古典愛好家や好古趣味家」の不満をおそれる必要はない。しかし古典を真に国民の魂の糧とするにはどうしたらよいのか、ということを、映画・演劇にたずさわる方々は責任をもって考えていただきたいのである。それほどこの方面の事業は大切なのだ。

あとがき

国文学とは無縁の世界でどうやら生きていたというべきか、国文学界というものが、私にとって非常に遠い世界であったというべきか、そうしたかなり長いある時期を、私はこの数年の間に経験していた。どのような方々が、どこで、どういう新しい研究を進めておられるのかもほとんど視野におさめることができず、私はいらだたしく、否、いらだたしさを感じるゆとりもない日々を消していたのであった。

もうあれから二年近くもなるのではなかろうか、東大出版会からUP選書の一冊として私の論集をまとめて欲しいと依頼されたときの私の困惑は当然のことであっただろう。が同時に、右のような時期に書かれた小論を集めておくのも無意味ではなかろうという気持にもなったことはたしかである。

しかしながら編集部でつくってくださった論文リストに従って編集にとりかかったものの、そのまま一書にまとめるには憚られるような、ざつなものが多すぎる。やむをえず最初の予定は変更し、取捨選択のうえ、少しばかり手入れをしたり、幾篇かを合併したり、それに、最近のもの、あるいはずいぶん昔に書かれたものを拾ったりして、ようやく一書の体裁をととのえることのできたのが本書である。全体を見渡すとき、やはり性急なまた偏頗な、もどかしい思いに堪えぬものが多く、まことに不本意な出来であるという印象を禁じえないが、それでも今後、多少とも平安文学の研究について問題提起の役割を果たし得る点があるとすれば、私としては望外の喜びである。

左に所収論考の発表事情その他につき略記する。

平安文学一面おぼえ書

『国語通信』一〇七号（筑摩書房、昭43・6）に同じ題目で掲載された。若干補筆した。

光源氏論

『源氏物語講座』第三巻（有精堂、昭46・7）に「光源氏」の題目で掲載された。若干補筆した。

源氏物語の人間造型

『国文学』（学燈社、昭40・12）に同じ題目で掲載された。ごく少々補筆した。

源氏物語の自然と人間

『日本文学』（日本文学協会、昭42・10）に掲載された「物語文学の研究方法について――『源氏物語』を中心に――」、および『解釈と鑑賞』（至文堂、昭44・6）に掲載された「源氏物語の思考と方法――自然と人間についての一視角――」の両論文にもとづき、再構成した。

源氏物語の虚構と文体

前記『国語通信』一〇七号に「源氏物語――虚構と文体――」の題目で掲載された。ごく少々補筆した。

源氏物語と紫式部日記

『解釈と鑑賞』（至文堂、昭43・5）に同じ題目で掲載された。若干補筆した。

源氏物語の成立・構想――戦後の成立論の始発をめぐって――

『源氏物語講座』第二巻（有精堂、昭46・6）に「源氏物語の成立・構想の問題――戦後の成立論の始発、武田・風巻・池田三氏の研究をめぐって――」の題目で掲載された。若干補筆した。

枕草子の本質

『国文学』（学燈社、昭40・7）に同じ題目で掲載された。ごく少々補筆した。

枕草子・美意識を支えるもの

岸上慎二編『枕草子必携』（学燈社、昭42・10）に「美意識――それを支えるもの――」の題目で掲載された。若干補筆した。

日記文学論――作家と作品とについて――

『国文学』（学燈社、昭40・12）に掲載された「古代における日記文学の展開」、『解釈と鑑賞』（至文堂、昭41・3）に掲載された「日記文学の作者――その文学と生活――」、『国文学』（学燈社、昭45・3）に掲載された「王朝女流日記・事実と虚構」などの諸篇によって再構成した。

摂関時代の後宮文壇――紫式部の視座から――

『国文学』（学燈社、昭42・1）に同題（副題なし）で掲載された。若干補筆した。

古典文学鑑賞の問題

『国文学』（学燈社、昭40・12臨時増刊）に同じ題目で掲載された。

古典の現代的評価についての断想——源氏物語に関して——
『古典と現代』21（古典と現代の会、昭39・9）に同じ題目で掲載された。
古典と現代——源氏物語の映画・演劇化をめぐって——
『日本文学』（日本文学協会、昭28・10）に同じ題目で掲載された。

昭和四十七年五月

秋　山　虔

解説

藤原克己

本書の著者秋山虔氏は、わが師である。私は本書が、とくに若い人たちに読まれることを切に願うものであるが、しかしながら本書において展開されている議論には、いまの若い人たちには、すんなりとはいっていけないところもあるのではないかと懸念される。そこで私は、本書に収められた諸論考はいったいどのような研究史のコンテクストの中で書かれたのか、また氏にとって切実な問題は何であったのか、という点について私なりの解説を試み、あわせて私の思い描く新しい日本古典学のあり方についても少しのべさせていただきたいと思う。

秋山氏には、一九七二年刊の本書に先立って、一九六四年に同じく東京大学出版会から刊行された『源氏物語の世界』の名著があり、またその後発表された数多くの論考を、氏自身が厳選して集成された『源氏物語の論』『平安文学の論』（いずれも笠間書院より二〇一一年刊）もあるが、そうした氏の業績の根底をなしている切実な問題意識や方法論的反省は、むしろ本書に最もよく凝縮されているところがある。もとより本書の個々の論述には、もう古くなっているところもあろう。ただ、本書を貫く根幹の問題は、氏が古典の本文と真剣に向き合い、厳しく論を練り上げてゆくその姿勢とともに、けっして古びることはない。それを若い人たちにもぜひ継承してほしいと願うのである。

＊　＊

はじめに、秋山氏が近年に書かれた「源氏物語と私」（『アナホリッシュ國文學』第四号、二〇一三年九月）という文章を引用させていただきたい。これは氏みずから、その源氏研究の原点を語った貴重なエッセイである。それはまず以下のように語り起こされている。

あの戦争は何であったか、不可避だったのか否かについて、さまざま論じられてきた。結局あのように惨敗を喫することになったのだから、なぜそのようにならざるをえなかったのか、その反省は、当然新生への決意と不可分であったといえよう。敵国となった米英列強との国力差について的確な判断も不可能だったのは致命的であった。科学的精神を培うことが大切だ、自然の運行にただ随従し埋没する植物的心性を揚棄せよ、という主張は、私には痛切であった。敗戦を迎えて大学に復学した氏は、卒業論文として、「季節的人間」という視点から『源氏物語』と取り組もうとした、という。

源氏物語の世界の攻略が目ざされることになった契機は、前記の日本人の心性についての反省、自然の運行に随従する没主体的な植物性の克服という冀求《ききゆう》が、私自身には痛切に感受されたことによるといえよう。私の脳裡の芳賀矢一著の『国民性十論』（一九〇七年刊）のなかの「草木を愛し自然を喜ぶ」の章の叙述の基礎資料が『源氏物語』であったこと、そしてこの章が学生時代の私にとっては、とくに忘れがたく印象づけられていたのであった。ところが、氏が別の折に述懐された言葉を借りれば、「組み伏せようと思っていた相手に、逆に組み敷かれてしまうという仕儀になった」のであった。そのことが、このエッセィでは次のように語られている。

『源氏物語』の自然表現には人物の心の繊細なありようがかたどられている。そこにあるのは三代集時代以来の和歌の発想・趣向の伝統に即したみごとに繊細な心情表現の成果であり、その細微な美意識の達成については、植物的心性などの語による批判の受けつけられるいわれはありえなかろう。却って、その世界を生き、生かされる主人公光源氏をはじめとする男女の登場人物たちの、そうとしかありえなかったであろう人生と、読者は共生し、反撥しつつも彼らとともにこの物語の世界を生かされることになる。

こうして『源氏物語』を織りなす言葉と歌に深くからめとられることになった氏に、さらに『紫式部日記』との出会いが決定的なものとなって、氏の源氏研究の核をなすことになる。

私の『源氏物語』の読みが、この日記によって私のなかに結像した紫式部その人の鮮烈な人生への理解と不可分であったことは確実である。

しかしながら氏は、「紫式部その人の」実人生と『源氏物語』とを、同一の次元で、無媒介に結びつけるような読み方を、峻拒する。そのことは、本書に収められた「源氏物語と紫式部」の論にも明白である。例の、「あなかしこ。このわたりに若紫やさぶらふ」という公任の言葉を、「源氏に似るべき人も見えたまはぬに、かのうへはまいていかでものしたまはむ、と聞きゐたり」という日記の文章について、氏は次のように論じている。

光源氏や紫上の、そこに生きる源氏物語の世界、それは、この眼前の公任らが生きはたらく実人生とは別次元に、紫式部の魂の形象そのものではないか。（中略）光源氏が、紫式部のやるかたない魂のなかにはぐくまれ成長した、かけがえのない主人公であると同じく、この光源氏の妻となった紫上も、彼女にとって理想を集中する無類のヒロインであったことは、多くをいう必要もないだろう。公任の言葉がどういう動機からであるにせよ、この酒席での話題にのぼせられるに堪えぬのである。紫式部は、当座はどうであれ、そのことを明確にかき記すことによって、自分にとっての源氏物語の意味を反芻するわけであろう。（一〇一頁、傍点藤原）

また、左衛門の内侍が紫式部に「日本紀の御局」というあだ名を呈したことを「いとをかしくぞはべる」と書いていることについても、

彼女の学才はかれらを相手とする次元では通用しない。それは源氏物語の世界において、その

真価のままに生命を回復するのだが、いうまでもなくそのことの理解者は存在しない。「…いとをかしくぞはべる」の句ににじむ紫式部の心の苦さが味わわれるのである。(一〇三頁)

とのべ、「しょせん源氏物語は彼女の孤独な魂の所産である」(一〇四頁)と言明する。

『源氏物語』は、もとよりそこに現実に生き泥《なず》む作者のさまざまな思いが転封されているとしても、あくまでも自立的な言葉で織りなされた、現実とは別次元の、それじたいに内在する論理によって生成展開する自立的な芸術作品なのだということ、これが本書の要諦の一つであると言ってよいであろう。そしてそれは氏の日記文学論にも通底するものであるが、その根底にあるのは、本書の巻頭に収められた「平安文学一面おぼえ書」にも「日常実生活の次元と別個に、歌という自立した言語秩序の世界を敷設し、そこに人間交流の場を仮設する精神の作用、それが古今集歌の風体の確立によってみちびかれたものであろう」(五頁)とあるように、『古今和歌集』による〈ことば〉の錬成なくして王朝女流文学の達成はありえなかったという氏の王朝文学史観である。

また、「自立的な言葉」ということに関連して、氏が『源氏物語』の「自然描写」「心理描写」などと、「描写」(description)という言葉を安易に用いることを戒めていることにも、読者の注意を喚起しておきたい。本書の「源氏物語の自然と人間」で氏は、若紫巻からの一文を例示して、「ここでは自然描写ということばを用いることがいかにも不当なくらいに、ある象徴的な意味をもって、自然の姿は物語の世界に参与している」(七〇頁)とのべ、さらにその結論部分では、「超越的な時間のなかにありながら、そのなかに人間が疎外されるのでなく人間の行為、人間関係の内側から発する論理の場に自然像がつむぎ出される。（中略）それはけっして描写の名で呼ばれるべきものではない。文体の自立の形姿なのである。古今集文学がうちたてた、言葉による自然恢復の方法とそれを支える精神基盤の、物語形態のなかにおける再生産である」と論じている（七八―七九頁）。ちなみに、ウェイリー、サイデンステッカーについで、『源氏物語』の第三の英訳を刊行したロイヤル・タイラー氏も、「この物語はことさらに描写的 descriptive であるわけではないのに、その語りの趣致 telling touch には生き生きとした印象を読者の心に抱かせるものがある」とのべているが（Royall Tyler, *The Tale of Genji*, Viking Penguin, 2001, "Introduction."）、秋山氏の論は、そのような『源氏物語』の文章の魅力の秘密を解き明かすものといえよう。なお、私自身、師のこのような教えに導かれて、「『源氏物語』と『クレーヴの奥方』――ロマネスクの諸相」（柴田元幸編『文字の都市　世界の文学・文化の現在10講』東京大学出版会、二〇〇七年）という拙論の中で、一七世紀フランスのラ・ファイエット夫人によって書かれた心理小説『クレーヴの奥方』や同時代のラシーヌの戯曲が、『源氏物語』と同質の、自立的な言葉で織りなされていることを論じたことがある。

＊　＊

では、以上のような秋山氏の論は、いかなる研究史的文脈の中で書かれたのであるか、次にその点についての解説を試みたい。これについては、西郷信綱氏の『国学の批判——方法に関する覚えがき——』（未来社、一九六五年）に収められた幾つかの論が参考になるであろう。たとえば「国文学の問題」の次のような一節。

国文学は学問として一つの危機、あるいは変り目の時期にきているとみていいのではないかと考える。（中略）要約していえば、国文学は文学を研究対象とする学問であるべきなのに、文学が見失われ、文学にとっては非本質的な部分の研究、つまり文献学や書誌学を本道であるかのように見なす考えがますます強化されてきている点である。（中略）

むろん、学問は客観的であろうとしなければならないのだが、文献学者のいう「客観性」は主観的でないだけの話で、そして主観的でないことが客観的である証拠には必ずしもならない。いわゆる研究でなく作品の鑑賞とか批評とかになるとその主観的心情がなまのまま出てくるのを見てもわかるように、学問の名において主観や主体が圧殺されているにすぎないことが多い。

（傍点原文）

ここで言われている「文献学」は、「書誌学」とも並列されているように、本文批判の学であり、とくに池田亀鑑の文献学をさしている。文献学・書誌学が国文学の本道であるかのような趨勢に対するラディカルな批判は、すでに戦前において、いわゆる「歴史社会学派」と称される研究者たちと、岡崎義恵の「日本文芸学」によってなされていたのであるが、歴史社会学派はまた岡崎文芸学に対しても厳しく批判的であった（この点については、衣笠正晃「一九三〇年代の国文学研究——いわゆる「文芸学論争」をめぐって」『言語と文化』法政大学言語・文化センター、二〇〇四年二月を参照されたい）。要するに、文学を文学として研究する学問的方法の精錬という課題が、戦争によって中断されたまま、戦後に持ち越されていたのである。そして秋山虔氏も、まさにこの課題をまともに引き受け、方法論に対する尖鋭な問題意識を抱いて苦闘した戦後国文学者の一人だったのである。

西郷氏の『国学の批判』から、もう一か所引用しておきたい。「学問と批評の結び目」という論文の一節である。

> 光源氏論とか浮舟論とかその他その他、列挙にいとまないくらい作中人物を「生きた人間」として扱ったものが文学研究として通っている例が多い。そこでは、作品の全体が織りなしている模様や構造から人物が脱け出し、独り歩きしているわけだが、この逸脱にも作品にたいする批評の欠如があるといえる。作中人物が「生きた人間」ではなく、一定の言語表現の創り出したものであること、すなわち作者が芸術家であることを忘れるならば、それはもう文学研究でないといえるであろう。

これは、秋山氏の本書に収められた「源氏物語の人間造型」を理解するための鍵となるような文章だと思う。秋山氏はそこで、今井源衛氏の「明石上について」という作中人物論を俎上にのせて、「作品世界への無媒介なべたつき、作品の論理に即する方法意識の欠落があった」（五三頁）と批判

し、その返す刀で氏自身のそれまでの作中人物論をも、

顧みると、私などの初期の作中人物論は、個々の人物に照明をあて、その人物がいかに描かれているか、関係記事を抽き出し組みあわせて時代・社会のはらむ問題が、いかに生きた人間像としてその中にはらみこまれているか、そこにどういう人間像としての実在感があるのか、そしてそのような人間像には、作者のかかえている問題が、何ほど封じこめられているかというような視点から追求されていたといえよう。しかしこれは、そのような問題がどういう方法で作中人物に荷わせられるかという、物語の世界の論理を無視するというおそれがなきにしもあらずであったということができる。（五五頁、傍点藤原）

と、きびしく問い返している。ただしこれにすぐ続けて氏は、「もちろん前記のごとき視点からの追求は、それはそれでまったく無効なのではない。むしろ作品に取りついて行く方法としては、正統ですらあったことを私は疑わない」とも明言しており、こうした氏の論述をたどっていると、西郷氏の先の発言など、いかにも鋭いけれども、いささか拱手傍観的であるようにも思われてくる。いったい『源氏物語』は、作中人物論をしてみたくならずにはいられないほどに、個々の人物が奥行深く、生き生きと描かれているわけで、秋山氏も、作中人物論の有効性を信じつつ、なおその方法的練磨を模索しているのである。この論文では、明快な処方が打ち出されているわけではなく、むしろそのような氏の模索をたどることじたいに意味があるのだといえよう。

ところで本書の「あとがき」は、いきなり、次のような文章で書き起こされている。

国文学とは無縁の世界でどうやら生きていたというべきか、国文学界というものが、私にとって非常に遠い世界であったというべきか、そうしたかなり長いある時期を、私はこの数年の間に経験していた。

これは、一九六〇年代後半に全国的に展開した学園紛争のさなか、著者も東京大学の教員として、ひたすらそうした紛争への対応に明け暮れるほかなかった時期のことをさしている。

いったいあの学園紛争は何であったのか。ソルボンヌ的な古い実証主義的講壇的学問に飽き足らない学生たちから熱狂的に支持されていたロラン・バルトが「作者の死 La mort de l'auteur」を発表したのが、あのいわゆる「五月革命」の年、すなわち一九六八年だったこと、これはひじょうに象徴的なことであるように思われるのであるが、わが国で時を同じくして起った学園紛争は、あのフランスの「五月革命」と如何なる点において世界史的・思想史的文脈を共有しており、また如何なる点で特殊日本的であったのか。

二〇〇六年秋の中古文学会大会で秋山氏は、「中古文学研究の今昔」という講演をされた。これは翌年発行された『中古文学』第七九号に掲載され、また前掲『平安文学の論』にも収録されてい

＊　＊

る。この講演は、国文学研究の現状に対する深甚の憂慮を率直に表明しつつも、なおその将来への熱い期待を語った、まことに感銘深いものであったが、その中で氏は、あの学園紛争を境として、国文学の研究状況が大きく変わったと回顧している。氏は、あの学園紛争を「大学が大衆化し、大学の進学率が急速に高まるなかで、もはやエリートでもなく大衆でもない中途半端な社会集団としての大学生というカテゴリーが出現した時代の出来事」とする佐伯啓思氏の分析をふまえつつ、「大学の大衆化からのおのずからのなりゆきとして、競うかのように増設される大学院において、多数の研究者が養成されることになりますから、その結果として、やがて多量の研究情報が生産されるという状況が到来することになりました。個々の研究者にとっては、この状況がどのように主体的に受容されうるか、きわめて難儀なことになったといえましょう」とのべている。つまり、研究情報の急激な増大とその結果としての研究の拡散化は、あの学園紛争と、大学の大衆化という根基を共有していたというのである。

しかしながら私の実感では、あの学園紛争を突き動かしていたラディカリズムのなかにも、文学研究の内質を大きく変容させたものがあったように思う。私が大学に入学したのは一九七二年で、もはや紛争も下火となり、陰惨な内ゲバ抗争が泥沼化して殺伐荒涼としていた時期であったが、あの学園紛争のなかで醸成されていた、すべてをラディカルに問い直そうとする空気は、私が大学院に進んだ頃にも、まだ濃厚に息づいていた。ただ、私はその空気になじめなかった。素朴な鑑賞的な読みは、近代主義に染まっているとして批判される傾向があった。近代人には古代人の心はわからない、と古代が神秘化される傾向があった。「深層」という言葉が流行り、テキストの深層を解明するために、精神分析学や折口古代学、神話学、文化人類学、構造主義等々のさまざまなものが持ち込まれた。まるで本文そのものはそっちのけにして、行間だけを深読みしているような論が横行した。

さらに近年では、私たちがこれまで「古典」と呼んできたものを「正典《カノン》」と呼び換え、ある作品が名作とされるのは、作品それじたいに内在する特質のためではなく、さまざまな社会的要因の作用した結果とみなそうとする、社会学的なアプローチもみられるようになった。先ほど私は西郷氏の「国文学は文学を研究対象とする学問であるべきなのに、文学が見失われ」云々という言葉を引用したが、七〇年代八〇年代頃までは、こういう時の「文学」という言葉は、定義はむつかしいけれど、意味は誰にも自明のことであったのが、こんにちではもはや自明ではない。このような「文学」概念は一九世紀ロマン主義の産物だとされる。

こうした状況に鑑みて、本書の中でとくに留意して読んでいただきたいと願うエッセィがある。本書の巻末に、活字のポイントも落として、いかにも余録のように収録された「古典と現代」の中の「古典文学鑑賞の問題」が、それである。そこで氏は、益田勝実氏の「絶望と絶望のその先と」（『解釈と鑑賞』一九六五年七月）という論を取り上げている。その中で益田氏は、現代人にはますます〈古代の心〉が分からなくなっていることを憂慮し、「もろもろの領域の学問と協力して、〈古代精神史〉を建設するほかない、そして新しい諸社会科学の入会地としての〈古代学〉という境界科学を建て、その中で芸術、とくに文学の地域を設定し、〈物語る心〉の発展のあとをさぐり出せるようにしたい」との べているのであるが、それに対して秋山氏は、次のように反論しているのである。

しかしながら、近代化に追いこめられた研究者個々が〈古代の心〉を獲得する方法は、かりに前記のごとき益田氏の願望が実って諸社会科学の入会地としての古代学が建設されたと仮定しても、それぞれの個人的な感受をまったく抑圧し、放擲し去ることによって編み出されるのではないのであろう。むしろ素朴なナルシシズムを基点とすることが、じつは一橋頭堡の敷設になるとやはり思わないわけには行かない。これを媒介としないで〈古代の心〉がどう客観的にあるというのであろうか。(二一二頁)

「国文学」研究は、「鑑賞」ということを、あまりにもなおざりにしてきたと思う。「鑑賞」を前面に出しては「研究」にも「論文」にもならないのかもしれないが、深い鑑賞にもとづかない研究や論文が、文学研究と言えるだろうか。「鑑賞」というと、何かしらふやけた主観的感想文のようなものしかイメージできない一般の傾向が、まさに「国文学」が「鑑賞」をなおざりにしてきたことの表れなのである。そして、文学作品の鑑賞を客観的なものに精練してゆくためには、やはりアウグスト・ベック August Boeckh（一七八五―一八六七）からヴィルヘルム・ディルタイへと受け継がれた解釈学 Hermeneutik に学ぶべきであろう。ベックは、芳賀矢一が近代国文学としての「日本文献学」を提唱した時に依拠した文献学者として、日本でもよく知られている。ただし、ベックの Philologie は、したがってまた芳賀の「文献学」もそうであるが、先にふれた池田亀鑑の「文献学」とはまったく異なる。こんにちからみれば、人文学と同義と言ってもよいくらい広いもので、たんなる本文校勘学ではない。こうした Philologie の概念の多様さについては、中島文雄『英語学とは何か』（講談社学術文庫、一九九一年）を参照されたい。

芳賀の提唱した「日本文献学」は、ベックの *Encyklopädie und Methodologie der philologischen Wissenschaften*（中島氏の訳を借りれば「フィロロギー諸学科の総知識と方法論」）を参照して、近世国学を、そこから国粋的傾向を払拭し、国民性を解明する学として近代的な学問らしく体系づけようとしたものであった。しかしながら芳賀は、ベックの文献学の中でかなり重要な位置を占めている解釈学には、ほとんどまったく注意を払った形跡がない。とくに鑑賞の深さと精度を確保するためには、解釈学的循環 der hermeneutische Cirkel ということが重要になるのであるが、ベックは前掲書で、解釈学的循環とは、客観的な精神とともに想像力と感性に恵まれた者のみがよくなし得るところであって、誰もがよい解釈者になれるわけではない、という趣旨のことを言っている。結局、そういうことなのだと思う。

なお、ベック前掲書の原書は、私などにはとても歯が立たないもので、同書第二版の序論と第一部「文献学の形式的理論」を John Paul Pritchard が英語に抄訳した *On Interpretation & Criticism*, University of Oklahoma Press, 1968. に助けられたことを付言しておきたい。またディルタイの解釈学については、ディルタイ『解釈学の成立』（久野昭訳、以文社、一九七三年）を参照されたい。

* *

人文学の危機ということが言われて久しいが、そのことについて思いをめぐらすたびに私は、カントの『純粋理性批判』第一版序文の一節を想起せずにはいられないのである。

かつては形而上学が諸学の女王と称せられた時代があった。……ところが今日では、形而上学にあらゆる軽蔑をあからさまに示すことが、時代の好尚になってしまった。……現代では、…学問において有力な傾向をなすものは倦怠とまったくの無関心とである――これは混沌と暗黒とを産む母であるが、しかしまたそれと同時に、用処の不適切な努力のために学問が却って不分明となり、混乱に陥り、また役に立たなくなったあかつきには、やがて学問を改造し、開明する根源となり、少なくともその序曲をなすものである。（岩波文庫、篠田英雄訳）

この「形而上学」を「人文学」に置き換えてみたらどうであろう。そして「国文学」も人文学の一環をなすものだと思うが、はたして「国文学」は、「用処の不適切な努力 übel angebrachter Fleiß」に陥ってはいないであろうか。社会全体に広がっている人文学に対する無関心や、政府の人文学に対する冷遇を嘆いているばかりでなく、やはり私たちが「学問を改造」すべき時に直面しているのではないだろうか。古典の本文のより正確な読みに資するような実証的研究はもとより大切である。しかしながら、あまりにも研究が細分化し、先行研究も重畳し、世界文学のさまざまな名作にふれて豊かにかつ鋭敏になった眼識で日本の古典に向き合うような余裕もなくなったとしたら、それは、これからの若い日本古典の研究者その人にとってまず不幸であるだけでなく、日本古典学そのものの貧困化につながるであろう。

　エーリッヒ・アウエルバッハ Erich Auerbach の「世界文学の文献学 Philologie der Weltliteratur」（一九五二年）という論考を、若い人たちにぜひ読んでほしいと思う。一方で世界文学への視野の広がりを持ちながら、その一方で、この秋山虔氏のような誠実な古典研究の方法の模索をも継承して、その両者をつなげてほしい、あるいはその両者の間を往還してほしいのである。

　最後に、アウエルバッハのこの論考末尾の文章を引用させていただきたい。アウエルバッハは、一二世紀のキリスト教神学者サン・ヴィクトールのフーゴの「生まれた土地が懐かしいという者はまだ未熟である。すべての人のための地が自分にとっての故郷であるという者は強い。しかし、この世がすべて自分にとっては追放の地であるという者こそ、完徳者なのである」という言葉を引いて、次のように結んでいる。「フーゴは、世界に対する愛着から解き放たれることを目的とする者のためにそう語ったのだった。しかしこれは、世界に対する正しい愛を得ようとする者にとっても、適切な道である」と（岡崎仁訳『世界文学の文献学』みすず書房、一九九八年刊による）。

（ふじわら　かつみ・東京大学大学院人文社会系研究科教授）

著者略歴

1924 年　岡山県に生まれる
1947 年　東京大学文学部国文学科卒業
1969 年　東京大学文学部教授
1984 年　東京女子大学教授
1993 年　駒沢女子大学教授
現　在　東京大学名誉教授

主要著書

『源氏物語の世界 その方法と達成』（東京大学出版会，1964 年）
『王朝女流文学の形成』（塙書房，1967 年）
『源氏物語』（岩波新書，1968 年）
『王朝の文学空間』（東京大学出版会，1984 年）
『源氏物語の女性たち』（小学館，1987 年）
『源氏物語を読み解く』（共著，小学館，2003 年）
『古典をどう読むか』（笠間書院，2005 年）など

新装版　王朝女流文学の世界　UP コレクション

1972 年 6 月 10 日　初　版　第 1 刷
2015 年 9 月 16 日　新装版　第 1 刷

［検印廃止］

著　者　秋山《あきやま》　虔《けん》

発行所　一般財団法人　東京大学出版会
代表者　古田元夫
153-0041 東京都目黒区駒場 4-5-29
電話 03-6407-1069　Fax 03-6407-1991
振替 00160-6-59964

印刷所　大日本法令印刷株式会社
製本所　誠製本株式会社

ISBN 978-4-13-006532-0　Printed in Japan

「UPコレクション」刊行にあたって

学問の最先端における変化のスピードは、現代においてさらに増すばかりです。日進月歩（あるいはそれ以上）のイメージが強い物理学や化学などの自然科学だけでなく、社会科学、人文科学に至るまで、次々と新たな知見が生み出され、数か月後にはそれまでとは違う地平が広がっていることもめずらしくありません。

その一方で、学問には変わらないものも確実に存在します。それは過去の人間が積み重ねてきた膨大な地層ともいうべきもの、「古典」という姿で私たちの前に現れる成果です。

日々、めまぐるしく情報が流通するなかで、なぜ人びとは古典を大切にするのか。それは、この変わらないものが、新たに変わるためのヒントをつねに提供し、まだ見ぬ世界へ私たちを誘ってくれるからではないでしょうか。このダイナミズムは、学問の場でもっとも顕著にみられるものだと思います。

このたび東京大学出版会は、「UPコレクション」と題し、学問の場から、新たなものの見方・考え方を呼び起こしてくれる、古典としての評価の高い著作を新装復刊いたします。

「UPコレクション」の一冊一冊が、読者の皆さまにとって、学問への導きの書となり、また、これまで当然のこととしていた世界への認識を揺さぶるものになるでしょう。そうした刺激的な書物を生み出しつづけること、それが大学出版の役割だと考えています。

一般財団法人　東京大学出版会